TÜRKISCHE BIBLIOTHEK

TÜRKISCHE BIBLIOTHEK

Herausgegeben von Erika Glassen und Jens Peter Laut
Eine Initiative der Robert Bosch Stiftung
www.tuerkische-bibliothek.de

Leylâ Erbil

Eine seltsame Frau

Aus dem Türkischen von
Angelika Gillitz-Acar und Angelika Hoch
Nachwort von Erika Glassen

Unionsverlag

Die türkische Erstausgabe erschien 1971
unter dem Titel *Tuhaf Bir Kadın* bei Habora, Istanbul.

Im Internet
Mehr Informationen zu
Leylâ Erbil und diesem Buch
www.tuerkische-bibliothek.de

Rieterstrasse 18, CH-8027 Zürich
Telefon 0041-44-283 20 00, Fax 0041-44-283 20 01
mail@unionsverlag.ch

Umschlaggestaltung: Doris Grüniger, Zürich
Umschlagmotiv: Selçuk Demirel, 1987
Druck und Bindung: Freiburger Graphische Betriebe
ISBN-10 3-293-10001-5
ISBN-13 978-3-293-10001-5

Die Tochter

Aus den Tagebüchern der Jahre 1950–51

Heute führte uns Bedri aus. Er nahm Meral und mich zu Lambos kleiner Kneipe am alten Fischmarkt mit, wo sich Dichter, Maler und Journalisten treffen. Ganz nett hier. Bedri wollte mit uns darauf anstoßen, dass eines seiner Gedichte in der Literaturzeitschrift *Varlık* erschienen ist. Wir tranken Wein. Natürlich erzählen wir zu Hause nichts davon. Wenn das rauskommt, gibts einen Riesenkrach.

Die Nerven meiner Mutter liegen wieder mal blank: Sie haben meinen Vater entlassen. Jetzt zieht sie über ihn her: »Mit den mächtigen Schiffseignern legt er sich an, als ob wir's nicht mehr nötig hätten und es uns leisten könnten, in irgendeine Villa auf den Prinzeninseln zu ziehen. Was verstehst du denn von Recht und Gerechtigkeit, soll er doch mal seinen Mund halten und Ruhe geben.« Ich gab zurück: »Aber Mama, was soll er denn machen, soll er sich etwa alles von diesen Kapitalisten gefallen lassen, bloß weil sie reich sind?« Sie fuhr mich an: »Misch dich da nicht ein, ihr habt doch beide Fürze im Hirn, dein Vater und du.« Wenn mein Vater das hörte, würde er ihr aber gehörig den Kopf waschen, na wenn schon!

Meral und ich schwänzten die letzte Vorlesung und gingen zu Lambo. Wir lernten einen Dichter und einen Schriftsteller kennen. Sympathische Typen. Einem von ihnen wollte ich meine Gedichte vorlesen, aber ich genierte mich. Meral fragte, warum ich sie denn nicht Bedri zeige. Sie weiß nicht, dass mir ihr Bruder schon seit längerem nachsteigt. Ich mag den Kerl nicht.

Heute sagte ich zu Monsieur Lambo, dass ich meine Gedichte gerne jemandem zum Lesen geben würde; er stellte mich sofort einem Mann vor, der an der Theke etwas trank. Ich wusste nicht, dass es O. war. Mir schlug das Herz bis zum Hals, ich log, ich hätte die Gedichte nicht dabei. Für morgen haben wir uns im Çardaş am Tünel verabredet, dann will er sie lesen – wenn ich bis dahin nicht vor Aufregung gestorben bin.

Das Çardaş ist ein langer, stockdunkler Schlauch, unheimlich ist diese Dunkelheit. Daher sah ich O. nicht gleich. Aber irgendwo weiter hinten erhob sich eine helle Gestalt und winkte mir zu. Wir setzten uns einander gegenüber und unterhielten uns steif und verlegen. Er wirkte gelangweilt, oder war er schüchtern? Jedenfalls steckte er mich an.

Tausendmal bereute ich, dass ich überhaupt gekommen war. Plötzlich forderte er mich auf: »Schieß los, Puppe, zeig her, was du zu bieten hast!« Der fiel ja gleich mit der Tür ins Haus. Ich wurde noch verlegener. Zaghaft las ich eines meiner schönsten Gedichte vor, das so endete: »Wer zwingt uns im Untergrund zu leben, der Himmel strahlend blau / unsere Gesichter leichenblass, Genossen.« »Bist du Arbeiterin?«, fragte er ernst. Oder verspottete er mich etwa nur? Ich wusste es nicht. »Nein, ich nicht, aber meine Verwandten.« Er schwieg. Dann las ich das *Sonett der gefallenen Mädchen.* »Werden unsere Mädchen immer nur weinen und nie in den Krieg ziehen dürfen?« Er kratzte sich an der Nase und fragte: »Willst du denn in den Krieg ziehen?« Ich erklärte ihm, der Begriff »Krieg« sei hier nicht so eng auszulegen: »Dieses Gedicht beschreibt, wie aus Frauen, die man nicht kämpfen lässt, ein Heer von ›gefallenen

Frauen‹ wird.« Schon merkwürdig, dass er das nicht verstanden hat. Zum Schluss las ich das Gedicht *Blut*. Ich hatte es verfasst, als ich zum ersten Mal meine Tage bekam und in Panik ausbrach.

Ach, ist das die Ferse des erhabenen Achill,
verwundet in meinem Bett?
Oder die Verletzung, die sich dort auftut,
wo die Adler himmelwärts steigen?
Unaufhörlich fließt das Blut
vom Schmerz, der in die Eingeweide dringt,
er erstickt die Augen, die Gelenke, das Meer,
erstickt das Meer, das in Ketten liegt,
erstickt es unaufhörlich.

»Welches Blut denn? Das kapier ich nicht«, fragte er stirnrunzelnd. Ich hatte das Gedicht absichtlich so abstrakt gehalten, damit nicht gleich alles so offensichtlich ist. Natürlich konnte ich ihm nicht sagen, was wirklich dahinter steckte. »Damit meine ich die Angst vor dem Krieg«, erklärte ich. »Das hast du ja schon ganz gut hinbekommen, gar nicht mal so schlecht, aber du bist noch zu jung für eine gute Dichterin. Lass sie nochmal ein paar Monate liegen, dann nimm sie dir wieder vor. Morgen bring ich dir Bücher zu Lambo, schau da mal rein.«

Er machte einen auf höflich, aber es war klar, dass ihm die Gedichte nicht gefielen. Wer weiß, womöglich machte er sich insgeheim darüber lustig? Trotzdem ermunterte er mich: »Schreib, schreib, schreib immer weiter, wirf die Gedichte erst mal in eine Ecke, aber gib nicht auf.« Die Gedichte, mein einziger Zufluchtsort und Trost, machte er einfach so zunichte, mein Leben ist sinnlos geworden, wozu dann noch weiterleben?

Ich schaute bei Lambo vorbei, holte die Bücher ab. Er selbst war nicht da. Oh nein! Diese Bücher hab ich alle schon gelesen. Nichts und niemand kann mir mehr helfen. Ich bin so unglücklich.

Mein Vater hat wieder Arbeit.

Ich war heut' mit Meral in Lambos Lokal,
da trafen wir diesen Abend zum ersten Mal
einen Baumeister, einen Poeten und 'nen Komödiant',
dann auch 'nen Autor und 'nen Zeitungsmann –
ziemlich unbekannt.
Erstere frisch entlassen aus der Haft,
Letztere bisher noch nicht vorbestraft.

Der Dichter Halit und der Architekt Necat brachen mit uns zusammen auf und begleiteten uns bis zur Haltestelle. Die beiden sind recht aufgeschlossen. Morgen werden wir uns mit ihnen im Degustasyon treffen. Meral himmelt Necat an. Mir gefällt Halit nicht schlecht, wenn ich ehrlich bin. In einer Woche geht er in sein Dorf in die Verbannung.

Meral und Necat besuchten heute eine Ausstellung, also waren Halit und ich ganz allein im Degustasyon. Auf einmal überkam mich eine merkwürdige Angst, doch Halit vertrieb sie durch seine Worte bald. Er ist ein anständiger Kerl. Ich kam ein bisschen zu spät nach Hause, aber meine Mutter kriegte es gar nicht mit.

Mutter hat mal wieder geheult. Tante Hamdiye war hier und soll gesagt haben: »Die anderen reden über dich: Diese Angeheiratete hat Hasan völlig an der Kandare, aber einen Sohn und Stammhalter hat sie ihm noch nicht geschenkt.«

Ich hab mich wieder mit Halit getroffen, dieses Mal im Çardaş. Er erzählte von den Folterungen während seiner Haft. Die tat er so spöttisch ab, als ob sie ein anderer erlitten hätte; selbst über die schrecklichsten Vorfälle redet er so. Irgendwie schon ein sonderbarer Kerl. Als er davon sprach, wie sie ihn zur Bastonade schleppten, da platzte er fast vor Lachen. Wie sie ihm der Reihe nach Fußtritte verpassten und auch er nach ihnen trat, wie er einem ins Gesicht spuckte und ihm darauf der Polizist, der die Spucke abbekommen hatte, die Hoden zusammenquetschte. Mir standen die Haare zu Berge. Er aber lachte nur. Das alles sei ja nicht die Schuld der Polizei, Polizisten würden eben so abgerichtet, sie erfüllten nur ihre Dienstpflicht. Welch ein Kunststück, Ungerechtigkeiten nicht mit Rachegelüsten zu begegnen!

Heute kam Halit zur Uni, wir gingen zusammen zu Lambo. Die Tür öffnete sich einen Spalt, O. wollte hereinkommen, doch kaum hat er uns gesehen, war er auch schon grußlos verschwunden. Komischer Kauz.

Der letzte Tag. Halit und ich trafen uns im Degustasyon. Ich weiß nicht warum, aber auf einmal habe ich mich ihm völlig anvertraut. Ich erzählte und erzählte, erzählte bis mir schwindlig wurde. Es war, wie wenn Meral und ich uns über unseren geheimsten Kummer ausheulten; ich erzählte ihm von der Gewaltherrschaft meiner Mutter, von unseren Streitereien, meiner Unfreiheit, den religiösen Zwängen, meinem Schmerz und dass ich sogar schon mal daran gedacht habe, mich umzubringen, falls ich nicht endlich so frei leben könnte, wie es mir gefällt. Dass ich vielleicht auch von zu Hause abhauen würde, dass mich niemand versteht, dass Meral meine einzige Freundin ist und dass ich es ohne Gedichte zu schreiben nicht mehr aushalte. Und je mehr ich erzählte, desto unglücklicher fühlte ich mich, viel unglücklicher, als ich eigentlich war. Ich fing an zu weinen. Er wischte meine Tränen mit einem Taschentuch fort, als wäre ich ein Kind. Damit brachte er mich völlig aus der Fassung, und da – widerlich – nahm ich diese Hände, die meine Tränen getrocknet hatten, und küsste sie. Seine Finger stanken nach Tabak. Ich bin über mich selbst entsetzt, wie konnte ich nur? Vermutlich habe ich die Schmerzen, die man ihm zugefügt hat, mit meinen Qualen durcheinander gebracht. Oder ich glaubte, er hätte sie meinetwegen erlitten und ich müsste jetzt wieder etwas gutmachen.

Ungerührt wartete er, bis ich mich wieder beruhigt hatte, dann sagte er, die Politik sei verantwortlich für das Leid auf der Welt und in der Türkei. Ich konnte das zwar irgendwie nachvollziehen, aber ehrlich gesagt, wundere ich mich am meisten darüber, wie er in einem zärtlichen Moment wie diesem so messerscharf denken kann. Außerdem, etwas zu verstehen oder zu wissen, bedeutet doch noch lange nicht, dass man sich aus einer ausweglosen Lage befreien kann! Wenn ich ohne Freiheit nicht glücklich sein kann und wenn die Welt mir meine Freiheit beharrlich verweigert, dann bedeutet das doch, dass ich nie glücklich werden kann. Ein Mensch kann sein Leid mit anderen teilen und auf diese Art die Welt möglicherweise leichter ertragen. Und wer weiß, vielleicht hätte ich durchgehalten, wenn Halit hier geblieben wäre? Aber auch er geht morgen … »Du bist wie eine Schwester für mich. Du kannst jederzeit zu uns kommen. Was uns gehört, gehört auch dir.« Seine Einladung ist großherzig und freigebig, aber ich weiß, außer Armut und Hoffnungslosigkeit hat er nichts zu teilen, doch seine Gegenwart hat mich immer glücklich gemacht. Ich heulte Rotz und Wasser. Diesmal nahm er meine Hände und küsste meine Handflächen. Langes Schweigen. Wir starrten beide auf die verschmutzte Tischdecke, während der Abschied näher rückte. Zwischendurch fiel mein Blick immer wieder auf die Asche der Zigarette, die auf den weißen Käse gefallen war. Wir zündeten unsere letzte Zigarette an. Dass es die letzte war, wussten wir beide. Er kritzelte etwas auf die Schachtel seiner Yenice-Zigaretten, dann reichte er sie mir:

Mein verwundetes, zerbrochenes Herz singt und klagt:
Der Spiegel deiner Augen und eine zarte Hoffnung
Das genügt, Liebste.

War das Liebe oder das, was man Leidenschaft nennt? Ziemlich komisch, oder?

Heute wusch ich mir die Haare und drehte mir Lockenwickler ein. Ich warf mich in den grünen Sessel am Ofen. Feilte meine Fingernägel. Vater war noch nicht zurück. Meine Mutter setzte sich mir gegenüber auf die Kante des alten Kanapees und las Linsen aus. Sie ging kurz hinaus, kam wieder zurück, setzte sich auf ihren alten Platz und zündete sich eine Zigarette an. Ich spürte, dass ein Unwetter im Anzug war. Und schon brach es los, zuerst ergoss es sich über die Gottlosen. Dann über die Lügner, die Folterqualen in der Hölle zu erleiden hätten. Dann kriegten noch die ihren Zorn ab, die sich in der Öffentlichkeit nicht nach den islamischen Vorschriften kleiden. »Und warum trägst du dann einen Hut?«, fragte ich. »Dein Vater möchte es so. Gott vergebe mir diese Sünde, dein Vater zwingt mich dazu. Meine Sünden gehen auf sein Konto«, antwortete sie. Ich hörte zu, ohne ein Wort zu sagen. Wenn sie doch endlich rausgehen würde, dann könnte ich mich in mein Zimmer verziehen und Gorkis *Konovalov* lesen, nur noch fünf oder zehn Seiten. Ich will mich beim Lesen ganz in dem Roman verlieren. Bestimmt lese ich ihn schon zum zehnten Mal. Manche Stellen kenne ich auswendig. Da stand Mutter endlich auf. Ich sah lauernd hoch und beobachtete, wie ihre Hand nach der Türklinke griff. Plötzlich drehte sie sich um und fragte, ob ich die vorgeschriebenen Waschungen schon vollzogen hätte. Jetzt nicht zu antworten, hätte Ärger bedeutet. »Ja, hab ich«, antwortete ich, ohne ihr ins Gesicht zu schauen. Sie blieb in der Tür stehen und meinte: »Dir vertraue ich nicht im Geringsten. Deine Verschlagenheit steht dir ins Gesicht geschrieben. Du bist zu allem fähig. So charakterlos wie du bist, du mit deinem Doppelleben. Ich bin mir nicht sicher, aber ich spüre, dass du Heimlichkeiten vor uns hast. Ich werde Gottes Befehl folgen, den solltest du kennen: ›Weise deinen Nachkommen den rechten Weg!‹ Diese Pflicht obliegt mir. Du kannst alles vertuschen. Aber vergiss nicht, auch wenn es in dieser Welt verborgen bleibt, im Jenseits kommt alles ans Licht. Dort werden wir uns von Angesicht zu Angesicht gegenüberstehen. Wenn du lügst oder etwas vor uns verheimlichst, wirst du im Jenseits den Schlangen und den Würmern zum Fraß vorgeworfen.« Ich wollte gehen und sagte nur: »Ich weiß, ich weiß.« Sie hielt die Tür fest. »Wie? Gefallen der jungen Dame meine Belehrungen nicht?« »Ich muss für die Uni lernen.« »Lernst du von mir etwa nichts? Das sind die Lehren Gottes. Verschwinde! Zum Teufel mit deiner Uni!«, schimpfte sie und verpasste mir eine Ohrfeige. Weinend lief ich in mein Zimmer. Endlich kann ich zu *Konovalov*. Jetzt bin ich mir sicher, dass sie mich jedenfalls bis morgen früh in Ruhe lässt.

Heute lernte ich einen Jungen kennen, Halûk. Er studiert Geschichte und spricht ganz ungezwungen mit mir, schaut mir dabei aber nicht in die Augen oder ins Gesicht. Ich fühlte mich wohl in seiner Nähe. Ganz offensichtlich stammt er aus ärmlichen Verhältnissen, seine Kleider sind völlig zerschlissen.

Halûk schlenderte den Korridor entlang, er trug wieder dasselbe bleigraue Jackett, dasselbe karierte Hemd und dieselben ausgelatschten Schuhe. Wir waren beide eine Stunde früher zur Uni gekommen und setzten uns in die Cafeteria. Er sah, dass ich Gorki in der Hand hatte, und das interessierte ihn. »Der ist gut«, sagte er kennerhaft. Wir unterhielten uns. Er wohnt in Kadıköy, hat kein eigenes Zuhause und kommt ursprünglich aus Zypern. Er lebt bei einem reichen Verwandten. »Genauer gesagt, ich wohne im Nebengebäude, ich bin so etwas wie der Hauswart«, brummelte er. Unter seinem Arm hatte er mehrere Bücher. Er gab mir einige Übersetzungen von Kerim Sadi, die ich lesen sollte.

Wir, Kevser, Ayten, Şeref, Sadi und ich, gingen zum Tanztee der Mediziner. Meiner Mutter erzählte ich, ich hätte einen Sprachkurs. Aytens Vater ist tot, ihre Mutter ist Witwe, sie ist Beamtin. Ayten wollte, dass ich Sadi anmache. »Warum?«, fragte ich, und sie fragte zurück: »Gefällt er dir etwa nicht? Er sieht doch unheimlich gut aus, oder?« Sonderbar, Ayten will immer mit irgendjemandem flirten. Sie gehört zu den Mädchen, die sich sofort in jeden verknallen, der sich für sie interessiert, egal, wer es ist. Überhaupt nicht wählerisch. Der Tanztee war langweilig. Ein Haufen Mädchen und Jungs, die miteinander tanzen. Einfach albern.

Heute stellte mir Halûk seinen Freund Ömer vor. Er nennt ihn seinen »großen Bruder«. Wir diskutierten über Literatur. Beide mögen Tolstoi nicht, machten diesen wunderbaren Menschen schlecht. Dann kamen wir auf Nâzım zu sprechen. Halûks Freund schätzt Nâzıms Lebenseinstellung und seine Aufrichtigkeit mehr als seine Gedichte. Ein sonderbarer Mensch, dieser Ömer. Er sagte zu mir: »Betrachte mich als deinen älteren Bruder, Schwesterchen!« »Einverstanden«, sagte ich. Wahrscheinlich stammt er auch aus Ostanatolien – wie mein Halit.

Neriman, die älteste Tochter Havvas, hat einen Jungen geboren. Ihr Mann ist nach Ankara versetzt worden, morgen ziehen sie weg. Sie waren gekommen, um meiner Mutter zum Abschied die Hände zu küssen, na ja, Tradition eben. Mutter schwärmte mir den ganzen Abend von Neriman vor: Ein tolles Mädchen, hat eine höhere Schulbildung, ist trotzdem religiös, hält das Fasten ein, geht ihrer Mutter zur Hand. Fremde bekommen nicht eine Strähne ihres Haares zu sehen.

In Zukunft werde ich nicht mehr tanzen, werde auch auf keinen dieser Tanztees mehr gehen. Allein schon wie die Leute tanzen und an ihre Plätze zurückkehren! Irgendwie ist mir das unangenehm, eigentlich schon lange, ich werde verlegen und bereue es immer, wenn ich von der Tanzfläche wieder an meinen Platz zurückgehe. Ich weiß nicht genau, warum, aber irgendwie ekelt mich das an. Alle Mädchen lachen immer so schamlos, wenn sie von der Tanzfläche trippeln.

Mit Müh und Not schleppten mich die Mädchen dann doch wieder hin, diesmal zum Tanztee bei den Ingenieuren. Zu Hause sagte ich, Ayten habe Geburtstag. Mutter mag Ayten sehr, warum auch immer. »Was für ein Mädchen, ihr Gesicht strahlt geradezu vor Unschuld!« Ich tanzte nicht. Ich beobachtete, wie die Tanzenden von der Tanzfläche an die Tische zurückkehrten. Kevser und Şeref tanzten Wange an Wange, die Köpfe lehnten sie aneinander, aber ihre Unterkörper hielten sie in großem Abstand zueinander. Wahrscheinlich glaubt sie, auf diese Weise ihre Ehre zu bewahren. Kevser hat sich so stark geschminkt, dass ihre Wangen wie kandierte Äpfel aussahen. Şerefs Freund Ahmet kam an den Tisch. Er forderte mich zum Tanzen auf, ich lehnte ab. »Warum nicht?«, fragte er. Ich erklärte es ihm. Er sagte: »Sie sind sehr nett.« Wofür ich mich interessiere, wollte er wissen. »Für Gedichte«, antwortete ich. Er fing sofort an, sich über dieses Thema auszulassen. Als ob er damit zeigen wollte, dass er auf allen Gebieten versiert ist. Wäre Nâzım Hikmet mit seiner Kunst nicht von Moskau ferngesteuert, wäre er ein großer Dichter, meinte er; Ziya Osman Saba verehre er. Orhan Veli mag er anscheinend überhaupt nicht. Was soll dieser Quatsch! Das mit seinen Vorlieben und Abneigungen war doch alles nur Theater, das spürte ich, ließ mir aber nichts anmerken. Ich schwieg. Er auch. Anscheinend hat er sein Pulver schon verschossen. Er wollte mal in die Fakultät kommen, um mich zu sehen, sagte er. Sieh mal einer an, der glaubt wohl, er kann mich sehen und treffen, wann er will, und wer weiß was sonst noch mit mir machen.

Ich erzählte Halûk vom Tanztee und diesem Ahmet, und wir lachten darüber. Ich habe angefangen, Freuds *Totem und Tabu* zu lesen. »Schade um die Zeit«, meinte er, da gäbe es anderes, was ich zuerst lesen müsste und was mir mehr bringen würde.

Er wird mir einige Bücher leihen, aber nur unter der Bedingung, dass ich sie innerhalb einer Woche lese und wieder zurückgebe; anscheinend lauter verbotene Bücher. Halûk ist zwar ein feiner Kerl, aber schwer zu durchschauen. Seiner Meinung nach sind alle Lehrer Idioten und Falschmünzer, die man einer Gehirnwäsche unterzogen hat. »Eines Tages wird dir auch noch ein Licht aufgehen!«

In der Pause saß ich mit Şeref und Kevser zusammen. Plötzlich tauchte Ahmet auf. Er hatte eine gänsekackefarbene Jacke an, seine Haare waren frisch gekämmt. Er setzte sich zu uns, ich redete nichts mit ihm, eine sonderbare Stimmung breitete sich an unserem Tisch aus. Als er dann mit Şeref ging, drückte er meine

Hand so fest, dass ich laut »Au« schrie. Die anderen wunderten sich. Şeref schaute Ahmet scharf an.

Heute kam Halûk mit einer Tasche voller Bücher und drückte sie mir in die Hand: »Gib sie niemandem, zeig sie keinem und versteck sie, nur du darfst sie lesen.«

Kevser erzählt jeden Tag irgendetwas anderes über Ahmet. Seit jenem Tag soll er Şeref im Wohnheim keine Ruhe mehr gelassen haben. Er sei bis über beide Ohren in mich verliebt. Angeblich kann er nicht mehr lernen. Wegen seiner Liebe zu mir spiele er den ganzen Tag in den Kaffeehäusern von Sultanahmet Karten. »Was für ein Weichei«, sagte ich zu Kevser. Sie war sauer. Sie wollte mir diesen Trottel von Ahmet unbedingt schmackhaft machen.

Ich lese die Bücher, die Halûk mir geliehen hat. Aus der Tasche fielen auch handgeschriebene Flugblätter und einige Broschüren. Ich verbrannte sie. Nun lese ich G. Devilles Übersetzung des *Kapital*, die Haydar Rıfat aus dem Französischen ins Türkische übertragen hat. Dem »Şekerzade Edip Izzet Beyefendi« gewidmet. Wie sentimental doch die damaligen Übersetzer waren!

Ich bekam einen Brief von Halit mit einem langen Gedicht, das er für mich geschrieben hat, wirklich ein sehr schönes Gedicht. Heute Abend schrieb ich ihm zurück. Über das, was hier los ist, mein Leben, über alles. Auch ich schickte ihm meine neuen Gedichte. Aber ehrlich gesagt interessieren mich zurzeit die Menschen um mich rum und meine eigene Situation mehr als das Dichten. Es ist schade, aber ich weiß, dass dies die letzten Gedichte sind, die ich ihm geschickt habe.

Halûk und einige andere wurden festgenommen, heißt es. Ich war ziemlich niedergeschmettert. Was soll jetzt werden?

Kaum zu Hause, versteckte ich sofort die Bücher, die ich von Halûk bekommen hatte, falls sie danach suchen sollten. Warum hat man sie bloß eingesperrt? Das muss ein Irrtum sein, so ein netter Kerl, der ist doch viel zu anständig, um krumme Dinger zu drehen! Ich wollte niemanden sehen. Meiner Mutter erzählte ich irgendeine Geschichte und blieb heute den ganzen Tag zu Hause. Soll ich Halûk besuchen? Wie sieht so ein Gefängnis eigentlich von innen aus? Er soll im Sultanahmet sitzen. Wie werden sie wohl mit ihm umspringen?

Ich hatte einen Traum, träumte ganz in Schwarz-Weiß.

Ich betrachte ein Gemälde, es muss ein sehr altes sein. In welchen Farben und von wem es gemalt ist, ist nicht zu erkennen. Menschen wimmeln darauf vor weißem Grund, sie wurden mit schwarzen Strichen skizziert. Ich nehme dieses Gemälde und gehe damit auf die Straße, schreite eine enge, lange Gasse entlang. Bedri kommt auf mich zu. Ich zeige ihm das Bild. Zusammen gehen wir weiter. Die Straße ist sehr schmal und streckt sich. Nur ganz weit hinten, an ihrem Ende, schimmert fahl der Mondschein. Über uns ein schmaler, langer Streifen Himmel. Plötzlich fliegt das Bild in die Luft und verdeckt das Firmament. Die Menschen sind aus Ruß und bedecken den langen schmalen Himmelsstreifen über uns wie Abziehbilder. Der weiße Untergrund, der zwischen den Menschen auf dem Gemälde durchscheint, verfärbt sich hellblau, dann azurblau. »Menschen! Menschen!«, brüllt Bedri laut los, läuft weg, hin zu einer offenen Tür und versteckt sich dort in einem Haus. Ich renne hinter ihm her, er schlägt mir die Tür vor der Nase zu. Außer mir und einigen Kindern ist niemand auf der Straße. Die Kinder laufen weinend umher, kommen direkt auf mich zu. Ich rufe ihnen entgegen »Habt keine Angst«, doch auch ich fange an zu weinen und rufe mit ihnen »Mutter, Mutter!« Die Abziehbilder lösen sich und stürzen herab. Schon nähern sie sich den Hausdächern. Der Himmel verdunkelt sich, überall riecht es nach Ruß und Verbranntem. Aus dem Mondschein am Ende der Straße tritt meine Mutter und rennt mit einem weißen Nachttopf in der Hand herbei. Sie ruft: »Hab keine Angst, ich komme!« Die Menschen aus Kohlenruß fallen rechts und links von mir zur Erde, zwischen die Steine. Einer hält sich an meinem rechten Bein fest. Ich schaue hin, es ist Bedri. Meine Mutter schiebt mir den Nachttopf unter und ruft: »Bereue und beichte, du hast gesündigt, gestehe, was du getan hast, bist du noch Jungfrau?« Ich antworte: »Ja, Mama, ich bin noch Jungfrau, ich habe nichts getan.« Ich spüre einen Windhauch, er kommt immer näher, wirbelt all den Ruß auf und trägt ihn mit sich fort, die Kinder jubeln vor Freude. Das Abbild Bedris an meinem Bein löst sich auf. Der Boden des Nachttopfs dehnt sich aus bis ans Ende der Straße, sein Inneres ist dekoriert mit Fahnen. Jede Nation ist mit einer ganz kleinen Fahne vertreten. Die Kinder laufen los und streiten sich um sie. »Hol auch du dir eine Fahne, ich will sehen, welche du erwischst«, fordert meine Mutter mich auf. Ich strecke mich und greife nach der Erstbesten, eine schlichte, schwarz-weiße Fahne.

Dann wache ich auf. Es war fünf Uhr morgens, ich schreibe alles in mein Tagebuch. Für solche Träume schäme ich mich. Ich werde heute nach Sultanahmet fahren und Halûk besuchen.

Heute ging ich mit Meral ins Kino. Ich nahm die Karte vom Mann an der Kasse und sagte »Danke«. Er antwortete anzüglich: »Kommt herein – ich könnte euch noch ganz andere Dinge zeigen!«

Ich besuchte Halûk, er freute sich sehr. Er hat zwar gehofft, dass ich kommen würde, war aber trotzdem überrascht, gestand er mir später. Sie seien wegen Untergrundaktivitäten festgenommen worden, zudem müsse er noch eine alte Gefängnisstrafe absitzen. »Mir war schon klar, dass sie mich irgendwann wieder einsperren, fünf Monate muss ich noch absitzen.« Er wollte eine Zigarette. Ich hatte keine dabei und gab ihm zweieinhalb Lira, damit er sich welche besorgen lassen konnte. Wie dunkel und lang Halûks Wimpern sind! Hinter den Wimpern erkannte man seine Augen kaum. Zwischen den Gitterstäben sah man immer nur einen Teil seines Gesichts, mal seine Augen und seine Stirn, mal seine Nase und sein Kinn. Seine Nase ist klein und etwas nach links gebogen. Den Bart hat er wachsen lassen, er ist spärlich und kraus. Seine Zähne gelb. Wahrscheinlich putzt er sie nie. Halûk hat etwas Jüdisches an sich. Ich erzählte ihm, dass ich mit dem *Kapital* angefangen habe, es mir aber zu hoch sei. Daraufhin nannte er mir einige Titel, die man vor dem *Kapital* lesen sollte. Dann ließ er mich eine Nachricht für Ömer auswendig lernen. Ich sollte ihm ausrichten: »Der weiße Rabe will Futter.« Ömer könne nicht selbst hierher kommen, deshalb solle ich nach Cibali gehen und mich dort mit ihm treffen. Er trichterte mir Ömers Adresse ein. Ich dürfe sie auf keinen Fall aufschreiben. Er sagte, dass er mir persönlich zwar trauen würde, aber im Moment nicht offen reden könne. »Wahrscheinlich werden wir später sogar richtig gute Freunde«, meinte er noch. Ich sollte es mir gut überlegen, ob ich seine Botschaft überbringen will. »Wenn du keine Angst hast, dann mach es. Es ist auch keine Schande, Angst zu haben. Aber bitte fang die Sache nicht an, um am Ende vielleicht doch auf halbem Weg einen Rückzieher zu machen. Selbst wenn sie dir drohen, dich umzubringen, darfst du keiner Menschenseele erzählen, was ich dir anvertraut habe. Du musst absolut dichthalten, nur Ömer darf diese Nachricht bekommen.« Wir schwiegen eine Weile, dann wiederholte er noch einmal: »Überleg es dir gut! Wenn du es nicht machen willst, dann vergiss, was ich dir gesagt habe. Du darfst dann nicht mehr hierher kommen und mich nicht mehr grüßen, falls wir uns wieder begegnen sollten; du musst so tun, als ob wir uns nicht kennen würden.« Ich lächelte. »Du kennst mich ja auch nicht.« Er lächelte zurück. Ich verabschiedete mich und ging nach Hause. Er kennt mich wirklich nicht. Für Menschen wie ihn würde ich mein Leben geben. Ich weiß nicht warum, aber ich fühle mich zu ihnen hingezogen. Ich glaube, dass wir einander irgendwie ähnlich sind. Sie kämpfen gegen das Böse, davon bin ich überzeugt.

Heute war ich in Cibali, fand Ömers Adresse auf Anhieb. Zwei Räume im Souterrain in einer engen Gasse. Über der Tür steht »Elektriker«. Eine gläserne Wand trennt die Werkstatt von seinem Büro, in dem ein Tisch und drei Stühle stehen. Durch die Trennwand hindurch kann man den Handwerkern bei der Arbeit zusehen. Sicherlich ist die Wand deshalb aus Glas, damit die Arbeiter keine Sperenzchen machen. Drinnen arbeiteten zwei kleine Jungen in Arbeitsanzügen. Als Ömer mich sah, sprang er auf. »Komm herein, Schwesterchen!« Er fiel mir um den Hals, umarmte und drückte mich. Dabei klopfte er mir einige Male auf die Schulter. Noch nie hat mich jemand so umarmt, mir wurde ganz schwummrig. Ich wusste, egal, welchen Weg sie auch gehen, ich würde mich ihnen anschließen und ihnen blind folgen. Ömer trank gerade Lindenblütentee, offenbar hatte er schon einige Male am Teeglas genippt. Er reichte es mir. »Trink, ich lass mir noch einen bringen.« »Ich hab Halûk besucht«, sagte ich. »Erzähl schon, Schwesterchen.« Erwartungsvoll schaute er mich an, als wolle er fragen, ob Halûk eine Nachricht geschickt hatte. Ich wartete ab. Er fragte immer noch nicht, hätte wahrscheinlich nie gefragt. Also hab ich's ihm schließlich gesagt: »Der weiße Rabe will Futter.«

»Ach, dieses Schlitzohr!«, rief er unvermittelt aus. »Bravo, das hast du gut gemacht, Schwesterchen!« Dann fragte er »Hat er sonst noch etwas gesagt?« »Nein, nur das.« »In Ordnung! Das hier ist nichts für dich. Geh jetzt schnell, damit du keine Schwierigkeiten bekommst.« Er ließ mich meinen Tee gar nicht austrinken und schickte mich auf einem kürzeren Weg wieder zurück. Auf der Treppe, die zur Straße führt, drehte ich mich um und sah, dass er sein Büro durch die Tür in der Glaswand verließ, sich die Arbeitermütze ins Gesicht zog und anschickte wegzugehen. War das alles spannend heute, wenn doch nur jeder Tag so aufregend wäre!

Ich besuchte Halûk noch mal, gab ihm fünf Lira, erzählte, was geschehen war. »Danke«, sagte er nur beiläufig. Dann kam ich auf Halit zu sprechen. Er konnte sich an ihn erinnern. »Wir waren Freunde, der ist ganz in Ordnung.« Aber sein Blick verriet, dass ihm etwas nicht passte, doch er sagte nichts weiter. Als ich aufbrach, meinte er: »Es wäre besser, wenn du nicht mehr kommen würdest. Ich befürchte, du bekommst sonst Ärger wegen uns.« »Aber nein, ich doch nicht, mein Lieber«, antwortete ich lächelnd.

Merals Familie zog in eine Wohnung, die sie in Pendik gekauft haben. Und Meral sagte: »Bedri ist in dich verliebt, er fragt immer nach dir.«

Heute bin ich zu Hause geblieben. Mutter erzählte ich, ich müsse mich auf die schriftlichen Prüfungen vorbereiten. Sie schaute mich streng an, fragte aber nicht nach. Ich schrieb Halit einen langen Brief und erwähnte Halûk, schrieb aber nur, dass ich ihn kenne und dass er jetzt die letzten Monate seiner Strafe im Gefängnis absitzt. Von der ganzen Sache und dass Halûk ihn auch kennt, erwähnte ich nichts. Ich bin neugierig, was er sagt. Heute dachte ich lange nach, vor allem über Halûk. Wer ist er? Was tut er? Warum vertraue ich solchen Menschen wie ihm? Ich vertraue ihnen nicht nur, sondern habe Respekt vor ihnen. Wer bin ich? Warum mache ich das? Und sie, was machen sie? »Der weiße Rabe will Futter«, was steckt dahinter? Warum erzählt er es mir nicht? Was soll ich machen, wenn meine Eltern davon erfahren? Hat ihre Organisation etwa Beziehungen zu Moskau? Das wohl eher nicht, das Geschwätz über Moskau ist nur eine Erfindung der Polizei. Wer aber sind sie? Egal, ich werde tun, was ich für richtig halte. Ich werde mich ihnen anschließen. Und ich werde alles dafür tun, um nicht so zu werden wie unsere Eltern, wie die Generation von Frauen vor uns.

Ich ging mit Kevser ins Kino, in *Viva Zapata*, der Film gefiel uns sehr gut. Kevser ist ein eigenartiges Mädchen. Mal bescheiden, dann wieder selbstgefällig. Sie kommt aus Izmir. Ihr Vater hat dort eine Fabrik für Stoffdruck. Sie sprach über ihre Zukunftspläne. Wenn sie Şeref tatsächlich bekommt, werden sie heiraten und nach Izmir ziehen. Ihr Vater hat jetzt schon in Karşıyaka ein Haus für Kevser bauen und auf ihren Namen schreiben lassen. Das tat er, weil Kevser eine Stiefmutter hat. Und damit diese Stiefmutter nicht alles an sich reißt, will Kevser auch Şeref bei ihrem Vater unterbringen. »Die werden wir leer ausgehen lassen«, schimpfte sie. Ich wunderte mich sehr, aber vielleicht würde auch ich so handeln, wenn ich wie sie unter solchen Verhältnissen aufgewachsen wäre. Nach dem Kino schauten Kevser und ich bei Lambo vorbei, es gefiel ihr gut dort. »Aber kein Wort darüber zu Şeref«, ermahnte sie mich. In Ordnung. Kein Brief von Halit.

Am Morgen versperrte mir ein junger Mann vor der Uni den Weg. Ein Polizist. Ich sagte, ich hätte nichts mit der Polizei zu tun. »Kommen Sie bitte mit, es wird etwa eine Stunde dauern«, forderte er mich auf. Ich suchte nach einem Ausweg, aber ich war ihm ausgeliefert. Der Mann war entschlossen, mich mitzunehmen. Wie nur verhält man sich in einer solchen Situation? Keine Ahnung, wie naiv ich doch bin! Ich hätte mich erkundigen sollen. Sicher gibt es Tricks im Umgang mit der Polizei. Egal jetzt, wir gingen zusammen los, und ich sagte mir: »Geh einfach mal mit, und hab keine Angst. Das ist dein erster Schritt, um dieses marode System zu zerstören, das ist alles. Los, vorwärts Marsch, rechts, links, rechts, links. Sie werden nichts aus dir herausbekommen, selbst wenn sie drohen, dich umzubringen, selbst dann nicht.« Der Mann hatte den riesigen, schwarzen Hut mit der breiten Krempe über den Kopf gestülpt, wie es Blinde tun. Wortlos ging er voraus. Was würde meine Mutter sagen, wenn sie mich jetzt sähe? Vor der Polizei fürchte ich mich nicht, aber vor meiner Mutter, vor zu Hause, genauer gesagt davor, dass sie von all dem etwas erfahren. Wir gingen in ein Gebäude und gelangten über die Treppe in einen Raum, wo an einem Schreibtisch ein etwa fünfundvierzig bis fünfzigjähriger Mann mit geröteten Wangen saß. »Da ist sie«, sagte der, der mich hergebracht hatte, und ging hinaus. Als wir alleine waren, musterte mich der Mann am Schreibtisch von oben bis unten. »Darf ich bitte erfahren, warum Sie mich haben herbringen lassen?«, fragte ich. Beim Laufen war mir der Schweiß ausgebrochen. Der Mann wollte meinen Namen, mein Alter wissen, fragte nach meiner Fakultät, meinem Vater, meiner Mutter und notierte sich alles. Dann stand er auf. »Schämst du dich nicht?« »Warum sollte ich?«, fragte ich. »Dann erzähl mir doch mal, was für krumme Sachen du mit Salih, diesem Hund, ausgeheckt hast.« »Ich kenne keinen Salih.« Er entgegnete, er wüsste, dass ich bei Ömer gewesen sei. Aha, eigentlich heißt Ömer also Salih. »Los, erzähl schon!«, drängte er. Ich sagte, dass ich nichts zu erzählen hätte, dass ich Halûk kenne, der ein Freund von mir sei, dass mich reine Menschenliebe zu ihm ins Gefängnis geführt hätte, dass ich Ömer ausgerichtet hätte, dass es Halûk gut gehe, dass ich also nur einem Freund einen Besuch abgestattet hätte. Der Mann trat näher an mich heran, glotzte mich blöd an und brauste dann auf: »Dumme Göre! Da musst du früher aufstehen, zum Donnerwetter, du glaubst doch nicht, dass du uns an der Nase herumführen kannst, ich werde dir deine Schweinefresse polieren …« Um mir Angst einzujagen, überhäufte er mich mit weiteren Drohungen. Er fing immer wieder von vorne an, und es war so verwirrend, dass ich ihm irgendwann nicht mehr zuhörte, sondern mir nur noch ausmalte, was er mir alles antun könnte. Ich habe mich nicht davor gefürchtet, verprügelt zu werden. Ich hatte nur Angst, dass er mich zu Boden wirft und wie ein Tier über mich herfällt. Sollte mir ausgerechnet so ein Dreckskerl von einem Polizisten das zerstören, was meiner Mutter über alles geht, mein Jungfernhäutchen? Noch dazu in dieser Umgebung! Auf einem Holzboden! Wenn ich heute mit heiler Haut davonkomme, sagte ich mir, werde ich mir dieses Ding sofort von einem vernünftigen Kandidaten beseitigen lassen, zum Beispiel von Ahmet. Widerwärtig, diese Angelegenheit! Ich versuchte ein Lächeln zu verbergen, das über meine Lippen huschte, und schaute den Mann an, der, vor Wut schäumend, immer noch redete und redete. Es wirkte irgendwie gekünstelt, wie er sich da so aufplusterte. In diesem Moment versetzte er mir eine Ohrfeige. Ich schrie so laut auf, dass ich vor meiner eigenen Stimme erschrak. Auch der Mann wich einen Schritt zurück. Es tat nicht sonderlich weh, aber damit hatte ich nicht gerechnet. »Dazu haben Sie kein Recht!«, schrie ich sofort. »Dumme Gans«, murrte der Kerl und grinste hämisch. Die Tür öffnete sich, und ein junger Mann kam herein. Als er eintrat, ging meiner in Habachtstellung. Er fragte mich nach meinem

Namen, setzte sich hin und kam gleich zum Thema: »Mein liebes Fräulein, ich würde dir raten, dich auf deine Ausbildung zu konzentrieren. Ich bin Jurist und seit Jahren in diesem Beruf tätig.« Ich zeigte ihm mein blutendes Zahnfleisch. »Wenn das so ist, dann wissen Sie ja auch, dass niemand grundlos misshandelt werden darf! Das wird noch ein Nachspiel haben.« Vorwurfsvoll schaute er den anderen an, dann wandte er sich wieder an mich: »Ich rate Ihnen sehr, sich in Zukunft von den Kommunisten fern zu halten, ich möchte in dieser Angelegenheit nichts mehr mit Ihnen zu tun haben. Durch die Kommunisten werden Sie solche Schwierigkeiten bekommen, dass Sie damit sich und Ihre Familie ruinieren.« Er stand auf. »Also dann, auf Wiedersehen!« Gleich als ich auf der Straße war, zog ich meine Puderdose heraus und sah mir meine geschwollenen Lippen an: Mein Zahnfleisch blutete leicht, und auf einer Seite war ich im Gesicht feuerrot.

Esel, Hurensöhne, Saukerle! Auf dem Weg zur Uni zählte ich alle Schimpfwörter auf, die ich kenne. Erst mal in die Cafeteria – keiner da. Dann hoch in die Vorlesung von Tanpınar. Zum wievielten Mal kaut der uns jetzt eigentlich schon Yahya Kemal vor?

Gestern, beim Gelage, hielt uns die ewige Freude umfangen
Die Bucht bis zur Dämm'rung die Klänge der Saz
umschlangen
Der Morgen brach an, die Lieder verklangen
Ich war es, Geliebte, der im Kahn an dir vorüberzog.

Und was soll deine Geliebte nun tun? Muss sie dich jetzt etwa lieben, nur weil du mal mit dem Ruderboot an ihr vorbeigepaddelt bist? Und außerdem, wem gehört denn das Boot? Hatte Yahya Kemal etwa ein Ruderboot? Wie viel hat er dafür bezahlt? Wie hat er das Geld dafür verdient? Wer ist gerudert? Was ist sie für eine, seine Geliebte? Wer sind ihre Eltern, ist sie reich, ist sie schön?

Ein Brief von Halit. Angeblich hat er Halûk sehr gut gekannt. Man habe sie einmal zusammen verhört. »Bleib ihm fern!«, schrieb er. »Wenn wir uns das nächste Mal treffen, werde ich dir ausführlich von ihm berichten.« Dann das Übliche und ein Gedicht.

Die Leute belauern einander ständig. Überall, egal wo. Wenn man an einem Tisch sitzt oder im Hörsaal, wenn man mit einem Lehrer zusammen ist oder mit einem Freund. Sie schauen dich an, du sie. Was geht in ihnen vor? Heute brachte mir Meral einen Brief von Bedri mit. Wir waren bei mir zu Hause. Seit drei Jahren will er immer dasselbe: »Lass uns miteinander reden!« Worüber denn? Meral ist sehr glücklich. Nach der Uni geht sie sofort zu Necat. Sie treffen sich jeden Tag, sind sich selbst genug. Ich glaube, so wie sie könnte ich nie sein.

Irgendwann einmal klagten Kevser, Ayten und ich uns unser Leid. Kevser war wieder mal sehr schick angezogen. Sie gibt so viel Geld für Kleider aus. Sie hat Schuhe in den verschiedensten Farben, während ich mir im Jahr gerade mal zwei Paar leisten kann. Şeref studiert im letzten Jahr Jura, wenn er fertig ist, wollen sie sich verloben. Şerefs Vater ist offenbar nur ein kleiner Beamter. Wenn Şeref keine Stelle als Rechtsanwalt findet, fängt er bei Kevsers Vater an. Ende des Jahres wird auch Kevser mit der Uni aufhören. »Wenn ich schon jetzt aufhöre, dann sehe ich Şeref nicht mehr, und wenn er alleine ist, dann angelt ihn sich eine andere.« Ayten flirtet wieder mit einem Jungen von der Medizinischen Fakultät, sie haben sich anscheinend beim Tanztee kennen gelernt.

Ich lese *Schuld und Sühne.* Großartige Charaktere. Bedri holte mich heute ab. Er ließ nicht mehr locker: »Setz dich mit mir irgendwohin und lass uns reden!« Ich ging nicht mit. Die Augen dieses Kerls schwirrten über meinen Körper wie wild gewordene Wespen mit abgerissenen Köpfen, jederzeit zum Stechen bereit. Er ist einer von den Jungs, die das haben, was man Sexappeal nennt.

Kevser kam nicht zur Uni. Şeref schaute vorbei. Als er sie nicht fand, drehte er fast durch.

Kevser kam wieder nicht. Şeref wartete eine Weile und ging dann wieder. Ich schaute in Kevsers Wohnheim nach und fand heraus, dass sie Lungenentzündung hat und bei ihrer Tante in Şişli ist. Ich fuhr hin. Ihr Vater war auch da. Kevser gab mir einen Brief für Şeref mit.

Nach der Vorlesung ging ich mit Ayten ins Kino. Sie zeigten einen Film über Chopins Leben. Ich war ganz hingerissen von George Sand. Was für eine Frau! Zu Hause empfing mich meine Mutter mit wüsten Beschimpfungen. Ich flunkerte, ich sei in irgendeinem Sprachseminar gewesen, aber sie nahm es mir nicht ab: »Das ist keine Uni, das ist ein Bordell.« Kurz bevor mein Vater nach Hause kam, stöhnte sie: »Ach, ich habe Kopfschmerzen«, und legte sich hin. Die Frau ist eigenartig. Wenn sie mich bei irgendetwas ertappt, erzählt sie es meinem Vater nicht, sondern hält es vor ihm geheim. Stundenlang warte ich dann vergebens auf seine Standpauke. Auch jetzt hat sie ihm nicht gesagt, dass ich zu spät gekommen bin. Mein Vater ist aber auch zu doof. Er glaubt wirklich, sie sei krank. Er war die ganze Nacht auf den Beinen, holte das Thermometer, fühlte ihren Puls, machte ihr eigenhändig das Essen und fütterte sie im Bett. Dabei bin ich mir sicher, dass ihr nichts fehlt. Und Fieber hat sie auch nicht. Mit solchen Tricks will sie mir zu verstehen geben, dass es ihr meinetwegen so schlecht geht. Nach dem Essen befahl mir meine Mutter: »Mach uns einen Kaffee!« Also kochte ich Kaffee und spülte auch noch ab. Dann verzog ich mich mit *Schuld und Sühne.* Mein Vater fährt morgen wieder weg.

Schuld und Sühne

Meine Mutter nahm *Schuld und Sühne* und warf es in den Ofen. »Ich werde deinem Vater alles über dich erzählen. Wenn du glaubst, ich decke deinen Mist, dann irrst du dich gewaltig. Ich werde ihm sagen, dass du lieber Romane liest, statt zu lernen.« Darauf ich: »Dann sags doch!« Ach, mir reichts!

Heute ist etwas Entsetzliches passiert: Şeref kam zur Uni. Er fragte nach Kevser. Ich berichtete, was ich erfahren hatte: »Es geht ihr schon besser. Sobald sie gesund ist, kommt sie zu dir. Sie schickt dir diesen Brief.« »Der ist doch unwichtig.« Er nahm den Brief und steckte ihn in seine Tasche. Wir gingen in den Park. Plötzlich machte er mir eine überstürzte Liebeserklärung. Ich erschrak wahnsinnig. »Als ich Kevser einige Tage nicht gesehen hatte, wurde mir diese beängstigende Tatsache klar.« Ich wollte wissen, was er sich davon erhoffte, wenn er mir so ein Geständnis macht. »Eigentlich wollte ich es nicht sagen, aber ich konnte es nicht mehr aushalten. Ich erwarte nichts von dir.« »Halt also deinen Mund, und ich werde so tun, als hätte ich es nie gehört«, erwiderte ich darauf. »Ich hätte es dir nicht gestehen sollen, aber ich wäre verrückt geworden, wenn ich es nicht getan hätte«, stöhnte er und schaute finster drein. Jetzt war ich neugierig geworden: Spielt er mir nur etwas vor, oder meint er es ehrlich? »Gut, also was liebst du an mir?«, fragte ich. Und er ganz langsam: »Was kümmerts dich, warum fragst du, ich bettle nicht um deine Liebe.« Das gefiel mir. Es war doch mal was anderes zur Abwechslung, das interessierte mich. Jetzt schlug ich einen sanfteren Ton an. »Wenn du willst, schwänze ich heute die Vorlesung. Wir gehen aus und reden miteinander.« Warum ich ihn zu Lambo mitgenommen habe, weiß ich auch nicht. Wir tranken Wein. Er sagte kein Wort. Ich hatte den Eindruck, er sei enttäuscht oder schäme sich. »Komm, lass uns woanders hingehen«, schlug er vor. Wir zahlten getrennt. Dann gingen wir in eine andere Kneipe, gleich gegenüber von Lambo. Kaum hatten wir uns hingesetzt, rückte er mit der Sprache heraus: »Ich weiß nicht, aus der Sache wird ja sowieso nichts. Aber ich kann nicht anders, auch wenns unmoralisch ist. Was soll ich machen? Mir ist klar geworden, dass ich nicht sie, sondern dich liebe. Seit Tagen komme ich zur Uni und verschwinde wieder, bevor du mich entdeckst. Was kümmert mich Kevser, sie interessiert mich nicht.« Ich frage mich immerzu, was ihm wohl an mir gefällt. Was könnte es sein? Er sprach überhaupt nicht von mir, sondern nur über Kevser und sich selbst, trank ununterbrochen Wein und fing an, mir mit trübem Blick tief in die Augen zu sehen. Ulkig. Wie konnte es dazu kommen, nachdem wir so lange, fast ein Jahr, wie Freunde miteinander umgegangen waren? Ich bekam ein schlechtes Gewissen. Wäre ich doch nur sofort aufgestanden und hätte mich aus dem Staub gemacht, dachte ich. Da ging Şeref zur Toilette. Als er zurückkam und sich hinsetzte, sah ich, wie aus seiner Tasche einige Zettel hervorschauten, auf denen ich Kevsers Handschrift erkannte. Ich ärgerte mich, weil er den Brief offensichtlich heimlich auf der Toilette gelesen hatte, riss mich aber zusammen. Ist er wirklich so ein Heuchler? Warum tut er das? Nie habe ich Interesse an ihm gezeigt oder ihm irgendwelche Hoffnungen gemacht. Vielleicht zog er absichtlich eine Show ab, um mich eifersüchtig zu machen? Wenn das stimmte, wie charakterlos! »He, verrat mir mal, warum du das machst, Casanova?«, fragte ich. Er kapierte nicht, was ich meinte, wahrscheinlich war er einfach nur naiv. »Red doch nicht so, ich halte sehr viel von dir«, sagte er. »Weshalb respektierst du mich, weshalb hast du dich in mich verliebt?«, wollte ich wissen. Der glaubte wohl, er habe mich schon rumgekriegt. »An dir gefällt mir einfach alles, deine Herzlichkeit, deine Natürlichkeit, deine Aufrichtigkeit, dein Körper, du bist sehr schön, du bist anders als die anderen. Kevser kann dir nicht das Wasser reichen.« »Also gut, ich hab dir zugehört, jetzt weiß ich Bescheid und glaube dir. Du liebst also nicht Kevser, sondern mich. Und was jetzt? Was erwartest du von mir?« »Nichts, nichts, ich wollte es nur loswerden.« »Ach so!«, meinte ich nur. Er schwieg. Auch betrunken war er noch berechnend. Er passte genau auf, dass kein falsches Wort über seine Lippen kam und er keinerlei Versprechungen machte, weil er sich dachte, ich würde ihm sowieso gleich um den Hals fallen. Sieh mal einer an, wie gerissen, wie verdorben der ist! Morgen, wenn Kevser wieder kommt, würde er weitermachen wie gehabt, würde als Schwiegersohn in die wohlhabende Familie einheiraten, sich aber zwischendurch heimlich mit mir treffen. Ich wollte ihm einen Denkzettel verpassen: »Ich erzähl dir jetzt mal was von mir und meinen Gefühlen für dich.« Ich senkte meine Stimme, wie eine geheimnisvolle Geliebte: »Ich kenn dich jetzt schon seit einem Jahr.« Er wartete, sein Mund stand in gespannter Erwartung offen. Ich fuhr fort: »An dir gefällt mir nichts, aber auch gar nichts. Nur weil ich Kevser sehr gern mag, habe ich mich mit euch getroffen. Ich suche bei den Menschen Aufrichtigkeit, nicht nur wenn es um Liebe, sondern auch wenn es um Freundschaft geht. Daran aber hapert es bei dir, halt, unterbrich mich nicht! Du hättest den Brief von Kevser auch ganz offen hier lesen können, glaubst du denn, dass ich eifersüchtig bin?« Schlagartig wurde er knallrot und griff schnell mit der Hand an seine Tasche. Ich lachte lange, um ihn zu provozieren. Er stand auf. Ich rief ihm nach: »Die Hälfte der Rechnung zahlst du! Dann kannst du wie ein anständiger Mann verschwinden!« Er warf fünf Lira auf den Tisch und verdrückte sich. Scheißkerl!

Bedri passte mich heute ab. Wenn ich nicht bereit sei, mit ihm zu reden, würde er sich umbringen, sagte er. Er konnte, während wir sprachen, die ganze Zeit die Augen nicht von meinem Busen lassen, glotzte wie ein Neandertaler. Für meinen Geschmack ist er zu groß, sein hastig hervorgestoßener, heißer Atem elektrisierte meine Haare, die in alle Richtungen abstanden. Um ihn schnell loszuwerden, schlug ich vor, dass wir uns ein anderes Mal treffen sollten, um miteinander zu reden. Zu Hause bürstete ich erst einmal meine Haare. Sie waren am Scheitel so zerzaust, dass ich kaum durchkam. Ganz schön merkwürdig, so was kann einen richtig aus der Fassung bringen.

Ayten und ich, wir haben uns für Bedri ein schönes Spiel ausgedacht. Wir wollen zu dritt miteinander ausgehen. Unter einem Vorwand lasse ich die beiden dann allein. Ayten trinkt ein Glas mit ihm und verdreht ihm den Kopf. Dann wird sich zeigen, ob er nur mich liebt. Fällt er darauf herein, ist die Sache erledigt und ich bin ihn los. Er gefällt mir sowieso nicht, aber wenn er diese Prüfung besteht, steigt er natürlich in meiner Achtung. Vielleicht mache ich ihm ja auch mein Häutchen zum Geschenk. Für diese Aufgabe wäre er wie geschaffen.

Kevser kam wieder zurück. Als ich sie in der Kantine sah, ging ich schnurstracks zu ihr hinüber. Da drehte sich dieses gemeine Aas doch glatt zu mir um und fragte: »Na, was gibts, wartest du wieder auf Şeref?« Ich wusste nicht, wie mir geschah. Dass ich da nicht ohnmächtig umgefallen bin! Bin nicht mal in Tränen ausgebrochen, sondern riss mich zusammen, obwohl mir wirklich zum Heulen war.

»Wenn du ihn so sehr liebst, dann ziehe ich mich zurück und überlasse ihn dir«, sagte sie. Die haben aber auch gar keine Ehre im Leib. Ich blieb so gleichgültig und ruhig wie möglich und sagte langsam und deutlich, als ob mir das alles nichts ausgemacht hätte: »Er hat dich angelogen, er hat dir eine Lüge aufgetischt.« »Es gibt doch so viele Männer, und du verführst ausgerechnet die Geliebten deiner Freundinnen.« »Jetzt werd aber nicht frech.« Sie hörte nicht mal zu, verdrehte nur zornig die Augen. Man hätte meinen können, sie würde gleich an Gehirnblutung sterben, diese Tochter eines Stoffkrämers! Ich hätte angeblich Şeref meine Liebe offenbart, und er hätte Mitleid mit mir gehabt. Um mich zu trösten, hätte er sich mit mir ein wenig unterhalten, und nur weil er Kevsers Brief gelesen hat, soll ich mich aufgeführt haben! »Schau doch«, versuchte ich Kevser zu erklären, »dieser Schuft verdreht die Tatsachen. Gleich als er mich im Park gesehen hat, sagte er, dass er nicht dich, sondern mich liebt. Solche niederträchtigen Typen wie den schaue ich nicht mal an.« Sie stieß ein hysterisches Lachen aus. Das hat sie wahrscheinlich von ihrer Stiefmutter. Sie sagt immer, mit ihrem Lachen hätte ihre Stiefmutter ihren Vater verhext. »Wenn Şeref noch einen Funken Ehre im Leib hat, treffen wir uns zu dritt mit ihm«, schlug ich vor. »Wieso? Gibt es denn jemanden, der noch nicht weiß, was du für ein loses Frauenzimmer bist? Şeref soll dir eine Liebeserklärung gemacht haben! Dir! Ha, du bist ja sogar mit so einem Orang-Utan wie Halûk vollauf zufrieden. Du willst uns doch nur auseinander bringen.« Es gab nichts mehr zu sagen. Nach diesem Wortgefecht hätten wir nur noch aufeinander losgehen und uns die Augen auskratzen können. Ich suchte das Weite. Sie schickte mir noch ein Lachen à la Stiefmutter hinterher. Jetzt weiß ich, wie niederträchtig Şeref und Kevser, ja Menschen überhaupt sein können. Die anderen Studenten haben in der Cafeteria alles mit angehört. Wie kann ich ihnen jemals wieder unter die Augen treten? Ich weiß nicht, wie ich da rausgekommen bin, jedenfalls fand ich mich bei Lambo wieder. Haydar war auch da, ein anständiger Kerl. »Wenn dich etwas bedrückt, erzähls mir, ich helfe dir gern, wenn ich kann«, versuchte er mir Mut zuzusprechen. Aber was hätte ich ihm schon erzählen können? Damit auch er noch an meinem Charakter zweifelt? Sie beschuldigen mich, eine Rolle zu spielen, vor der ich in dieser Welt den größten Ekel empfinde und die ich nie spielen könnte! Diese elenden Schufte! Wie ich sie verabscheue!

Seit einer Woche war ich nicht an der Uni, war zu Hause geblieben, paukte für die Prüfungen. Manchmal gab ich vor, in die Uni zu gehen, und schaute bei Lambo vorbei. Und ich suche Arbeit, ohne dass sie es zu Hause mitbekommen. Halit hat angefangen, mir Liebesbriefe zu schreiben. Aber seine Leidenschaft gilt eher der Produktion von Literatur als der Liebe. Ich verstehe ihn. Ein junger Mann, der sein Exil in einem trostlosen Provinznest in Ostanatolien verbringt, verliebt sich natürlich in die Erstbeste, die ihm zufällig über den Weg läuft. Wäre er zuerst einer anderen begegnet, hätte er sich wahrscheinlich in die verliebt. Seinen Briefen merkt man an, dass er nervlich am Ende ist. Ich habe Angst, er könnte sich was antun. Im Gefängnis soll er es einmal versucht haben, angeblich hat er sich die Pulsadern aufgeschnitten. Uns verbindet eine innige Freundschaft. Ich las die Liebeserklärungen, die er mir in seinen Briefen macht, als wären sie nicht an mich, sondern an eine andere gerichtet; las sie wie einen Roman. So kann ich objektiv bleiben und sie analysieren. Ich weiß, dass es keine andere gibt, die er liebt und der er schreibt. Ich antwortete ihm freundlich, ohne sexuelle Verheißungen. Halit ist für mich sehr wichtig. Ich könnte es nicht ertragen, wenn er mich enttäuschen würde.

Manchmal, wenn ich über meine Lage nachdenke, empfinde

ich sie als so hoffnungslos, ausweglos und bedauernswert, dass mir Tränen in die Augen schießen. Aber ich habe eine Kraft in mir, die mich glauben lässt, dass die anderen im Unrecht sind und ich im Recht bin, nur deswegen halte ich durch – und weil es Halit, Haydar und ja auch Meral gibt. Meral erzählte ich die Sache mit Şeref und Kevser, sie kennt jetzt die wahren Hintergründe der Geschichte und spricht nicht mehr mit den beiden. Halit habe ich es geschrieben. Er antwortete mir: »Mensch, was gibst du dich auch mit diesen bourgeoisen Scheißkerlen ab! Mit denen hast du doch nur Probleme. Sie verstehen mein Mädchen nicht.« Solche Worte bauen mich wieder auf.

Heute ging ich zur Vorlesung unseres »Englischen Scheusals«. Gerade, als ich mit Ayten die Uni verlassen wollte, schnitt Bedri uns den Weg ab. Ich bat Ayten, einen Moment zu warten, und sprach kurz mit ihm. »Morgen komme ich, aber nur unter der Bedingung, dass wir nicht alleine sind. Ayten kommt mit.« Er war einverstanden. Mal abwarten, was dabei herauskommt, mal schaun, wie ihm das gefällt, bin jedenfalls schon sehr gespannt. Mit Bedri habe ich mich dann im Trianon getroffen. Ayten war natürlich auch dabei. Das Café Trianon liegt in einer abgelegenen Straße beim Galatasaray. Als ich mit Ayten hereinkam und wir uns hingesetzt hatten, verschlang er mich wieder mit seinen Augen. Sie würdigte er keines Blickes. Zwischendurch schaute er mich vorwurfsvoll an, als wolle er irgendetwas andeuten. Dann stand Ayten auf und zog sich aus. Das heißt, sie zog ihren Mantel aus. Aber wie sie ihn auszog! Man hätte glauben können, sie stehe gleich ohne Unterhose da. So affektiert, und dann dieses sonderbare Getue dabei.

Unter ihrem Mantel kam ein feuerroter Pullover zum Vorschein, den sie zu einem ebenfalls roten, knallengen Rock angezogen hatte. Um die Taille trug sie einen Gürtel. An diesem roten

Pullover hatte sie immer mal wieder an der Uni gestrickt. Wie ist sie nur auf diesen roten Rock gekommen? Den würde ich nicht mal für viel Geld tragen. Wie dem auch sei, der Pullover war derart eng, dass sich ihre Brustwarzen abzeichneten. Sie trug offensichtlich keinen Büstenhalter, ich habe genau hingesehen. Daran blieben nun auch die Augen meines Bürschchens hängen, und danach konnte er sich sowieso nicht mehr davon losreißen. Ayten hatte sich mit einem Lippenstift, der dasselbe Rot hatte wie ihr Pullover, geschminkt. Mit der Zunge befeuchtete sie permanent die Lippen und warf Bedri verstohlene Blicke zu. Dann wieder zwinkerte sie mir zu. Zwischendurch staunte sie über Bedris breite Schultern, berührte sie mit den Fingerspitzen und zog ihre Hand wieder abrupt zurück, als hätte sie sich daran verbrannt. »Oh, wie beeindruckend«, und sie erschauerte, ihre Stimme klang heiser und seltsam. Selbst ich konnte nicht mehr unterscheiden, ob sie das ernst meinte oder ob das zu unserem abgekarteten Spiel gehörte. Bedri plusterte sich immer mehr auf. Bald darauf rückte er seinen Stuhl so hin, dass er nur noch Ayten sah. Nun würdigte er mich keines Blickes mehr. Ehrlich gesagt, ich war stocksauer. Irgendwann ging Ayten zur Toilette. Was für ein Abgang: Beim Gehen schwang sie ihre Hüften und wackelte so mit ihrem Po, dass nicht nur Bedri, sondern auch ich den Blick nicht von ihr abwenden konnte. Als wir allein waren, schaute ich Bedri an. Er sah zu mir herüber, eine Augenbraue nach oben gezogen. Was für ein Blick! Als wollte er sagen: Siehst du jetzt, was für ein toller Hecht ich bin? Dieser dahergelaufene Möchtegernboxer. Seit Jahren trainiert er Boxen im Halkevi in Eminönü. Falls ihn zum Beispiel sein Vater, ein Oberst, vermöbeln würde, könnte er ihn mit einem Schlag erledigen. Wie gut ich doch daran getan habe, ihn die ganze Zeit nicht weiter zu beachten. Ich sagte kein Wort mehr, bis Ayten zurückkam. Unser Plan ging auf. Kaum war Ayten wieder am Tisch, sprang ich auf und rief: »Ah, Kinder, ist heute nicht Donnerstag? Da wollte ich eigentlich mit meiner Mutter Schuhe kaufen gehen, das hätte ich beinah vergessen. Bleibt ihr nur sitzen!« Ich zwinkerte Ayten zu, sie zwinkerte mir zurück. Bedri bot mir seine Begleitung nicht mal an. Ayten sagte: »Lauf, meine Süße! Wir bleiben noch ein wenig hier.« Morgen werde ich erfahren, was danach passiert ist.

Es ist alles so abgelaufen, wie wir es erwartet hatten. Kaum war ich draußen, soll Bedri augenblicklich gestanden haben, dass er sich wahnsinnig in Ayten verliebt hätte, geradezu verrückt nach ihr sei. Über mich hat er angeblich gesagt: »Ich meinte, in sie verliebt zu sein, aber ich glaub, ich hab mich getäuscht. Jetzt weiß ich, dass ich eigentlich jemanden wie dich gesucht habe. Du hast mir meinen Verstand geraubt.« Als gerade kein Ober in der Nähe war, hat er ihre Hand genommen und so stark geküsst, dass ein Knutschfleck zurückblieb. Das habe ich mit eigenen Augen gesehen. Ich glaube, er hat sie nicht geküsst, er hat sie gebissen. Dann wollte er sich noch mit ihr verabreden. Aber sie soll gesagt haben: »Ich bin mit einem anderen zusammen, außerdem wäre es auch meiner Freundin gegenüber unfair.« Darauf Bedri: »Flirte, mit wem du willst! Es interessiert mich nicht, mit wem du bis jetzt gegangen bist.« Ich sagte zu Ayten: »Weißt du, der Junge gefiel mir noch nie, und denk bloß nicht, dass es mir gegenüber unfair wäre. Eigentlich ist er ein netter Kerl.« »Ach, nein, das gehört sich doch nicht.« Ayten versuchte sich herauszureden. Ehrlich gesagt hätte ich mir gewünscht, dass sie Bedri nur auf den Arm nimmt und ihn dann sitzen lässt, aber ich glaube, Bedri gefiel ihr. Sie ist sowieso seit langem auf der Suche nach dem ultimativen Flirt. Einen ultimativeren als den hier kann es für dieses Mädchen gar nicht geben. Irgendwie empfand ich so was wie Eifersucht oder Ekel, als ich mich heute von ihr verabschiedete.

Bedri ist mein Sandkastenfreund. Seit zehn Jahren ist er nun hinter mir her, und dann verliebt er sich innerhalb von nur einer Stunde in eine andere.

Heute sah ich in der Zeitung eine Stellenanzeige. Ich ging hin und bekam die Stelle, im Mum Han in Karaköy. Ich werde in einem Büro den Telefondienst übernehmen. Der Chef ist jung und trägt eine Brille. Das Telefon hat zwei Leitungen, die Arbeit sieht folgendermaßen aus: Wenn das Telefon klingelt, soll ich abheben und fragen, wer dran ist. Mein Chef hört am anderen Apparat mit. Wenn ihm der Anrufer, nachdem er seinen Namen genannt hat, zusagt, zwinkert er mir zu. Ich soll dann auflegen, und er wird selbst mit ihm reden. Wenn ihm der Anrufer aber unangenehm ist, legt er auf, und ich soll den Anrufer abwimmeln, ihm irgendwas erzählen, zum Beispiel dass er nicht da oder noch nicht gekommen sei, und er solle es in einer Stunde noch einmal probieren. Damit wir uns gegenseitig Zeichen geben können und ich sein Augenzwinkern richtig deuten kann, muss ich an einem Tisch direkt gegenüber von ihm sitzen. Für diese Arbeit zahlt er mir im Monat zweihundert Lira. Von morgens bis abends um fünf soll ich also hier sitzen und nirgendwo anders hingehen. Und wir essen gemeinsam im Büro. Für das Essen zieht er mir dreißig Lira vom Monatslohn ab. Was für eine sonderbare Tätigkeit! Was er eigentlich genau macht, hat dieser Mann mit keiner Silbe erwähnt. Er sagte nur immer: »Sie rufen mich an.« Ein Mann, dessen Arbeit es ist, angerufen zu werden. Und das Büro hat er angemietet, damit man ihn anrufen kann.

Ich schaute bei Lambo vorbei, kein Brief für mich. Es war auch sonst niemand da. Etwas später kam der Lyriker M.S. und setzte sich allein irgendwohin. Lambo hatte Schnupfen. Am roten Ende seiner spitz zulaufenden Nase hing ein Tropfen Rotz.

Mich ekelte. Als er den Wein einschenkte, hielt er das Glas auch noch genau unter seine Nase. M.S. faselte etwas von den Menschen und ihren zornigen Anwandlungen. Dieser Typ wirkte aufbrausend und hatte merkwürdige, krankhafte Zuckungen. Er versuchte, Eindruck bei mir zu schinden, indem er den »Großen Dichter« mimte. Mit seinen Macken, seiner ewigen Sauferei – mit Geld schmiss er nur so um sich –, mit seinem großspurigen Gerede und seinen alle naslang wiederkehrenden Verszeilen französischer Dichter glaubte er, mir imponieren zu können. Seine letzte Nummer war die mit der »gesellschaftlichen Realität«. Er redete permanent vom »sozialen Realismus«; als ob man sozial sein könnte, ohne Realist zu sein. Mir ist bisher auch noch kein einziges gutes Gedicht von ihm unter die Augen gekommen. Es sind eben die Gedichte eines mittelmäßigen Beamten, auch wenn er angeblich für die Literaturzeitschrift *Varlık* schreibt. Dauernd schimpfte er: »Man müsste Hackfleisch aus ihnen machen, ja Hackfleisch!« Aus solchen Dichtern wie ihm sollte man Hackfleisch machen.

Dann waren da noch die Prüfungen. Ich hab sie bestanden. Jedes Mal, wenn ich Kevser traf, lief es mir kalt den Buckel runter. Wir sprachen nicht mehr miteinander. Das Merkwürdige an der Sache ist, dass sie anscheinend niemandem erzählt hat, was zwischen uns vorgefallen ist. Selbst Ayten nicht. Ich horchte Meral aus. Sie sagte, Kevser habe nichts erzählt. Şeref besucht die Vorlesungen auch nicht mehr so regelmäßig wie früher. Wären wir uns in den ersten Tagen danach begegnet, hätte ich ihm die Meinung gesagt, aber nun sehe ich die beiden manchmal nur von weitem, wenn sie aus der Tür treten. Ich bin nicht mehr wütend, empfinde aber eine bittere Leere.

Menschen, Menschen, Menschen. Jetzt interessieren mich einzig und allein Menschen. Wie unterschiedlich sie doch sind! Wenn ich einen neuen Menschen kennen lerne, bin ich erst einmal vollkommen verwirrt, bis ich verstehe, wie er ist und wozu er fähig ist. Sie machen mich schwindelig, die Menschen. Ich übertreibe nicht.

In kürzester Zeit habe ich alle Bücher von Dostojewski gelesen. Ein großartiger Schriftsteller! Und wie genau er die Menschen kennt. Auch sein Interesse gilt den Menschen. Inzwischen schreibe ich überhaupt keine Gedichte mehr. Unmöglich, all diese Menschen, diese Menschenmassen in Gedichten unterzubringen. Im Moment begreife ich die Dichtung und die Kunst wie ein Bergwerk, das voll mit Menschen statt voller Gold ist.

Heute traf ich O. zufällig in Beyoğlu. Meral und Necat kamen gerade aus einer Kunstausstellung. O. unterhielt sich mit Necat. Mich grüßte er nur beiläufig. Ich hätte gerne mit ihm geredet, ihm gesagt, dass ich seine Bücher gelesen habe oder so etwas Ähnliches, aber ich brachte meinen Mund nicht auf. Kaum hatten sie ihr Gespräch beendet, war er auch schon verschwunden, wie vom Erdboden verschluckt oder als hätte er sich in Luft aufgelöst.

Halûk wurde aus dem Gefängnis entlassen. Wir trafen uns im Park. Man hat ihn sogar vorzeitig freigelassen. Ich rannte ihm entgegen, fiel ihm um den Hals und küsste seine Wangen. Es war ihm offenbar peinlich. Wir setzten uns auf einen Stein in einer Ecke des Parks. Er bedankte sich bei mir. Ich erzählte ihm, was passiert war und warum ich nicht noch einmal hatte kommen können, erzählte ihm von der Polizei und all dem anderen. »Ich weiß, du hast deine Aufgabe erfüllt.« Sie haben auch Ömer festgenommen. »Ich hab der Polizei nichts verraten«, sagte ich. »Ich weiß.« Aber irgendwie schien er mir die Schuld dafür zu geben, oder als würde er bezweifeln, dass sich alles wirklich so abgespielt hat, wie ich es ihm erzählt habe. Das verletzte mich. Ich schwieg. Dann erzählte ich ihm, dass Ömer in Wirklichkeit Salih heißt. Das kommentierte er auch nur mit einem: »Ich weiß.« Ich wartete darauf, dass er mir die Hintergründe erklären und mir sagen würde, was mit »weißer Rabe« gemeint war. Er tat nichts Dergleichen. Ich hätte fragen können, aber ich wäre mir primitiv vorgekommen mit meiner Neugierde. Er wiederholte nur, dass ich meine Aufgabe erfüllt hätte, mehr nicht. Wenn er gewollt hätte, hätte er es mir sicher gesagt. Egal, es hilft mir im Moment sowieso nicht weiter, wenn ich weiß, was der »weiße Rabe« bedeutet. Aber das Misstrauen Halûks kränkt mich. Er stand plötzlich auf, als hätte er es eilig, und ging zur Vorlesung. Ich schaute ihm lange nach.

Necat hat sich von Meral getrennt; er hat sich ein reiches Mädchen geangelt, sie geheiratet und ist zu ihr gezogen. Von dem Geld, das ihm die Mutter des Mädchens gegeben hat, macht er ein Architekturbüro auf. »In diesem Kampf haben wir unser Bestes gegeben, wir haben viele Entbehrungen auf uns genommen, jetzt reichts, nun sollen sich die mal anstrengen, die nach uns kommen«, rechtfertigte sich Necat. Bedri und Ayten sind ziemlich verliebt ineinander. Meral meint, Bedri und Ayten hätten miteinander geschlafen. Bedri soll sie in die Junggesellenwohnung eines Freundes mitgenommen haben. »Aber er hat sie offenbar satt, er fragt wieder öfter nach dir. Dieses Jahr macht er sein Examen, er wird Arzt, es wäre gut, wenn ihr euch wieder versöhnt.« »Ich bin gar nicht mehr böse auf ihn«, antwortete ich ihr, »aber es geht um etwas anderes. Bedri und ich, wir kommen einfach nicht miteinander aus, vergiss es!« Meral ist aufrichtig. Sie sagt immer, was sie denkt. Wir gingen wieder zusammen zu Lambo. Ist auch besser, wenn sie keinen Freund hat. Das ist mir ganz recht. So kann ich sie zu allem möglichen Unfug anstiften.

Bei Lambo sind Gerüchte über mich in Umlauf. Ein bisschen gefällt mir dieses Getratsche sogar. Man unterstellt mir alles Mögliche, was ich gar nicht getan habe. Wie dumm, einfach lächerlich! Die Gerüchte zeigen mir ganz neue Seiten an den Menschen: verblüffende, raffinierte, wohlwollende, ignorante, selbstsüchtige. Es gibt nichts, was sie nicht tun könnten und was sie nicht auch tun. Meine Mutter nervt mich nicht mehr so, was aber nur heißt, dass sie mir keine Moralpredigten mehr hält. Trotzdem merkt man ihr an, dass sie mit nichts einverstanden ist. Allein schon wie sie mit den Schultern zuckt, mit ihren Fingern auf irgendetwas klopft, oder wenn sie schneller atmet, wenn sie sich wieder über etwas aufregt. Mir solls recht sein. Wir kamen also zu einer geheimen Übereinkunft: Sie ist nicht einverstanden mit dem, was ich mache, aber sie lässt mich in Ruhe. Ich suche mir gerade Arbeit. Und ich habe noch niemanden getroffen, der mich von meinem mysteriösen Häutchen hätte befreien können.

Bei Lambo habe ich schon einige Künstler kennen gelernt. Doch viele von diesen Typen kenne ich nicht wirklich. Jedes Mal, wenn ich mit ihnen über Dichtung oder Politik diskutieren oder mit ihnen Freundschaft schließen will, ohne die ein Mensch nun mal nicht auskommt, oder mir anmaße, ernsthaft über ein Thema zu sprechen, über das ich Bescheid weiß, dann albern und spotten sie herum. Ersticken das Gespräch, das Thema im Keim, machen sich darüber lustig oder brechen einen Streit vom Zaun. Jedes Mal, wenn ich sie wegen Arbeit frage, ob sie mir nicht helfen können, weichen sie aus. Ich interessiere mich nicht wirklich für sie, sondern begeistere mich im Moment für die Kunst und bin neugierig auf Menschen. Und ehrlich gesagt, ist es mir immer egal, dass sie Männer sind. Das Urteil, zu dem ich nach etwa zweijährigem Umgang mit ihnen komme, lautet: Sie wollen bedeutender scheinen, als sie in Wirklichkeit sind. Und was sie sich noch alles einbilden! Einige unter ihnen sollen behauptet haben, dass ich sie angemacht hätte, sie mich aber abblitzen ließen. Von Haydar weiß ich, dass sie sich darüber ausgelassen haben, als die Männer unter sich waren. Einer soll sogar gesagt haben, dass ich bei ihm zu allem bereit gewesen wäre. Bereit zu was? Zum Teufel mit diesen Typen! Neulich soll mich einer in seine Junggesellenwohnung mitgenommen haben, es war R.R., aber nicht in seine Wohnung, sondern in die von M.E.

Heute habe ich mir diesen M.E. einmal vorgeknöpft. Ich kannte den Kerl überhaupt nicht, wusste nur, dass er Erzählungen schreibt. Ich nahm meinen ganzen Mut zusammen, setzte mich neben ihn an die Theke und bestellte bei Lambo ein Glas Wein. »Mein Herr! Waren Sie es vielleicht, der R.R. seinen Wohnungsschlüssel gegeben und überall herumerzählt hat, dass er mich dorthin mitgenommen hätte?«, flüsterte ich ihm leise und betont höflich ins Ohr. »Ja!«, antwortete er arrogant. »Ja, ich habe gesagt, dass R.R. den Schlüssel von mir wollte, um mit Ihnen dort hinzugehen.« »Sie lügen! Ich kenne R.R. sehr gut. Er ist ein angesehener Dichter, unmöglich, dass er Ihnen solche Lügen auftischt«, antwortete ich. Und genau in diesem Moment kam R.R. herein. Als würde er sich sehr freuen, mich zu sehen, streckte er mir die Hand entgegen. Ich schlug sie aus und fragte auch ihn übertrieben höflich: »Einen Moment! Stimmt es, dass Sie mich in die Wohnung dieses Herrn gebracht haben?« R.R. schaute plötzlich ganz verdutzt drein und stammelte: »Zu welchem Zweck? Warum sollte ich Sie in seine Wohnung mitnehmen?« »Warum Sie mich dorthin gebracht haben sollten, weiß ich auch nicht, aber sind wir hingegangen?« Lambo hörte spöttisch lächelnd zu, schaute aber nicht zu uns herüber. »Ich soll Sie da hingebracht haben?«, fragte R.R. und schaute dabei M.E.

an; mit einem Blick, als wolle er sagen, das gehört sich doch nicht! »Ja, Sie!«, beharrte ich. »Aber ich bitte Sie! Ich kenne Sie doch kaum. Außerdem, das wäre ja ausgesprochen taktlos!« »Sie kennen mich, und ich kenne Sie. Wie oft haben wir uns hier getroffen und uns miteinander unterhalten? Sie haben Ihre Bücher für mich signiert und sie mir geschenkt, um eine neue Leserin zu gewinnen. Und einmal habe ich Ihnen sogar, genau hier, gesagt, dass mir Ihre Gedichte nicht so gut gefallen. Wollen Sie mich jetzt etwa deshalb in diese Junggesellenwohnung abgeschleppt haben?« »Ja! Das heißt, nein! Es war so, wie Sie es dargestellt haben, mehr gibts dazu nicht zu sagen«, antwortete er. »Jetzt steh ich als Lügner da. Hast du es mir nicht genauso erzählt?«, fragte M.E. naiv. »Nein, da ging es um eine andere«, korrigierte R.R. »Seis drum«, meinte M.E. nur. Im Grunde genommen ist M.E. ein ziemlich ehrlicher Mensch, nicht so einer wie R.R. Ich wandte mich von den beiden ab, kurze Zeit später standen sie auf und gingen. Ich fragte Lambo: »Ist es nicht eine Schande, Monsieur Lambo, glauben die etwa, ich komme hierher, um nach Männern Ausschau zu halten?« »Na, das sind eben Männer, Männer sind nun mal so.« »Diese Typen meinen wohl, ich sollte zu Hause bei meiner Mutter sitzen. Können sie mich nicht einfach wie eine Freundin oder Schwester behandeln?« »Unmöglich, meine Kleine, wie soll denn das gehen? Es sind Männer, und du bist doch nicht ihre Schwester.«

Schon auf dem Nachhauseweg zwang ich mich, aus diesem Zwischenfall die richtigen Konsequenzen zu ziehen. Vor dem Buchladen Saray wiederholte ein alter Knacker direkt hinter mir wie eine hängen gebliebene Schallplatte immer wieder die Worte »Hundert Lira, hundert Lira«. Dann überholte er mich, wartete wieder auf mich und drängte sich von hinten an mich heran. Auf dem Kopf trug er eine Mütze, an den Füßen schmutzige Gummistiefel, hatte einen langen Bart, sah aus wie ein Gauner oder

Ganove. Ich regte mich nicht weiter auf. Gibt es denn aus der Sicht einer Frau einen Unterschied zwischen ihm und solchen Typen wie R. R., die wir als die sogenannte türkische Intelligenzija bezeichnen? Nein, meiner Meinung nach gar keinen. An ihm gemessen, tragen natürlich die anderen das Tausendfache an Schuld. Er kam ganz nah an mich heran, zeigte mir einen Geldschein, den er aus seiner Jacke zog, einen 100-Lira-Schein. Ich lachte. Und er grinste, als hätte ich ihm gerade meine Unschuld geschenkt. Plötzlich bemerkte ich, dass er mir dicht auf den Fersen blieb, und so gingen wir weiter. Iiiih, wie mich das anekelte. Am Taksim, direkt vor der Polizeiwache, rief ich dann: »Komm und erzähl doch mal den Polizisten hier von deinem Problem.« Der Mann machte schnell kehrt und verschwand. Wenn nur Halit hier gewesen wäre! Halit ist anders. Er ist wohl erzogen und kommt aus gutem Hause. Wäre er doch heute nur hier gewesen!

Heute schaute ich nach der Uni bei einer Zeitung vorbei. Ich hatte gehört, dass sie einen Journalisten suchen. Ich ging direkt zum Chefredakteur. Er war noch jung. Ich trug ihm mein Anliegen vor, fragte, ob er jemanden brauche. Er zeigte Interesse. Er lief raus und rein, fragte irgendjemanden nach etwas. Der eine oder andere streckte seinen Kopf herein, musterte mich und verschwand wieder. Schließlich sagte er, die Stelle sei schon an jemand anderen vergeben, aber er würde sich melden, wenn es etwas gäbe. Fragte nach meiner Adresse. Er würde mir einen Brief nach Hause schicken. Als ich gehen wollte, hielt er mich zurück, bot mir einen Kaffee an und erzählte, dass er meinen Namen schon einmal gehört hätte. Ich wollte wissen, woher. R. R. und er seien eng befreundet, grinste er. »Dann ist ja alles klar«, sagte ich und ging hinaus. Mistkerle!

Heute begegnete ich O. Wir gingen aufeinander zu. Ich blieb stehen, schloss mich ihm an, und wir plauderten miteinander. Er war ganz anders als die anderen. Mit den meisten hat er sich überworfen. Ich erzählte ihm, dass ich jetzt keine Gedichte mehr schreiben könnte. »Sie hatten Recht, meine Gedichte waren nicht gut«, und ich fragte ihn, ob er Arbeit für mich wüsste. »Aber ich kenne doch niemanden, übrigens suche ich selbst Arbeit«, erwiderte er. Was für ein mürrischer Sonderling! Geht den Leuten stets aus dem Weg. Ich wusste nicht mehr, wie es dazu kam, aber irgendwann hatten wir uns im Çardaş verabredet, um meine Gedichte zu lesen. Er ließ mich weder die ganze Rechnung bezahlen noch die Hälfte davon. Ich verabschiedete mich und machte mich wieder auf den Heimweg. Da sah ich Haydar auf mich zukommen. Wir setzten uns ins Baylan und tranken Tee. Ich erzählte ihm, was vorgefallen war. »Vergiss ihn! Er ist nicht so, wie du denkst«, sagte er. »Was denk ich denn?« »Er interessiert sich nicht für Frauen.« »Umso besser, dann halt ich mich ab sofort an ihn. Wenigstens habe ich jemanden gefunden, der sich nicht nur deshalb mit mir abgibt, weil ich eine Frau bin.« Er lachte: »Na, dann viel Glück!« Ich sagte zu ihm, dass die meisten der Künstler, die ich kenne, überspannt seien oder zumindest so täten. Die einen gäben sich frankophil, die anderen seien sowieso rückständig. »Ja, sie sind alle ein wenig verrückt.« »Und diese Verrückten sollen die türkische Literatur hervorbringen?« »Natürlich, solche wie sie und solche wie du.« »Du würdest doch, selbst wenn du nichts von mir gelesen hättest, sagen, ich schreibe schlecht.« »Die anderen schreiben genauso schlecht.« Wir lachten. Ich stand auf, er setzte sich an einen anderen Tisch. Dort saß A.I. »Los, erzähl, dass auch du mich in diese Junggesellenwohnung gebracht hast!«, rief ich ihm noch zu. Er war sehr gekränkt. Ich bereute sofort, was ich gesagt hatte. »Wir beide sind doch gute Freunde. Wenn du mir nicht vertraust, dann sollten wir auch das Reden sein lassen«, sagte er. Ich entschuldigte mich, hätte eben einen schlechten Witz gemacht, weil mir die anderen so übel mitgespielt hatten. Er streckte mir die Hand entgegen und meinte: »Wir kommen doch gut miteinander aus, dir würde ich keinen Mann als Freund vorziehen.« Ich bedankte mich, und wir verabschiedeten uns. Da hat er wirklich etwas sehr Schönes zu mir gesagt. Ich war ganz gerührt.

Ein Brief von Halit. Den vorherigen habe ich nicht erhalten, ist offensichtlich bei Lambo verloren gegangen. Ich glaube nicht, dass Lambo ihn verschwinden lassen würde, aber vielleicht ist er einem der Gäste in die Hände gefallen? Wie dem auch sei, es steht nichts drin, was man verheimlichen müsste. Aber Halits Briefe enden immer so leidenschaftlich: Seele, Sehnsucht, Opferlamm, meine Liebe, mein Kind. Wer weiß, welche Schlüsse einer zieht, der sie zufällig liest? Ich werde ihm jetzt sofort antworten.

Merals Vater ist an einem Gehirnschlag gestorben. Meral war drei Tage nicht an der Uni. Sie sah blass aus. Wir gingen im Park spazieren und unterhielten uns. Sie erzählte, dass es ihrer Mutter sehr schlecht gehe. »Ich bin sehr traurig«, sagte sie. Mir kam sie gar nicht so traurig vor, aber sie scheute sich, es offen zuzugeben. Ich weiß, wie sehr sie den Tod ihres Vaters herbeigesehnt hat, vor allem als sie noch im Gymnasium war. Das ist noch keine zwei Jahre her, und jetzt will sie diesen Vater so sehr geliebt haben? Ich fragte nach Bedri. »Ihm macht es nichts aus, du kennst ihn doch«, erwiderte sie. Ich erkundigte mich nach Ayten und hörte, dass sie sich von Bedri getrennt hat. Auch Ayten kommt nicht mehr zur Uni. Meral ließ mich schwören zu schweigen und verriet mir dann ein Geheimnis: Ayten soll in einem Bordell arbeiten. Das tat mir sehr leid. Ich war den Tränen nahe. »Das hat sie auch schon vor der Zeit mit Bedri getan«, tröstete sie mich. Ich war überrascht, wie ist das möglich? Schade. Eigentlich ist sie ganz in Ordnung.

Lambo gab mir den Brief von Halit doch noch. Endlich fliehen wir. »Meine Freundin, würdest du mit mir kommen, wenn ich irgendwo hingehen würde, weit weg von unserer Heimat? Es ist gefährlich; die Gefahr erwischt zu werden, ist aber gering. Du wirst sehen, wir werden es schaffen und miteinander glücklich sein.« Miteinander glücklich sein, etwa als Mann und Frau? Oder als Freunde, wie er schreibt? »Es wird noch jemand mit uns kommen, du kannst ihm genauso vertrauen wie mir«, schreibt er. Ich war ganz außer mir. Ja, natürlich, selbstverständlich werde ich mitkommen. Was habe ich hier noch verloren, wonach suche ich, wer oder was hält mich hier? Ich schrieb ihm sofort zurück: »Wann immer du willst, ich bin jederzeit bereit.« Ich habe zwar kein Geld, aber ich nehme es mir ein letztes Mal von meiner Mutter, oder vielmehr ich stehle es. Wegen mir hätte sie sowieso noch ein paar Unkosten gehabt. Ich weiß, dass in der Schublade der Kommode eine Sparbüchse mit ein paar 100-Lira-Scheinen ist. Jedenfalls werde ich, wenn ich weg bin, arbeiten, Geld verdienen und es ihr schicken und alles zurückzahlen. Wohin werden wir wohl gehen? Er wird es später schreiben. Ich werde noch wahnsinnig vor Freude! Meine Mutter darf nichts merken. Sie sieht einem an der Nasenspitze an, was los ist. Wenn sie darauf kommt, bin ich verloren. Ja, ich werde dir eine Lektion erteilen, dir, du Wächterin meines Jungfernhäutchens, und was für eine Lektion!

Heute gingen meine Mutter und ich nach Pendik, um Merals Familie unser Beileid auszusprechen. Mutter war seit gestern den Tränen nahe, nun konnten die Trauernden ihren Tränen freien Lauf lassen. Bedri war zu Hause.

Er, Meral und ich saßen in der neuen Wohnung im Wohnzimmer, das den Grundriss eines L's hat. Bedri ist unglaublich in die Höhe geschossen. Er sieht wirklich sehr gut aus. Die ganzen Jahre habe ich ihn mit anderen Augen betrachtet. Immer, wenn ich ihn sehe, fallen mir zwei Szenen ein, und ich verkneife es mir loszulachen. Die eine, als er die Kirschmarone aß, die meine Mutter gebacken hatte, und mit einem Kussmund über mich hergefallen war, und die andere, wie er mich angeschaut hatte, als Ayten auf die Toilette gegangen war. Doch heute wirkt er nicht mehr so frech und aufdringlich wie früher.

»Gehst du noch zum Boxtraining?«, fragte ich ihn. »Nicht mehr so oft wie früher, in diesem Jahr muss ich mehr pauken.« »Und deine Gedichte? Ich sehe deinen Namen nicht mehr in den Zeitschriften.« »Damit habe ich aufgehört. Gedichte schreiben ist Frauensache.« Ich lachte. »Schreibst du noch welche?«, fragte er. »Nein. Ich habe das Dichten den Männern überlassen.« Er grinste: »Was liest du gerade?« Ich zählte ihm alles auf. »Wer hat dir das empfohlen, Halit oder Halûk?«, fragte er spöttisch. Ich war zu Tode erschrocken, machte ihm ein Zeichen, dass meine Mutter es hören könnte. »Sie hörts schon nicht«, flüsterte er, und ich: »Beide geben mir gute Tipps.« Ich war ganz schön sauer auf Meral. Klar, sie hat ihrem Bruder alles weitererzählt! Doch obwohl Bedri treulos ist, meiner Mutter oder sonst irgendjemandem würde er das nicht auf die Nase binden, und wenn schon, soll er es ihr doch sagen! Als wir wieder zu Hause waren, erzählte meine Mutter, dass Nazife jetzt schneidern wird, da sie mit dem Geld, das ihr Mann ihr hinterlassen hat, nicht auskommt. »Gott verhüte, dass uns das Gleiche passiert, was würde aus uns werden?« Und sie weinte bitterlich über etwas, was uns im Moment gar nicht betraf. Immer wieder sagte sie: »Der liebe Bedri, er ist stark wie ein Löwe geworden. Wenigstens kann er seiner Mutter, wenn er Arzt ist, noch eine schöne Zeit bereiten. Ein Junge ist eben doch etwas anderes. Gott möge mir einen Sohn schenken«, flehte sie immer wieder.

An diesem Morgen war die Erde voll fliegender Ameisen. Es ist Frühling geworden. Die Luft war mild, und ich ging wieder mit der Strickjacke zur Uni. Heute begegnete ich Kevser auf dem Korridor. Sie schaute mich an und lächelte. Ein Lächeln der Versöhnung. Ich war versucht, so zu tun, als würde ich es nicht bemerken. Nein, ich bin nicht mehr sauer auf sie, das nicht. Aber Freundinnen werden wir auch nicht mehr. Im Unterricht saß ich neben Incilay. Incilay kann sehr gut zeichnen, sie zeichnete ein Bild von mir in ihr Heft und zeigte es mir. Sie hat mich gut getroffen. Darunter hat sie geschrieben: »Who is the slayer, who is the victim?« Ich schaute sie verblüfft an, sie aber schaute in Richtung Pult und tat so, als würde sie dem Lehrer zuhören. Ich kann Incilay nur schlecht einschätzen. Was will sie damit sagen? Ich wurde neugierig. Es dauerte nicht lange, und sie fing wieder an, etwas in ihr Heft zu kritzeln. Dieses Mal beugte ich mich vor und schaute ihr zu. Sie zeichnete unseren Lehrer Sabri Esat und schrieb darüber: »My Love«. Wir lächelten uns an. Die hat wirklich Humor! Und irgendwie habe ich das Gefühl, dass sie einiges über mich weiß. Ein sehr sympathisches Mädchen; eines jener Mädchen, die offenbar selbst glücklich sind und andere glücklich machen. Ich weiß allerdings nicht, ob sie wirklich so ist.

Auch heute Morgen war wieder alles voller fliegender Ameisen. Es waren derart viele, dass man sehr behutsam auftreten musste, um sie nicht zu zertreten. Als ich die Straßenecke erreichte, trat ich jedoch versehentlich darauf. Um die zerquetschten Ameisen nicht sehen zu müssen, schaute ich nicht mehr auf den Boden, sondern in die Luft. Sie wurden schließlich erschaffen, um zu fliegen, und trotzdem kriechen sie am Boden zu unseren Füßen umher. Mühsam verkriechen sie sich für kurze Zeit in Erdlöchern. Um dabei ihre Flügel zu schützen, legen sie diese eng an ihren Körper. Wie seltsam! Sind das fliegende Ameisen oder etwa kriechende Vögel?

Ich schaute bei Lambo vorbei. Ein Brief von Halit. Ich öffnete ihn sofort: Es war noch ein zweiter Umschlag darin. Darauf stand »streng geheim«. Ich steckte ihn in meine Tasche und lief nach Hause. Meine Mutter übergab sich gerade. Offenbar Schwangerschaftsübelkeit. Es heißt, dass man bei Jungs nicht kotzt und bei Mädchen abmagert. Also wirds wohl wieder so ein dummes Gör. Mir ist es egal, was es wird. »Brauchst du etwas?«, fragte ich sie. »Lass mich in Ruhe!«, schrie sie mich an. Da hab ich die keusche Madame wohl bei der Sünde ertappt, und jetzt schämt sie sich. Wie hat sie mich bloß auf die Welt gebracht, ehrenhaft wie sie ist? Wahrscheinlich ist sie von Vaters Blicken schwanger geworden. Ich ging in mein Zimmer und las den Brief. Er wird mich schon bald, sehr bald den genauen Zeitpunkt unserer Flucht wissen lassen. Irgendwann kommende Woche. Ich glaube, Anfang der Woche. »Verlass auf keinen Fall das Haus, entweder schicke ich dir ein Telegramm, oder es kommt jemand vorbei, der nach der Uslu-Hanım-Çıkmazı-Straße fragt. Er ist etwa zwanzig, klein, mit dunklem Teint und Schnurrbart. Wenn deine Mutter aufmacht, geht er weg und klingelt eine halbe Stunde später wieder an der Tür. Dann musst unbedingt du die Tür öffnen. Mein Liebling, er wird dir einen Zettel geben, auf dem du alles findest: den Zeitpunkt, den Fluchtplan, unsere Route, unseren Treffpunkt, eine Landkarte und eine Liste mit allem, was du mitnehmen musst.« Er unterschrieb: »In Liebe, dein Sklave.« Sklave, wie kommt er denn auf so was?

Ich war heute schon vor der ersten Vorlesung zur Uni gegangen, um Meral abzufangen. Normalerweise komme ich immer erst zur zweiten Stunde. Die erste versäume ich meistens, weil ich bis spät in die Nacht lese. Meral ließ sich nicht überreden, mit mir zusammen den Hörsaal zu verlassen. In dem Moment kam auch schon das »Englische Scheusal« herein. Ob ich wollte oder nicht, ich musste bleiben. »Lass die Uni heute Uni sein, komm, wir machen blau, es gibt großartige Neuigkeiten«, flüsterte ich. »Dir scheint der Frühling in den Kopf gestiegen zu sein.« In der letzten Reihe saßen Incilay und Mehmet nebeneinander. Ich sehe die beiden sehr oft zusammen. Die haben doch was miteinander. Ich schaute zu Incilay nach hinten. Sie grinste mich verschmitzt an, ich grinste zurück. Sie schlug sofort ihr Heft auf und zeichnete etwas, hob es hoch und zeigte es mir: Zweige. Sie hatte Frühlingszweige gezeichnet, und zwischen den Blüten saß ein großes Auge. Darunter hatte sie geschrieben: »Not that I like our ›English Ugliness‹ less, but that I love spring more!« Gewitzt, diese Incilay. Gleich nach der Vorlesung schleppte ich Meral aus dem Hörsaal. »Wir gehen jetzt!« »Bist du verrückt geworden?« »Ja, ich bin verrückt. Los komm schon!« Sie schaute mich verdutzt an. »Ich kann dir das hier nicht erklären«, meinte ich. An der Galata-Brücke stiegen wir in einen Dampfer ein, fuhren bis Küçüksu, dort mieteten wir uns für eine Stunde ein Ruderboot. Es war ein unheimlich schöner und heißer Tag am Bosporus. Unterhalb der Anlegestelle von Anadoluhisar, kurz vor dem Postgebäude, paddelten wir los.

Diese Stelle hat Mutter einst entdeckt. Im Sommer kommen wir einmal die Woche hierher. Wir steigen immer in Beşiktaş in einen Dampfer ein und in Anadoluhisar wieder aus. Durchquert man den Park rechts vom Anlegesteg und darauf die mit riesigen Steinen übersäten Seitenstraßen am Fuß der Festung, dann sieht man ein kleines Grundstück und das Meer. Oft schwimmen hier einige Kinder im seichten Wasser. Mutter hält immer ein riesiges Handtuch um mich herum, sodass ich mich ausziehen kann. Dann schlüpfe ich in einen Badeanzug, den Mutter mir gestrickt hat. Ein komisches Ding. Knallbunt, bis zum Kragen geschlossen, mit halblangen Hosenbeinen. Mit diesem Anzug hat meine Mutter ein Meeresungeheuer aus mir gemacht. In diesem Aufzug hüpfe ich dann ins Wasser. Auf einem kleinen Teppich, den sie auf den Steinen ausbreitet, sitzt sie dann mit ihrem sandfarbenen Popelinmantel, den sie nicht auszieht, unter einem pechschwarzen Regenschirm, den sie gegen die Sonne hält. »Schwimm nicht so weit hinaus! Heute ist die Strömung da draußen wieder so stark. Komm hier herüber! Komm endlich! Sobald ich das Handtuch bereitgelegt habe, kommst du heraus! Eins, zwei, drei und los!« Und dann gehts wieder nach Hause.

Zwei kleine Jungs paddelten nicht weit von uns entfernt in einem kleinen, roten Ruderboot. Dort weihte ich Meral ein. Sie wäre beinahe gestorben vor Neugierde. »Nächste Woche werde ich nicht mehr hier sein«, eröffnete ich ihr. Da war sie baff. Damit sie mit niemandem darüber spricht, ließ ich sie beim Leben ihrer Mutter schwören zu schweigen, denn Meral liebt ihre Mutter sehr und glaubt an solche Schwüre. Sie wird auch Bedri nichts erzählen. »Seine Gedanken sind sowieso bei dir. Wenn ich es ihm sage, könnte es Probleme geben.« »Komm doch auch mit«, forderte ich sie auf, »lass uns zusammen weggehen. Es gibt noch einen, der mit uns kommt. Wenn du auch mitkommen würdest, dann wären wir zwei Paare.« »Du wirst wahrscheinlich mit Halit schlafen und bei ihm bleiben müssen«, sagte sie. »Ich glaube nicht, dass er mich dazu zwingt, aber das nehme ich in Kauf«, erwiderte ich. »Ist doch auch egal, mit irgendjemandem werde ich es ja ohnehin mal machen. Also, was ist mit dir?«, fragte ich. »Vor drei Monaten hätte ich mich dir noch angeschlossen«, antwortete sie. »Ich würde mitkommen, wenn Vater nicht gestorben wäre, aber jetzt kann ich meine Mutter nicht im Stich lassen.«

Ein spiegelglattes, in der Sonne glitzerndes und vor sich hin plätscherndes Meer. Wir warfen den Anker aus und legten uns rücklings auf die Sitzbänke im Boot. Ganz leise klatschten einige Wellen. Wir überließen uns unseren Träumen: »Uns hat noch nicht mal einer geküsst, stell dir das mal vor!«, murmelte Meral. »Necat?« »Nein, da ist nichts passiert. Einmal wollte er mich im Kino küssen. Ich hatte solche Angst, ich konnte nicht.« »Mich hat schon einer geküsst«, sagte ich. »Wer?« »Dein Bruder Bedri.« »Ist zwischen euch etwa heimlich was gelaufen, ohne dass ich es mitbekommen habe?« »Nein, als er klein war, ist er mal über mich hergefallen, aber es war nur so eine halbe Sache.« Sie prustete los und erzählte dann: »Stell dir nur vor: Ich wachte einmal mitten in der Nacht auf ... wenn damals irgendeiner da gewesen wäre, wer auch immer, dann ... Kannst du dir das vorstellen?« »Auch wenns der Laufbursche des Krämers oder der verrückte Ihsan aus unserem alten Viertel gewesen wäre?« »Die beiden hätten sich hervorragend geeignet.« »Bist du verrückt?« »Ist es dir noch nie so ergangen? Hast du noch nie dieses brennende Verlangen gespürt?« »Nein, noch nie, ich will geliebt werden, wirklich geliebt werden, von einem, der es wert ist.« »Weißt du eigentlich, dass ich keine Jungfrau mehr bin?« »Erzähl mir doch keine Märchen!« »Du glaubst mir nicht?« »Nein, jetzt spinnst du dir wieder irgendetwas zusammen!« »Wenn du's nicht glaubst, werde ich es dir zeigen, komm schau!« »Bist du übergeschnappt? Ich will nicht! Hör schon auf damit, ich schau nicht hin!« Wir hatten uns plötzlich beide aufgesetzt. »Ich bin wirklich keine Jungfrau mehr!« »Gut, dann erzähl schon, wer wars? Etwa einer dieser schlappen Typen von der Marine, die wir kannten, als wir noch ins Gymnasium gingen?« »Nein.« »Wer dann?« »Bedri!« Ich schloss meine Augen, legte mich wieder auf den Rücken und starrte mit weit geöffneten Augen in die Sonne, bis ich fast blind war. »Glaubst du mir nicht?« »Doch ich glaub dir.« »Es war niemand zu Hause ...« »Ich wills gar nicht wissen«, unterbrach ich sie. »Ich erzähls dir trotzdem, ich muss mit jemandem darüber sprechen. Also, ich kam aus dem Bad. Im Bademantel. Ich hatte Kopfschmerzen. So wie ich war, legte ich mich auf das Bett. Ich habe gestöhnt. Mein Bruder kam herein und fragte: ›Was hast du denn?‹ Ich erzählte es ihm. Er bot mir an, mich ein wenig zu massieren. Bin ich nicht widerlich?« »Ich hab schon verstanden, was dann passiert ist. Ich glaubs dir. Vergiss es! Nimms nicht so tragisch!« »Ekelst du dich nicht vor mir?« »Das nicht, ich bin nur etwas durcheinander. Aber es geht schon wieder. Das ist normal. Ich meine, das ist menschlich. So etwas kann passieren.« »Wir konnten uns tagelang nicht mehr in die Augen sehen, nicht mehr miteinander reden. Irgendwann war die Sache dann vergessen. Jetzt sind wir wieder wie Bruder und Schwester, so wie früher, als wäre nichts zwischen uns geschehen.« »Habt ihr es nicht noch einmal gemacht?« »Nein.«

Ich öffnete meine Augen wieder. Die Sonne, die direkt auf das gegenüberliegende Ufer schien, hatte die Mauern der Festung in gleißendes Weiß getaucht. Die kleinen Jungen kamen mit ihrem Boot zu uns herübergerudert und riefen: »Schwestern, zeigt es schon! Zeigt es doch!« Wir setzten uns beide auf und drehten uns zu ihnen um. Ich lachte. Der eine saß in der Unterhose, der andere mit der Jacke da. Als sie sahen, dass wir herüberschauten, riefen sie noch mal: »Was ist denn schon dabei, zeigt es doch mal her!« »Was soll ich denn herzeigen?«, fragte ich. »Dein Dingsda, da ist doch nichts dabei.« »Hurensöhne!«, schimpfte Meral mit Tränen in den Augen. Ich wusste nicht, was ich machen sollte. Die Jungs kamen mit ihrem Boot immer näher. »Kommt nur her!« Ich hob meinen Rock hoch und zog an einer Seite meine Unterhose herunter und zeigte es ihnen. Die Jungen kreischten. Meral fauchte mich an: »Schämst du dich nicht?« »Nein, überhaupt nicht«, antwortete ich und rief: »Los, verschwindet jetzt!« Ich holte den Anker ein und griff nach den Rudern. Ich schämte mich nicht. Ich glaube, damit habe ich ihr ein wenig über ihre Scham hinweggeholfen. Ich weiß nicht, was ich denken soll ...

Meral war heute nicht an der Uni. Ich schaute bei Lambo vorbei. Die Schriftsteller A. und N. saßen dort. Als ich hereinkam, warfen sie mir mit ihren rot unterlaufenen Augen anzügliche Blicke zu. Ohne zu grüßen, ging ich an ihnen vorbei und setzte mich in eine Ecke. Ich nahm ein Glas Wein, das Lambo mir reichte, und nippte daran. Der Dichter A. starrte herüber, unsere Blicke trafen sich. »Was glaubst du denn, wer du bist?«, fragte er. Ich sagte keinen Ton. Es war offensichtlich, dass die beiden ziemlich betrunken waren. Lambo spürte, dass irgendetwas in der Luft lag, und verzog sich hinter die Theke. Er erinnerte mich an einen kleinen Jungen, der zum Sonntagsgottesdienst in die Kirche kam. A. schrie wieder: »Wer glaubst du denn eigentlich, wer du bist?« »Ich bin nicht so wichtig, aber ihr auch nicht. Ich hatte euch allerdings für Ehrenmänner gehalten.« A. sprang von seinem Barhocker auf, N. hielt ihn zurück. Das Blut stieg ihm in den Kopf, und er brüllte los: »So eine unverschämte Person! Hört euch dieses dumme Geschwätz an! Los, verschwinde! Hau ab! Was hast du denn hier verloren, wenn wir doch keine Ehrenmänner sind, ha?« »Was bildest du dir ein? Du glaubst wohl, du kannst mir vorschreiben, wo ich sitzen darf?«, rief ich. »Ja genau, so ist es. Wir wollen dich hier nicht haben. Hau schon ab!« »Ich gehe nicht. Du hast nicht das Recht, mich hinauszuwerfen. Du glaubst doch nicht, dass ich mich nach deinen Launen richte? Mit welchem Recht willst du über mein Leben bestimmen?« »Hau endlich ab, Weib! Schlampe! Zieh Leine, bevor ich mich vergesse!« »Deine Schwester ist eine Schlampe, du räudiger Hund. Von dir lass ich mich nicht beleidigen, du Penner!« Ich stand auf. »Diese Türen hat mir Atatürk geöffnet, du reaktionärer Scheißkerl. Hast du verstanden? Atatürk hat mir diese Türen geöffnet. Und wer bist du, dass du dich erdreistest, die türkische Frau wieder in ihr dunkles Loch der Unwissenheit zurückzudrängen?« Plötzlich war er wie erstarrt. »Pfui, Schande über dich, und deine Gedichte haben mir mal gefallen!«, schimpfte ich. Dieser Hund hat wirklich gute Gedichte geschrieben. »Ich habe mich leider getäuscht«, ergänzte ich. »So einer wie du kann gar keine guten Gedichte schreiben. Ihr seid doch alle nur Scharlatane. Ihr sprecht von Freiheit, Gerechtigkeit und Gleichberechtigung, alles nur Gerede. In Wirklichkeit seid ihr reaktionäre Fanatiker.« »Ach, hör doch auf, mein Lämmchen, wenn jetzt die Polizei kommt, dann machen sie mir den Laden dicht. Gib doch endlich Ruhe!«, flehte Lambo inständig. Die Tür ging auf. Aber es kam nicht die Polizei herein, sondern Haydar. »Was ist denn hier los?«, fragte er. »Nichts«, ich wollte ihn nicht in diese Sache hineinziehen. Er ballte seine Fäuste. Haydar war ein Hüne, mit einem Faustschlag hätte er alle beide zu Boden strecken können. Zum ersten Mal in meinem Leben dachte ich, dass es manchmal doch gut wäre, stark zu sein. Eigentlich habe ich A.'s Gedichte bislang gut gefunden, aber nach diesem Gewäsch wars damit vorbei. Er streckte Lambo sein Glas hin. »Schenk nach!« Haydar beugte sich zu A. hinüber und brüllte: »Was hast du eigentlich für ein Problem, Freundchen?« Seine Hand war noch immer zur Faust geballt. Ich packte sie. »Lass gut sein! Komm, wir gehen! Ich wollte sowieso gerade aufbrechen. Das sind doch nur erbärmliche Kreaturen, die mit sich selbst nicht klar kommen.« Haydar machte sich von mir los und richtete sich auf. A. murmelte kleinlaut: »Ist ja schon gut!« Ich öffnete die Tür. Zu Lambo sagte ich: »Das Geld bring ich morgen vorbei«, da zog mich Haydar auch schon nach draußen. Beim Hinausgehen rief ich noch: »Atatürk hat euch die Bordelle geöffnet, damit ihr uns in Ruhe lasst, aber er hat vergessen, euch auch noch das Geld dafür in die Taschen zu stecken, damit ihr's euch leisten könnt.« Die Tür fiel von selbst zu. Haydar lachte schallend. Er schaute mir ins Gesicht und entzog mir schnell seine Hand. »Ich danke dir, ich weiß nicht, was sie mit mir gemacht hätten, wenn du nicht gekommen wärst. Die beiden waren sternhagelvoll.« Er machte einen Vorschlag: »Komm, gehn wir noch kurz ins Baylan und trinken eine Kleinigkeit, damit du dich beruhigst.« Im Baylan verriet ich ihm – er war mein bester Freund, das hatte ich nun begriffen –, dass ich mit einem Mann fliehen würde. Er versprach mir, mit niemandem darüber zu reden. »Hast du dir das auch gut überlegt? Die Sache ist riskant. Hast du wirklich alles bedacht?« »Ja!«, antwortete ich. »Liebst du ihn denn?« Ich schwieg einen Moment, bevor ich sagte: »Darüber bin ich mir noch nicht ganz im Klaren, aber wenn ich mit ihm zusammen bin, gehts mir gut. Außerdem vertraue ich ihm. Aber ehrlich gesagt, ich habe keine Erfahrung in diesen Dingen.« Er streckte seine Hand aus, streichelte mir übers Haar und zog daran. »Das bedeutet, dass ich dich dann nicht mehr sehen werde.« Er zögerte: »Du bist mir ja eine. Ganz schön durchtrieben!« Nach einer Weile fügte er hinzu: »Lass es mich wissen, wenn du irgendetwas brauchst! Schreib mir, wo du bist! Ruf mich, und ich komme.« Er stand auf. »Heute begleite ich dich nach Hause.« Wir gingen zusammen bis an die Ecke unseres Hauses, von dort lief ich zur Tür und klingelte, dann drehte ich mich um und schaute zurück. Da stand er mit seinem riesigen Filzhut und der dunklen Brille und sah zu mir herüber. Ich zitterte! Meine Mutter öffnete die Tür. Tante Havva war gerade zu Besuch da, die immer aus dem Kaffeesatz die Zukunft liest. Ich ging in mein Zimmer. Ich könnte gleichzeitig lachen und weinen. Aber nein, ich werde nicht weinen. Diese Typen bringen mich nicht zum Heulen, diesen Gefallen werde ich ihnen nicht tun. Ich werde wieder hingehen, werde sie auflaufen lassen, diese Bestien, die mit ihrer Hetzerei andere Menschen erniedrigen und in den Dreck ziehen. Denen werd ich's zeigen! Ich danke dir, Halit! Meral, ich danke dir! Und auch dir, Haydar, danke ich! Ohne euch hätte ich den heutigen Tag nicht durchgestanden.

Ich ging zur Uni, sah dort Halûk. Von weitem nickte er mir nur leicht mit dem Kopf zu. Hurensohn! Hab ich mir nicht seinetwegen noch vor ein paar Monaten Ohrfeigen eingehandelt? Er ist unhöflich, nein, nicht nur unhöflich, sondern undankbar! Esel, Schwein, Ratte, Kröte, Wurm, Abschaum!

Heute ist mein letzter Tag an der Uni. Morgen ist Samstag, übermorgen Sonntag und überübermorgen Montag. Das Warten beginnt. Ich spazierte mit Meral durch die ganze Universität. Die Vorlesungen ließen wir sausen. Wir schlenderten von der Cafeteria in den Park, zur Bibliothek, die Treppen hinauf und hinunter, durch die Gänge und an den Zäunen entlang. Dann beschlossen wir, noch kurz bei Lambo vorbeizuschauen. Ich fragte sie nach ihren Zukunftsplänen. »Kannst du dir das nicht denken? Ich werde die Uni abbrechen und mir eine Anstellung als Lehrerin suchen. Bleibt mir denn etwas anderes übrig?« Ich fragte, warum sie so pessimistisch und verzweifelt sei. »Frag doch nicht so, als ob du das nicht wüsstest.« »Aber du nimmst die Sache zu schwer. Du bist in letzter Zeit wieder so konservativ ›türkisch‹ geworden! Du bist schon genau wie meine Mutter. Wenn du jetzt auch noch glaubst, dass die Ehre zwischen deinen

Beinen steckt, dann ist es ja gut, wenn ich aus diesem Land verschwinde.« »Nein, so ist es nicht. Ich hätte mir auch was anderes gewünscht. Ich mach das ja nicht freiwillig, aber das kannst du nicht wissen.« Sie hatte Recht. »Kopf hoch!«, sagte ich. Bei Lambo war niemand. »Komm, setzen wir uns noch ein letztes Mal ins Degustasyon!« So traurig und niedergeschlagen sie war, so fröhlich war ich. Ich brachte es nicht übers Herz, sie jetzt allein zu lassen. Im Degustasyon saßen wieder ein paar Dichter nebeneinander an einem Tisch, aßen und tranken. »Verdammt, die haben mir jetzt gerade noch gefehlt«, murrte Meral.

Kaum hatte uns K. gesehen, schnellte er hoch und rief: »Aah, da sind sie ja, unsere Anarchistinnen!« Er nötigte uns, an ihrem Tisch zu sitzen. »Nimm doch nicht alles gleich so ernst! Na komm schon, amüsieren wir uns ein wenig mit diesen Blattläusen!«, ermunterte ich Meral. Von diesem alten Knacker K. hatte mir schon Haydar erzählt. Er soll zu ihm gesagt haben: »Ich warte nur darauf, bis die Zeit gekommen ist und wir an der Reihe sind.« Er hob sein Glas und prostete uns hämisch grinsend zu. T. fing gleich an, Meral anzumachen. Egal, was sie geschrieben habe oder noch schreiben wolle, sie solle es bringen, er würde alles in der Zeitschrift *Varlık* abdrucken lassen. Er und seine Freunde hier am Tisch brächten eine neue Zeitschrift heraus. Wir sollten unbedingt mitmachen, denn die Türkei hätte im Moment einen großen Bedarf an Anarchisten. »Wie kommen Sie darauf, dass wir Anarchistinnen sind?«, fragte Meral genervt. L. antwortete grinsend: »Das sieht man euch an den Augen an!« Plötzlich prusteten sie alle los. Meral wandte sich an L.: »Na, dass Sie den Anarchismus von den Augen eines Menschen ablesen können, geht ja schon aus dem hervor, was Sie schreiben!« Sie lachten noch lauter, aber diesmal über L. Der wurde wütend: »Dass ihr Anarchistinnen seid, erkennt man natürlich nicht nur an den Augen!«, entgegnete er und wartete auf den Beifall der anderen, aber die hatten keine Lust mehr auf solche plumpen Sticheleien. Sie wollten ihre schmutzigen Scherze lieber in kleinen Portionen genießen und sich so lange wie möglich amüsieren. Ich hatte nicht übel Lust, auf den Tisch zu spucken und aufzustehen, aber das hätte bedeutet, diese Demütigungen zu schlucken. Meral war knallrot vor Zorn, wütend ging sie auf L. los. Einen Moment kniff ich meine Augen zusammen. Ich öffnete sie wieder, als ich Merals Stimme hörte: »Ja, dann wissen Sie doch sicher auch, dass Ihre Frau eine der größten Anarchistinnen ist?« L. sprang auf. Von den Männern war ein Raunen zu hören. Diesmal war ich es, die in schallendes Gelächter ausbrach. Zögerlich und verhalten fingen auch die anderen zu lachen an. Jeder wusste, dass seine Frau ein Verhältnis mit R. hatte. L. griff nach der Flasche, die vor ihm auf dem Tisch stand. R. packte seine Hand. Meral spöttelte: »Das hast du nun davon! Komm, wir gehen!« Ich zog sie am Arm auf den Stuhl zurück. »Wir gehen gleich, nur eine Minute noch.« N. erhob sein Glas auf unser Wohl. Ich nahm das meine und trank. Meral trank nicht. Sie saß zitternd neben mir, Stirn und Wangen puterrot.

Plötzlich rief ich in die Runde: »Meine Herren, möchte irgendeiner von Ihnen mit mir schlafen?« Grabesstille. Sie starrten einander an. Dann versuchten sie sich ein Lächeln abzuringen, aber es gelang ihnen nicht. »Das ist kein Scherz. Ich schulde euch etwas. Ich habe euch sehr viel zu verdanken. Von eurer Freundschaft hab ich viel profitiert. Sie hat meinen Horizont erweitert. Noch vor zwei Jahren hätte ich mir nicht träumen lassen, dass ich hier, direkt vor meiner Nase, nur eine halbe Stunde von zu Hause entfernt, so eine Welt antreffen würde. Hätte man mir erzählt, dass es solche Menschen wie euch gibt, ich hätte es nicht geglaubt. Heute kenne ich jeden Einzelnen von euch. Jetzt habe ich mit eigenen Augen gesehen, wie armselig die türkische Intelligenz ist und wie sie vor sich hin vegetiert. Ich habe gesehen, wie sie Frauen behandelt. Jetzt will ich euch etwas freiwillig geben, was ihr von mir nie kriegen könntet, selbst wenn ihr euch vierzig Jahre dafür abrackern würdet. Wählt einen von euch aus, den Heruntergekommensten, den Erbärmlichsten! Das ist mein Almosen für ihn! Ich lege nämlich keinen Wert darauf.« Meral zupfte mich am Arm: »Hör endlich auf! Halt doch den Mund.« R. stand auf und ging. N. drehte sich zu den anderen um: »Was quatscht die denn daher?« Die anderen waren wie erstarrt. K., der alte Knacker, sagte: »Junge Dame, da bist du falsch unterrichtet, darauf sind wir nicht aus.« »Doch, das sind Sie, mein Herr! Und nach dem, was ich gehört habe, warten doch gerade Sie darauf, an die Reihe zu kommen.« Diesmal brach I. in schallendes Gelächter aus. K. stöhnte nur: »O Gott, o Gott!«, dann schwieg er. Auf einmal, als ob wir nicht am Tisch säßen, unterhielten sich die anderen miteinander und machten sich über das eingelegte Gemüse und die Pasteten her. »Los, komm! Jetzt gehen wir!«, sagte ich zu Meral. Als wir das Lokal verließen, taten sie so, als wären sie in ihr Gespräch vertieft und würden unseren Abgang gar nicht bemerken.

»Warum machst du denn so etwas, bist du verrückt?«, fragte Meral. »Ich weiß nicht, keine Ahnung. Aber es hat mir Spaß gemacht, ihnen mal die Meinung zu sagen.« »Du bist sonderbar! Was willst du denn eigentlich? Und was hast du davon? Manchmal verstehe ich dich nicht.« Wir schwiegen. Später fragte sie schüchtern: »Hast du L. gesehen? Es war, als würde er über mich Bescheid wissen!« »Jetzt sei aber nicht albern, woher sollte er das wissen? Sie akzeptieren uns ganz einfach nicht. Sie wollen keine modernen türkischen Frauen in ihrer Gruppe haben, das ist alles. Jetzt schau nicht so! Jeder Einzelne von ihnen brüstet sich zwar damit, Kemalist zu sein, aber es verträgt sich nicht mit ihrem männlichen Gehabe, wenn wir uns als Gleichberechtigte unter sie mischen, um über Kunst zu diskutieren, und Freundschaften mit Künstlern schließen wollen. Deswegen holen sie ihr was weiß ich heraus, sobald sie in Bedrängnis kommen, und geben damit an. Sie sind immer noch Osmanen. Osmanen? Nein, noch schlimmer als die alten Osmanen!« Am Taksim verabschiedeten wir uns voneinander. »Eines Tages werde ich dir bestimmt von dort, wohin wir fliehen, schreiben.« Sie hatte Tränen in den Augen.

Wieder zu Hause, ließ ich mich in meinen grünen Sessel fallen und dachte eine Weile an Meral. Sie war da wirklich in etwas Dummes hineingeraten, ausgerechnet sie, wo sie doch so sensibel ist! Darunter wird sie bis an ihr Lebensende leiden. Meine Mutter lief in der Wohnung hin und her, bereitete das Essen vor. Immer, wenn sie an der Couch vorbeiging, zupfte sie die Baumwolldecke zurecht. Ist es nicht ihre Aufgabe, mich vor den Männern zu schützen? Mich vor diesem Feind zu bewahren? Um mich dann aber schließlich doch als Ehefrau an einen der Männer dieser Welt zu verschenken? Ihr sehnlichster Wunsch ist es, einen Engel großzuziehen, nur damit ihn dann so eine Bestie zerfleischt. Heute hat sie sich wieder herausgeputzt. Zwischendurch habe ich den Drang verspürt aufzuspringen, sie zu umarmen und ihr alles zu beichten. Wie sehr haben wir uns verändert! Was ist aus meiner Mutter geworden, die mich, als ich klein war, nie aus ihren Armen legte? Und was aus mir, die ich nachts aufstand und ihrem Atem lauschte, nur um mich zu vergewissern, dass sie noch lebt? Was ist mit all diesen Menschen passiert? Mit Halûk? Mit O.? Mit K. und all den anderen Dichtern, mit Bedri und Meral? Als hätten wir uns den Zorn eines Dämons zugezogen. »Baust du wieder Luftschlösser? Die junge Dame träumt mal wieder. Ist ganz versunken in ihre Träume. Setz dich endlich in Bewegung! Deck den Tisch, die Tayyars kommen zum Essen.« »Ich zieh mich nur schnell um.« Ich ging auf mein Zimmer und weinte. An meinen letzten

Tagen hier werde ich mich meiner Mutter von meiner besten und duldsamsten Seite zeigen, damit sie mir dann um so mehr nachweint.

Nun ist alles in sich zusammengestürzt, alles zerstört, alles sinnlos. Ich bin in ein tiefes Loch gefallen. Ich will nur noch sterben. Seit zwei Tagen habe ich nichts gegessen. Nachdem meiner Mutter erst die ganze Zeit übel war, hat sie jetzt auch noch Heulkrämpfe. Eine ganze Nacht lang betete sie zu Gott, sie wolle sterben, damit ihre Ehre gerettet wird. Hätte die Flucht geklappt, dann wäre jetzt alles vollkommen anders. Ich wäre glücklich. Wir würden lachen. Die Vorstellung, mit Halit Hand in Hand der Zukunft entgegenzugehen, flößte mir zwar Angst ein, und beinahe hätte ich mein Vorhaben wieder aufgegeben. Aber jetzt würde ich alles tun, um die Seine werden zu können. Ich weiß nicht, was jetzt werden wird. Ich bin in meinem Zimmer. Zweimal wollte ich mich schon umbringen. Ich nahm die Klinge aus dem Rasierapparat, den ich verwende, um meine Haare zu entfernen. Sie war stumpf. Ich ließ die Klinge leicht über meine Pulsadern gleiten. Ich konnte es nicht. Dann dachte ich daran, aus dem Fenster zu springen. Ich öffnete es und sah den Kızkulesi und den Bosporus. Von der Anlegestelle Kabataş legte eine Fähre ab. Dächer, Häuser, Menschen, Kinderstimmen. Mir wird schon schwindelig, wenn ich von hier oben nur hinunterschaue. Unter dem Fenster ist ein winzig kleiner Hof oder, besser gesagt, eine Müllhalde. Wir wohnen im zweiten Stock. Fällt man von so einer Höhe hinunter, stirbt man sowieso nicht. Und was ist, wenn ich tot bin? Sie werden sagen: »Da hat sich ein neunzehnjähriges Mädchen zu Tode gestürzt«, das ist alles. Nein, ich fürchte mich vor dem Tod. Ich fürchte mich sogar sehr. Ich will leben. Leben und mich rächen. Ja, rächen! Aber an wem? An meiner Mutter? Ich weiß es nicht. Ist sie die Schuldige? Nein. Bin ich es? Nein, das bin ich nicht, nein, nein! Na gut! Aber wie soll es weitergehen? Ich weiß es nicht.

Es klingelte an der Tür; ich sprang zuerst auf. Die ersten drei Tage der Woche waren bereits um. Meine Mutter war in der Küche. Sie ging an mir vorbei, schaute mich an und sagte: »Ich mach auf.« Sie öffnete die Wohnungstür und stieg die Treppe hinunter. Ich lauschte oben vom Gang und hörte die Stimme eines jungen Mannes: »Entschuldigen Sie, ist das hier die Uslu-Hanım-Çıkmazı-Straße?« Beinahe wäre ich ohnmächtig geworden. Meine Mutter kam herauf. »Wer wars?«, fragte ich. »Niemand, da hat sich jemand verlaufen.« Ich lief schnell ins Zimmer zurück. Vor Erregung zitterten mir Arme und Beine. Ich sah auf die Uhr. In einer halben Stunde würde er wiederkommen. Ich betrat das Gästezimmer, von dort konnte man die Straße überblicken. Aber da war niemand. Er wird wohl weiter weg sein. Ich fing an zu beten: Wenn meine Mutter jetzt doch nur irgendwohin gehen würde! Könnte sie nicht das Haus verlassen oder sich ins Bett legen? Ich ging in die Küche. Mutter wusch den Spinat. »Gib her, lass mich das machen! Ruh du dich aus!«, sagte ich. Die Küche war der Tür am nächsten gelegen. Sie drehte sich um und schaute mich an. »Da ist doch was faul, du führst doch etwas im Schilde?« Und dann: »Was ist denn mit dir los, du bist ja so blass?« »Ach nichts, ich bin nur müde vom Lernen.« »Los, geh schon und bereite dich auf deine Prüfungen vor! Hol wenigstens du uns hier raus!« In diesem Augenblick klingelte es wieder an der Tür. »Dieser Dummkopf, kann der nicht mal eine halbe Stunde warten?«, dachte ich. Ich handelte. Schnell rannte ich die Treppe hinunter und öffnete die Tür. Er war es, er selbst, Halit. »Wohnt hier eine Frau Nedret?«, fragte er und drückte mir einen Umschlag in die Hand, einen ganz dicken parfümierten Umschlag. »Nein«, sagte ich. Er lächelte. »Mein Herz«, sagte er bedächtig. Ich nahm den Umschlag, steckte ihn in meinen Rockbund und zog den Pullover darüber. Er deutete auf den Brief: »Lies ihn morgen!« Er packte meine Hand und küsste sie. Ich zog sie sofort zurück, machte ihm ein Zeichen, dass er schweigen solle, schloss die Tür und ging nach oben.

Meine Mutter hatte sich am oberen Treppenabsatz aufgebaut. Ich ging hinein, als wäre nichts geschehen. Sie konnte uns unmöglich beobachtet haben, denn von oben sah man die Tür zur Straße nicht. »Gib mir das!« Sie griff nach meinem Rockbund. Ich umklammerte ihre Hand. »Das gehört mir, Mama, lass los!« Sie verpasste mir eine Ohrfeige und zerrte den Umschlag hervor. Er zerriss. Ich erwischte nur noch einen Fetzen, sie den Rest, das größere Stück. Ich drückte die Schnipsel an meine Brust, getrocknete Fliederblüten fielen zu Boden. Als sie das sah, ging sie wütend auf mich los. »Flieder!«, schrie sie wie eine Wahnsinnige, »Flieder, ha! Flieder! Flieder, ha!« Mit aller Kraft schlug sie auf mich ein. Erschöpft sank sie zu Boden und fing an zu heulen. »Hast du unsere Ehre verletzt? Unsere Ehre ist keinen Pfifferling mehr wert, wir werden zum Gespött der Leute.« Sie schluchzte wie ein kleines Kind. Ich flüchtete in mein Zimmer und schloss mich ein. Ich holte den Rasierapparat und zog die stumpfe Rasierklinge leicht über meine Handgelenke, aber ich schaffte es wieder nicht. Ich konnte nicht …

Ich sah in den Spiegel. Ich bin wie ein Tier. Wie ein Raubtier. Erst nach einer Weile fiel mir der Brief wieder ein oder vielmehr das, was ich vor ihr gerettet hatte. Ich holte die Schnipsel hervor. Auf einem dreieckigen Stückchen des gefalteten Papiers sah ich erst eine unbeschriebene Stelle und dann jeweils das Ende von zwei Zeilen:

… Meine Heimat

… die blauen Berge, Süden.

Vielleicht sollte das heißen: von den blauen Bergen meiner

Heimat direkt nach Süden. Oder etwa: aus dem Süden von den blauen Bergen? Im Umschlag waren noch zwei weitere Blätter, ein zerrissenes, ganz leeres, es war dicker als das andere, aber beide dufteten sehr intensiv. Sie rochen nach Flieder, aber da war noch ein anderer Duft. Auf diesem zweiten Blatt war eine Karte oder ein Plan, wahrscheinlich unser Fluchtplan. Ich warf mich aufs Bett und weinte, heulte wie ein Schlosshund. Draußen kreischte meine Mutter wie eine Irre: »Sie will sich aus dem Staub machen! Durchbrennen! Und das auch noch mit so einem hinterwäldlerischen Kurden. Diese mannstolle Dirne will also ausreißen, abhauen! Sie hat einen Liebhaber! Meine Tochter hat einen Liebhaber! Und noch dazu einen Kurden!« Jemand klopfte an die Wohnungstür. Ich hörte die Stimme der Mieterin aus dem unteren Stockwerk und meine Mutter, die sagte: »Nein, es ist nichts!«, und ihr dann die Tür vor der Nase zuschlug.

Ich roch lange am Papier. Dieser Duft, dieser Duft! »Aus den blauen Bergen meiner Heimat kommend, pflückten meine Hände diesen Duft für dich …« Zwei Tage waren um. Gegen Mitternacht schloss ich meine Tür auf und verließ das Zimmer. Meine Mutter schlief. Vater war nicht zu Hause. Wer weiß, was er getan hätte, wenn er da gewesen wäre. Ich bin sicher, dass er die Wohnungstür abgeschlossen und den Schlüssel an sich genommen hätte. Aber wohin oder zu wem hätte ich denn gehen können? Ich schlich in die Küche, schlug mir den Bauch mit Wasser und Brot voll und ging dann, am Boden zerstört, wieder zurück in mein Zimmer. Jetzt war alles sinnlos …

Es klingelte jemand an der Tür, ich hörte, wie Meral fragte: »Als ich sie in der Uni nicht sah, hab ich mir Sorgen gemacht. Ist sie krank, Tante?« Ich sprang auf. Mutter und ich warfen uns einen Blick zu. Sie schaute mich mit leeren Augen an, dann lief sie schluchzend in ihr Zimmer. Ich hörte, wie sie die Tür abschloss. Meral umarmte mich und fragte: »Na, was ist denn mit dir los?« Ich erzählte ihr alles. Sie brach in Tränen aus. »Dann bist du also auch hier hängen geblieben und konntest nicht fliehen.« Weinte sie ihretwegen oder meinetwegen? »Sei still! Ich weine, aber das Brennen meines Herzens spüre ich nicht. Ich hab Schläge einstecken müssen, aber ich weiß nicht einmal, wie sich die Schwellungen und die blauen Flecken anfühlen. Ich will nur raus hier, raus und Halit suchen.« »Wie, Halit, ist der noch nicht weg?« »Ich weiß es nicht, Meral. Außer dir gibt es niemanden, der mich jetzt noch retten könnte, in diesem Haus möchte ich nicht mehr bleiben.« »Halt! Übereile nichts! Lass uns nachdenken!« Aus ihrer Tasche zog sie ein Taschentuch und ein Päckchen Yenice-Zigaretten hervor. Sie trocknete ihre Tränen, zündete eine Zigarette an und reichte sie mir. Ich zeigte ihr die getrockneten Fliederblüten. Sie roch daran. »Puh, iihh, das riecht ja nach Thymianöl!« Sie lachte. »Die blauen Berge seiner Heimat stinken aber ganz schön ekelhaft!« Wir lachten und weinten gleichzeitig. »Ich habs!«, kreischte sie plötzlich. »Ich habs, ich habs! Heureka, heureka!« Sie sprang hoch. »Sei leise, meine Mutter könnte an der Tür lauschen«, flüsterte ich. Sie setzte sich kurz auf mein Bett. »Du heiratest einfach. Du heiratest zum Schein, und dann lässt du dich nach ein paar Monaten wieder scheiden, wenn du willst. Heirate irgendjemanden, nur damit du hier rauskommst. Du musst nicht mal mit ihm schlafen, wenn du nicht willst.« »Bist du verrückt geworden? Wo sollen wir so einen Ehemann auftreiben?« »Bedri!« »Bedri?« »Du hast mehr Glück als Verstand. Der ist sowieso total verknallt in dich. Meine Mutter wird begeistert sein, und ich werde deine Schwägerin.« Sie lachte. »Ja, wäre er denn mit so einer Heirat einverstanden?« »Aber natürlich, der wird Luftsprünge machen. Wir wohnen dann eine Zeit lang im gleichen Haus. Und egal, ob du danach mit Halit durchbrennst oder arbeiten gehst, auf alle Fälle bist du dann von hier erst mal weg.« Ohne sich zu verabschieden, stand sie plötzlich auf und ging.

Ich komme gerade mit meiner Mutter vom Einkaufen auf dem Markt zurück. Seit Tagen schon ziehen wir von Geschäft zu Geschäft. Ich bin ganz erschöpft, meine Füße sind geschwollen. Natürlich wollen sie mir nicht wahllos irgendeine Aussteuer mitgeben. Meine Mutter bestellte gestern Schlafzimmermöbel aus Rosenholz. Heute kauften wir auch mein Brautkleid. Mutter und ich sind uns noch nicht einig, ob ich einen Brautschleier tragen oder aber mir Blumen ins Haar stecken soll oder ob wir bei der Modistin Margarit einen Hut bestellen sollen. Ich habe angefangen, meinen Verlobten zu mögen. Meine Mutter findet ihren Schwiegersohn auch sehr sympathisch. Sie bemüht sich, ihm alles recht zu machen. Mein Vater war über diese schnelle Heirat zuerst sehr überrascht, aber meine Mutter beruhigte ihn: »Es ist doch gut, sogar ziemlich gut, dass du sie noch schnell verheiratest, bevor sie ihre Jungfräulichkeit verloren hat.« Über das, was zwischen ihr und mir vorgefallen ist, verliert sie kein Wort. Sie hält es vor ihm geheim. Seit dem Tag, an dem Nazife kam und für ihren Sohn um meine Hand anhielt, ist es auch zwischen uns kein Thema mehr.

Gestern Abend konnte meine Mutter Bedris Überredungskünsten nicht mehr widerstehen. Sie schickte uns drei, Meral, Bedri und mich, los, damit wir auswärts essen gingen. Das erste Mal seit eineinhalb Monaten war ich ohne meine Mutter unterwegs. Ich war wie im Rausch. Wir gingen zu Lambo. Monsieur Lambo blieb die Spucke weg, als er hörte, dass wir verlobt waren. Ich fragte nach Halit. »Ich habe nichts von ihm gehört«, sagte er und schaute dabei Bedri an. »Erzähl schon, wir sind alle Freunde.«

»Bei Gott, ich hab keine Ahnung, Lämmchen. Er hat noch mal vorbeigeschaut. Das mag zwei Monate her sein. Dann wurde gemunkelt, er sei verhaftet und in sein Dorf verbannt worden. Ich weiß nicht, ob das stimmt.« Bedri sagte zu mir: »Dann schreib ihm doch einen Brief, dann weißt du's!« »Äh, hm, und die Antwort?«, stammelte ich. »Er soll an meine Adresse schreiben, und ich geb dir den Brief dann«, sagte Bedri.

Auf dem Heimweg fragte Meral: »Weißt du eigentlich, wer der Kerl ist, der da an der Ecke wohnt? Es ist dein Halûk. Er hat sein Geschäft ausgebaut. In Beyoğlu hat er ein riesiges Fotostudio aufgemacht und einen Jungen als Lehrling eingestellt.« Dann hakte sie sich bei ihrem Bruder unter. Am anderen Arm hängte ich mich ein. Und so gingen wir durch die Dunkelheit, unserer heiligen ehelichen Vereinigung entgegen.

Der Vater

Du stirbst, sie zieh'n dir aus das Kleid aus Seide,
bald hör'n von deinem Tod die Freunde und die Feinde.
Mit Schwamm und Seife legt man aufs Floß deine Gebeine,
es wird auf seiner Bahre selbst der Gebeugte grade.

I Am Morgen

Schon vor Christi Geburt kannte der Mensch den Fisch. Mit dem Wissen um den Fisch entwickelten sich der Fischhandel und das Boot. Das war vor Christus. Erst lange nach Christus, nämlich 1707, erfand der Franzose Denis Papin die erste kolbenbetriebene Dampfpumpe. Nachdem James Watt sich die Dampfmaschine ausgedacht hatte, baute im Jahre 1801 Fulton das erste Dampfschiff. An den Seiten hatte der Dampfer Schaufelräder, die bei starkem Unwetter zerbarsten. Danach florierte die Land- und Seefahrt. Englische Schiffe überquerten den Atlantik. Die Queen Elizabeth hatte 83 675 Bruttoregistertonnen. Während der industriellen Revolution wurden ununterbrochen Veränderungen an den Schiffsmaschinen vorgenommen. 1840 gab es mehrtaktige Zylindermotoren, später turbinenbetriebene, dann, 1894, kamen Maschinen mit Verbrennungsmotoren auf. Seit 1904 gibt es Dieselmotoren. Die künftigen Modelle werde ich nicht mehr erleben, denn ich liege im Sterben.

Das klare Morgenlicht weckte mich. Schon lange ziehe ich die Vorhänge nicht mehr zu, wenn ich schlafe. Soweit das Fenster den Blick freigibt, betrachte ich im Morgengrauen die Zweige der Akazien und schaue dem Spiel der Blätter zu. Nuriye hat wohl mal wieder den Kühlschrankstecker nicht herausgezogen. Todesstunde, Todesstunde, dazu Watt, Fulton und Sermet Vergins Grausamkeiten. Mein Bauch ist mit Wasser gefüllt wie ein Krug. Der Schweinehund sagt, es seien Blähungen. Wie leichtfertig diese Metzger einen Menschen aufgeben. Nermin meint, das liegt am System. Nermin, meine Tochter. Nuriye war es, die diesen Doktor aufgetrieben hat. Sie sagt, er sei der Arzt von der Familie des Militärattachés. Nuriye, mein Weib. Glücklicherweise kam der Sohn unserer Nachbarn, der o-beinige Naci, um uns zum Bayram zu gratulieren. Er ist gerade Arzt geworden. Früher hat er bei uns im Garten Pflaumen geklaut. Er hat meine Krankheit erkannt. Als Nermin noch ein junges Mädchen war, hatte er ein Auge auf sie geworfen. Naci sagte: »In deinem Bauch hat sich wahrscheinlich Wasser angesammelt, Onkel.« Heute Morgen hatte ich Blut im Stuhl. Auf dem Abort fing ich plötzlich an zu zittern. Schweiß rann mir den Rücken herunter. Angstschweiß. »Dein Tod naht«, sagte ich mir. »Der Todesengel Azrail steht schon an deinem Bett. Wie wirst du wohl sterben?« Nuriye kam herein und führte mich am Arm zum Bett. Ich konnte den Blutklumpen in meinem Stuhl sehen. Sie spülte nicht hinunter.

Jeden, der kommt, zieht sie unauffällig am Arm zum Abort und zeigt ihm meinen Stuhl. Nun zerrt sie auch noch Nermin und meinen Schwiegersohn hinein. Sie hat sich sehr um mich gekümmert. Nächtelang wachte sie an meinem Bett, tat kein Auge zu. Wenn ich sterben würde, wäre sie endlich erlöst. Sie würde in einen tiefen Schlaf fallen, könnte sich lange, sehr lange ausruhen und erleichtert aufseufzen.

Seit Monaten finde ich keinen Schlaf. Da ist das Fenster mit den Gittern davor gegen Diebe, die Akazie, der Himmel. Ich schaue den Himmel an. Den Himmel und die Wolken, die aufquellen und sich wieder auflösen. Ein Morgen wie auf See, bläulich und rosa dämmert es.

Jetzt sind meine Schmerzen plötzlich weg, wie herausgeschnitten. Auf dem Abort fragte Nermin: »Hat Vater das gesehen?« »Nein.« Sie glauben, ich könne nicht hören, was sie sagen, aber ich höre es. Ein Motor gibt vielerlei Geräusche von sich, ich kann sie alle unterscheiden. Anhand dieser Geräusche haben meine Ohren einen Plan entworfen. Fünfundfünfzig Jahre lang haben sie sich an die Maschine geschmiegt. Wenn nur die klitzekleinste Feder vibrierte, wenn nur eine einzige Schraube locker war, dann musste man die Antriebswelle leer laufen lassen ... ein Schiff, ein Schiff, ja, wenn das ein Schiff wäre. Bug, Untermarssegel, Vormarsstenge, Besansegel, Fockmast. Öffne das Dampfdruckventil! Schnüffle am Kondensator! Wirf einen Blick auf den Dampfdruckmesser! Behalt den Evaporator im Auge!

»Meines Erachtens muss man ihn sofort in ein Krankenhaus bringen«, sagt mein Schwiegersohn. »Kann man ihn in so einem Hundeloch sterben lassen? Wo sollen sie ihn waschen? Wohin mit der Bahre?« Mein Schwiegersohn ist Röntgenarzt. Sie wollen mich nicht zu Hause sterben lassen. Nein, sie wollen mich nicht zu Hause sterben lassen. Sie kommen zu mir herein und tun so, als wüssten sie nicht, wie es um mich bestellt ist. Meine Tochter setzt sich ans Fußende des Bettes. »Grüß dich, Papa, wie gehts dir jetzt?« Jedes Gespräch fängt sie mit diesem profanen »Grüß dich« an. Früher, als es mir noch gut ging, da setzten wir uns immer zusammen, wenn ich von einer meiner Fahrten zurückkam, und kippten einen miteinander. »Grüß dich! Na, wieder zurück von deinen Ozeanen. Schön, dass du zurück bist, Papa«, sagte sie dann immer. Mein Schwiegersohn lehnt sich an den Türrahmen. Wie immer steht er da herum, und wie immer langweilt er sich. Wie ein Besen, mein Schwiegersohn. Ich konnte mich nie recht für ihn erwärmen. Warum sollte ich lügen? Wo hat Nermin den nur aufgegabelt? Aber wie dem auch sei, Gott sei Dank haben wir jetzt ihn und nicht diesen anderen Taugenichts am Hals. »Wie gehts, Vater?«, erkundigt auch er sich. »Das siehst du doch, mein Sohn.« »Du siehst gut aus.« »Na, wenn ich so gut aussehe, dann bring ein Glas und wir trinken zusammen Wein.« Sie lachen. Lacht nur, ihr habt leicht lachen, ihr liegt ja nicht im Sterben so wie ich. Dann gehen sie zum Telefon und rufen das Amerikanische Krankenhaus an ...

Bei uns am Meer ist das Wasser sommers wie winters eiskalt. Die Wellen, die an die Küste schlagen, können über dreißig Fuß hoch sein. Wegen des Weltkrieges siedelte unsere Familie nach Istanbul über und ließ sich in einem großen Haus in Fatih nieder. Ich blieb mit meiner Romrom-Mutter hier. Ich habe die Mittelschule absolviert, konnte den Heiligen Koran ganz herzergreifend rezitieren. Als ich dann auch nach Istanbul ging, schickte mich mein älterer Bruder, der Kapitän, an die Gülşeni-Musikschule. Mein Lehrer war Abdülkadir. Wenn ich bei religiösen Feiern Koranverse in der orientalischen Tonart Hüseyni vortrug, hielten sich die Frauen das Taschentuch vors Gesicht und schluchzten. Das Haus unserer Familie steht an den Klippen des Schwarzen Meeres. Und was für ein Haus, mit Schießscharten und einem Turm. Das war kein Haus, das war eine Burg. Ich tauche ab ins Schwarze Meer, das die Felswand hinaufschlägt. Das Wasser zieht mich in die Tiefe, es wirbelt und drängt die Fische dicht aneinander. Mit dem Londoner Abkommen wurde der Erlass über die Entmilitarisierung der Schwarzmeerfische aufgehoben, das betrifft den Flughecht, die Meeräsche, die Seezunge, den Steinbutt und die Kliesche. Und was macht das Meer? Es dreht die Fische wieder um, wirft mich mit einem Schwub an die Küste zurück, und ich tauche ohne einen Kratzer aus dem Wasser auf. Wenn ich das Wort »Meer« nur in den Mund nehme, schlägt mein Herz schon höher. Ich klettere die Felswand wieder hinauf. »Um Gottes willen, mein Sohn, tu das nicht«, flehte mich meine Romrom-Mutter, die erste Frau meines Vaters, an. Sie war kinderlos geblieben. Stets kauerte sie unter dem Lorbeerbaum, immer den Tränen nahe. Mein Vater war gerade gestorben. Er war bei der Marine. Meine Romrom-Mutter hängte seine Uniform an die unüberwindbare Burgmauer. Die Schärpe meines Vaters trug sie um ihre Schultern. Der goldbesetzte Ärmel wehte schlaff an der Mauer hin und her. »Gib sie mir, Romrom-Mutter, ich will sie einmal anziehen, ich will wie ein General aussehen!« Doch sie ließ sie mich nicht einmal anfassen. Heute leben die Menschen hier in Not und Elend, oder sie ziehen in die Fremde. Ich ging für immer nach Istanbul, zu meinem älteren Bruder, dem Kapitän. Meine beiden anderen Brüder hat der Feind getötet, und mein älterer Bruder wollte mich bei sich haben. Jetzt war er der Herr im Haus. Meine leibliche Mutter, mein Bruder, der Kapitän, und ich wohnten in dem Haus in Fatih. Meine Romrom-Mutter aber sagte: »Ich bin hier geboren, und hier will ich sterben. Begrabt mich neben eurem Vater unter dem Lorbeerbaum.« Sie wollte nicht mit uns kommen.

Anscheinend geht niemand ans Telefon. Heute ist Sonntag, und der Arzt ist offenbar nicht zu Hause. Jemand klingelt an der Tür. Das ist doch die Stimme von Zehra, der Nachbarin, dieser Quasselstrippe. Nuriye zieht auch sie zuerst zum Abort. Sie tuscheln irgendwas. Jetzt kommen sie zu mir herein. Nanu, mein Weib hat anscheinend geheult! »Was ist denn mit Ihnen los, Herr

Hasan?« Wenn mein Weib geweint hat, merke ich es sofort am Ausdruck ihrer Augen, diesen wimpernlosen Augen, die dem Blick eines Karpfens gleichen. Seit fünfundvierzig Jahren ist dieses Weib nun meine Frau. »Wäre mein erster Sohn noch am Leben, dann wäre er jetzt um die vierzig«, sagt sie und weint. Als ihr älterer Bruder starb, weinte sie auch und sagte: »Er war der einzige Halt, den ich noch hatte.« Zweimal dachte ich: »Jetzt dreht sie durch.« Das erste Mal, als ich mich von ihr scheiden lassen wollte, damals in Beşiktaş. Da meinte sie: »Ich bin in dieses fremde Haus gekommen, und ich muss mich meinem Schicksal fügen.« Dabei wollte ich sie nicht wirklich verstoßen, sondern sie mir nur gefügiger machen. Das andere Mal, als unser Sohn starb. Sie umschlang seinen leblosen Körper und wiederholte ständig dieselbe Leier: »Mein blonder Junge, mein blonder Löwe. Mein Leben auf dieser Welt sei mir vergällt, die Liebe zu Kindern fortan verwehrt.« Sie warf sich gegen die Wand, wie sie es in einem Liebesroman gelesen hatte. Sie sagte, mein blonder Junge, weil er ganz ihrem Vater nachschlug. Mein Schwiegervater soll auch blond gewesen sein.

Angeblich nannte man ihn »Blonder Ağa«. Meine Tochter kommt mehr nach meiner Familie und er nach der ihrigen. Seit damals habe ich ein Klageweib am Hals. Ja, aber als ich einmal beinahe abgesoffen wäre, im offenen Meer bei Kefken, als wir auf Grund liefen und sanken und eine Zeitung schrieb: »Alle ertrunken«, da sagte sie nur: »Hast du nicht mal mit deiner armen Tochter Mitleid gehabt?« Das auch noch, nach allem, was ich erlebt hatte. Wir waren sechs, die sich auf einen Felsvorsprung retten konnten. Auch Yakup aus Mamul, der mittlerweile gestorben ist, war dabei und Kapitän Kâzım aus Istanbul, der seinen Dienst bei der Marine quittiert hat. Schneesturm. Kohlrabenschwarze Nacht. Hunger. Unsere Zehenspitzen froren langsam ab. Ich sagte zu Yakup: »Stimm für uns einen Horon an, dann halten wir bis morgen früh durch!« Er fing zunächst alleine an, den Laut der Lyra nachzuahmen, dann tanzten und sangen wir alle zusammen:

Ich lass' die Saiten klingen, riv riv riv, riv riv riv
Der Hals meiner Kemençe ist aus Pflaumenholz,
aus Pflaumenholz,
Nie könnt' ich je verlassen dich, mein Mädchen stolz,
mein Mädchen stolz,
Das Schießgewehr aus Griechenland trug ich oft schon
verwegen
Zu sitzen nun im Kerkerloch, kommt mir sehr ungelegen
Ich lass' die Saiten klingen, riv riv riv, riv riv riv

Und wie ich sie angefeuert habe, diese sechs auf dem Felsen. Gegen Morgen kam ein Motorboot und sammelte uns ein. Kapitän Kâzım hüpfte immer noch und ahmte das Ziepen der Saiten nach. Später hat er stets, wenn er mich gesehen hat, gerufen: »Los, Erster Maschinist, lass uns bis zum Morgen einen Horon tanzen!«

Sie hielt Nermin an die Brust gedrückt. »Hattest du denn nicht mal mit deiner armen Tochter Mitleid, die beinahe eine Waise geworden wäre, Hasan? Du hast wohl auf dem Meeresgrund keinen Boden gefunden, was? Wollten dich denn die Fische nicht auffressen?« Als wir alleine waren, gebärdete sie sich nicht wie die einfältige Tochter eines albanischen Bauern, wie man hätte meinen können, nein, da tat sie so, als wär sie die Enkelin des Königs Zogo. Ich habe nie erlebt, dass sie mir um den Hals fiel oder rief: »Ach, mein lieber Gatte!« Sie stand da, reglos, wie das Meer bei Flaute, verharrte kerzengerade an der Küste, wie ein jahrhundertealter Baumstamm. »Nur das einfache Volk macht so ein Theater. Du wirst schon wieder gesund, Hasan! Frau Şüheda hatte das Gleiche, jetzt ist sie wieder wohlauf.« Ich schloss meine Augen ganz fest. »Wahrscheinlich schläft er, lass uns in das andere Zimmer hinübergehen.«

Als meine Schwägerin meinen älteren Bruder, den Kapitän, das erste Mal sah, mit seiner stattlichen Figur, seinen blauen Augen, seinen blonden Haaren und seiner riesigen Nase, sagte sie: »Du musst mich auf jeden Fall zur Frau nehmen!« Sie umarmten sich, und er heiratete sie, die tatarische Schönheit. Sie brachte ihren Flügel, ihre Noten und ein kleines Bündel mit und zog in unser Haus. In unserem Haus gab es immer Öl aus Trabzon, gepökelte Sardinen, Orangen und einen Sack Haselnüsse ... Ich kann keine Stunden, keinen Unterricht mehr bei meinem Lehrer Abdülkadir nehmen ... Im Haus sind die Ud, meine Laute, die Lieder und meine leibliche Mutter ...

Die Trennung ist auf Erden die allergrößte Pein,
Komm abends zum Gelage und lass uns glücklich sein.

Die Nachbarn erinnern sich noch heute an meine Stimme. Als ich an den Fenstern mit den Holzgittern, hinter denen die Frauen saßen, vorbeiging, konnte ich ihren Atem im Nacken spüren. Als ich um Nuriyes Hand anhielt, da zierte sie sich nicht lange. Damals war sie erst um die sechzehn. Sie ist noch keinen Monat bei mir, da werden wir von einer Feuersbrunst heimgesucht. Es qualmt wie Rauch über dem blauen Wasser des Schwarzen Meeres. Wir retten die Kemençe, die Ud, das Schwert und den Zeremoniendolch, mit dem mein Vater vor dem englischen König einst defilierte. Nach dem Brand stochern wir in der Asche herum und finden den Flügel unversehrt. Meine tatarische Schwägerin sagt: »Er wurde von dem redlich verdienten Geld meines Vaters angeschafft.« Sie trocknet sich die Tränen, wischt die Asche vom Flügel und spielt eine Improvisation. In dieser Zeit stirbt auch meine Mutter. Sie liegt jetzt in Eyüpsultan. Wie lange ist das alles her? Vierzig Jahre? Fünfzig Jahre? Und wenn ich jetzt sterben würde, würde sie etwa auch keine Träne vergießen und lediglich sagen: »Nur das einfache Volk weint!«?

Wenn ich mich jetzt umdrehen und dabei meinen Kopf zwischen meinen eingesunkenen Schultern vom Sterbebett erheben würde, dann würden sie mich auffordern: »Steh auf und fang wieder von vorne an!«

Ich erinnere mich gut: Du hast von dem Ertrag des Grundstücks ein kleines Segelboot gekauft. Für dich, deinen Bruder, den Kapitän, und deinen Onkel Memiş, so einen Viertonner.

Du hast das Boot in Rumänien mit Gas beladen, es in Giresun wieder verkauft. In Giresun hast du Haselnüsse gekauft, die brachtest du nach Istanbul.

Den Gewinn aus dem Verkauf von viertausend Kilo Nusskernen steckte dein Onkel Memiş in die eigene Tasche. Du und dein Bruder, ihr seid auf den Schulden sitzen geblieben, und er wollte nichts mehr davon wissen, dass ihr die Söhne seiner Schwester seid.

Dein Onkel Hacı Mahmut, Hauptmann und Feldprediger auf der Turgut Reis, einem Kriegsschiff unserer Flotte, gab euch aus Mitleid fünfundvierzig Lira, ein Sechstel seines monatlichen Gehalts.

Du hast ein Haus in Tabak Yunus gemietet und brachtest dort Nuriye und die tatarische Schwägerin unter.

Dann hast du ein gebrauchtes Ruderboot für hundertsiebzig Kuruş gekauft und Fahrgäste zwischen den Anlegestellen Yağkapanı und Yemiş befördert.

Das Geld reichte nicht aus, da hast du Nuriye in deine Heimat zu deiner Romrom-Mutter geschickt.

Deine tatarische Schwägerin starb an Schwindsucht und hinterließ dir ihren Flügel.

Für monatlich fünf Kuruş hast du in der schäbigen Kammer

über dem Kaffeehaus übernachtet, der alten Bretterbude von Isakzade Ahmet, die an der Uferstraße liegt, die nach Yağkapa führt. Nur das Bett und die Bettdecke gehörten dir.

Du verdientest täglich sechs bis zehn Kuruş. (Ein Okka Brot, das entspricht tausendeinhundertzwanzig Gramm, kostet einen Kuruş. Altes Brot kostet achtzig Para. Also isst du altes Brot.)

Und zu Mittag gabs einen Teller getrocknete Bohnen für zwanzig Para, ein Teller Reis kostet zwanzig Para, du isst dreihundert Gramm Brot für zehn Para, das macht zusammen fünfzig Para.

Am Abend gabst du noch fünfzig Para aus.

Du trankst Kaffee für zehn Para, Tee für zehn Para oder etwas Kaltes, zum Beispiel Limonade, nochmals zehn Para, aßest eine Süßspeise.

Für das Essen gabst du täglich drei Kuruş aus. Zwei Jahre lang lebtest du so. Dann noch Kleidung und Miete. Die Kleider aber waren sehr schmutzig.

LOS, FANG NOCHMAL AN! Stirb jetzt nicht! FANG NOCHMAL VON VORNE AN!

STIRB NICHT!

LOS, FANG NEU AN!

EINS, ZWEI ...

EINS, ZWEI ...

Halt, das war noch nicht alles: Dein Bruder, der Kapitän, brachte dich auf dem Dampfer Osmaniye unter, der unter englischer Flagge fuhr und der ägyptischen Khedivengesellschaft gehörte. Das schaffte er, weil er zwei Lira Bestechungsgeld zahlte, sich einschmeichelte und dadurch gefälschte Papiere erhielt. Dein Matrosendasein begannst du als Heizer zwischen Alexandria und Istanbul für drei englische Pfund im Monat.

Der Erste Weltkrieg war zu Ende. Die national-republikanische Bewegung wurde gegründet. Du und dein Bruder, der Kapitän, ihr habt euch der Bewegung angeschlossen.

Dein Schiff, die Krim, hast du mit Nachschub beladen, den du in Istanbul von einer Geheimorganisation übernommen hast. Dann brachtest du ihn zu den Häfen von Samsun und Trabzon, wo du ihn der national-republikanischen Bewegung übergeben hast.

Dann wurdest du, nachdem du in Samsun abgelegt hast, zehn Meilen vor dem Hafen von den griechischen Schiffen Erax und Naxos angehalten: Das eine war mit Torpedos, das andere mit Raketen bestückt.

Die beiden griechischen Schiffe vertäuten die Krim mit der Naxos. Sie holten unsere Flagge ein und hissten ihre blau-weiße.

Zusammen mit deinen Mitreisenden, mit Kind und Kegel wirst du auf die Insel Iğne gebracht. Die Krim plündern sie aus.

Du verbrachtest die Nacht mit vierzig anderen in einem Kaffeehaus.

Am Morgen wurden vierzig waffenfähige Männer abgeholt, und vierzig mit Bajonetten bewaffnete Soldaten trieben sie nach Kırklareli, das »Kırkkilise«, nach Vierzigkirchen, benannt wird. Jeden Tag ließen sie euch sechs Stunden marschieren. »Vre kayimeni turkospari, hathite palioturakalades! Los, vorwärts, setzt euren Arsch in Bewegung, ihr Hurensöhne, ihr türkischen Schweine!« Vierzig Mal schwangen sie ihre Patronengurte, und vierzig Mal spuckten und pissten sie auf dein Türkischsein. Mit eitrigen und blutenden Wunden an den Fußsohlen ließen sie euch marschieren, marschieren, marschieren, marschieren, ewig marschieren.

UND DAS ALLES HAST DU ERTRAGEN, UM DEIN VATERLAND ZU BEFREIEN?

Sie steckten dich für zwei Jahre ins Gefangenenlager nach Piräus.

Jetzt befreie dieses Vaterland, du Hurenbock! Leiste auch du deinen Beitrag!

LOS!
FANG AN!
IM LAUFSCHRITT, MARSCH, MARSCH!

Mit der Schifffahrt kam gleichzeitig bei uns der Schmuggel auf. Die Reeder vom Schwarzen Meer haben die Entwicklung unserer Seefahrt vorangetrieben. Einer vom Schwarzen Meer, der mit einem kleinen Boot oder einem Segelschiff in den Handel eingestiegen ist und es im Lauf der Zeit zum Dampfschiffseigner gebracht hat, wurde ein vortrefflicher Schmuggler. Meistens haben sie Haschisch und Heroin geschmuggelt. In unserer Heimat haben sich Männer in die reichste Gesellschaftsschicht eingereiht, deren Väter den Grundstein für den Reichtum ihrer Söhne und Enkel schufen, indem sie Waren aller Art unterschlugen. Sie ließen zum Beispiel ein Schiff havarieren, legten am Hafen an und sagten: »Die Ladung ist feucht geworden, das Meer hat das Frachtgut verschlungen.« Eine Lastwagenladung Teppiche und Gebrauchsartikel wurde weggekarrt.

So also erlebte unsere Seehandelsflotte ihren Aufschwung und erst recht die Öltanker von Hamit Mordon. Dieser Mann war Mitglied eines Derwischordens, ein Novize Abdülkâdir Geylânis. Ein großartiger Kerl. Während des Krieges belieferten wir mit seinem Tanker Chiang Kai-shek heimlich mit Waffen, und innerhalb von nur zwei Jahren kaufte er seinen zweiten Tanker. Er war ein sehr gütiger Mensch. Mit seinen Ordensweisheiten konnte er einem Tränen in die Augen treiben. Ich werde nie vergessen, wie er mir tausend Lira lieh, um dieses Haus hier zu kaufen. Ja wahrlich, ein vollkommener Mensch! Wir waren damals natürlich wie Leibeigene allen Befehlen unterworfen; wir waren wie Galeerensträflinge, die zu Tode erschöpft, mit wachsbleichen

Gesichtern, die Zähne zusammenbissen, um sich und die Ihren zu Hause durchzubringen. Ja, Galeerensträflinge, das ist der treffende Ausdruck, der ist von Nermin. Wir hielten den Mund. Hätten wir das nicht getan, wären wir elend zu Grunde gegangen. Aber eines Tages fiel mir auf, dass es immer mehr Schiffe gab. Wenn hier nichts mehr geht, dann vielleicht auf einem anderen Schiff. Mit einer Zigarette im Mund würde ich froh gelaunt und guten Mutes zu meinem Chef gehen und sagen: »He, Boss, gib mir mein Geld! Wirf mich doch hinaus! Uns habt ihr es zu verdanken, dass es Demokratie im Land gibt. Und wenn du mich nicht hinauswirfst, ist das auch in Ordnung ...« Wer weiß schon, ob Nermin Recht hat? Sie soll den Bogen nicht überspannen. Wenn ich mir die Hacken ablaufe, dann sagt sie: »Das liegt am System.« Wenn Mahsune mit einem Mann erwischt wird, sagt sie: »Das liegt am System.« Und wenn Schiffe bei Sturm zerbersten, sagt sie auch: »Das liegt am System.« Einmal habe ich ihr vorgeworfen: »Das muss ja eine schöne Sache sein, dieser Sozialismus, da bleibt ja dem einzelnen Menschen keine Verantwortung mehr! Jeden Mist haben wir dem System zu verdanken!« Ich lege ihr unseren Glauben über den freien Willen des Menschen, den absoluten Willen Gottes dar. Sie haben sich die Sache leicht gemacht. Was habe ich gelacht an diesem Tag ... Mein Bruder, der Kapitän, sagte: »Schweigen bedeutet nicht gleich, dass man sich unterwirft oder feige ist!« Er meinte damit: »Wenn du dich unterwirfst, dann weichst du zwar aus, aber nur, um zum Gegenschlag auszuholen, irgendwann später einmal. Aber wenn du über das Ziel hinausschießt, dann hast du ausgespielt, ja dann hilft dir keiner mehr.« Zehn Jahre war ich unter seinen Fittichen. Er war Bruder und Vater für mich. Das werde ich nie vergessen! Nein, nie! »Stellt euch mal vor, wenn ich in die Nationalversammlung käme, was glaubt ihr, wie viele Seefahrer könnt ich retten?«, fragte er, und sie lachten. Er konnte einer Person die kränkendsten Worte an den Kopf werfen, aber weil alles, was er sagte, von Herzen kam, lächelte der Beleidigte nur einfältig. Ich weiß nicht, was das heißen soll, etwas kommt von Herzen; als ich so richtig in Zorn geraten bin, fluchte ich jedenfalls von ganzem Herzen. Er aber war nie wütend, und ich habe nie gehört, wie er seine Stimme gegen jemanden erhob. Deshalb war er bei jedermann beliebt. Und wenn schon! Was macht es für einen Unterschied, ob man bei allen beliebt ist oder nicht? Ich liege hier und werde sterben. Ob ich nun immer mit dem Herzen bei der Sache war oder nicht. Wer ist denn meinem älteren Bruder beigestanden, als er im Sterben lag? Einmal hat er mich ziemlich in Rage gebracht, weil er unentwegt gefragt hatte: »Wer hat Suphi ermordet?«, als habe er den Verstand verloren. Als seine letzten Tage gekommen waren, flüsterte er jedem, der ihm begegnete, ins Ohr: »Wer hat Suphi ermordet?«, als sei er verrückt geworden. Das hat mich auf die Palme gebracht. Ich schrie: »Du kannst mich mal, du mit deinem Suphi!« Deswegen grollten wir einander. Und mit diesem Groll verstarb er dann, mein großer Bruder, der Kapitän.

Hier, in diesem Haus will ich sterben – hier drin. Ich habe mich entschlossen, nicht ins Krankenhaus zu gehen. Im Eingangsbereich, den wir verglasen ließen, sitzen wir uns gegenüber, Vater und Tochter, und zünden uns eine Zigarette an. Ich bin doch kein rückständiger Mensch! Ich erlaube ihr das Rauchen, wie ein europäischer Vater. Sie trägt wie immer einen schwarzen Rock und eine schwarze Bluse ... ist wieder einer dieser schönen Tage. Die Fächer der Akazien zittern. Nuriyes blaue Passionsblumen an der Gartenmauer, die Atatürk-Blumen blühen in dunkelroten Blumentöpfen, Vergissmeinnicht, Fuchsien, die Zinnien, die Glockenblumen. Auf dem gegenüberliegenden Feld färben die letzten Sonnenstrahlen das lange Gras purpurrot. Ein Duft nach dem roten salzigen Schwarzen Meer liegt in der Luft, der Purpurduft, der Nermins Wangen und Haaren entströmt. Wenn ich sie so anschaue, begreife ich, warum dieser Arzt, der Sohn unseres Nachbarn, eine Weile in sie verliebt war. Wie ihre strahlenden Augen leuchten! Wie die Seele aus ihrem Herzen spricht! Wenn ich sie anschaue, dann vergesse ich die Schicksalsschläge, die ich ihretwegen erlitten hatte. Dann sind die Zweifel, die jahrelang an mir nagten, plötzlich verschwunden, und ich bin vollkommen erlöst.

Das schmutzige Wasser, das mir ihretwegen jahrelang bis zum Hals stand und mich würgte, fließt aus mir heraus, und ich bin geläutert. Ich hasse niemanden, bin auf niemanden böse. Sie schaut mir ins Gesicht und versteht mich: »Nun, Papa! Du hast das Haus gebaut und bist eingezogen, nun betrachtest du den Garten, den deine Frau liebevoll bepflanzt hat, zündest dir eine Zigarette an, deine Tochter kommt dich besuchen – als ob du vor fünfzig Jahren nicht ein Galeerensträfling gewesen wärst. Hast du die Vergangenheit schon ganz vergessen?«

Dieses Mädchen ist ständig unzufrieden und nörgelt herum, malt immer alles in den schwärzesten Farben. Ich sage nichts, halte es ihrer Jugend zugute. Sie bohrt weiter: »Wäre es nicht schön, wenn jeder Bürger so eine siebzig Quadratmeter große Dreizimmerwohnung und einen kleinen Garten mit Blumen sein Eigen nennen könnte? Wenn jeder seinen Kindern eine vernünftige Ausbildung ermöglichen könnte und zwei, drei Kuruş Rente im Monat bekäme? Das wär doch gut, nicht wahr?« Ich sage wieder nichts. »Aber die meisten haben ja nicht mal genug zu beißen«, fährt sie fort. Schau sie an! Schau sie nur an! So wird sie sich keine Freunde machen und auch nicht glücklich werden. Sie tut so, als wäre das Glück etwas Widerwärtiges! »Von deiner letzten Fahrt ist doch noch ein Rest Whisky im Schrank, soll ich uns einen einschenken?«, fragt sie. Ich sage, ohne laut zu werden oder böse zu sein, ganz herzlich, wie mein Bruder, der Kapitän: »Das hat man mir verboten. Ich habe Wasser im Bauch.« »Was für Wasser?!«, fragt sie und wird blass. »Was für Wasser wohl? Höchstwahrscheinlich Meerwasser«, lache ich. Ihr Gesicht zuckt. Sie ist stocksauer, gleicht einem gereizten Hai. Sie fährt hoch und schreit: »Diese gemeinen Kerle! Dieser Sermet Vergin hat doch irgendetwas von Blähungen erzählt. Dieser verdammte Arzt! Dieses verdammte System!« Sie schreit und gestikuliert dabei mit geballten Fäusten, wie eine verrückt gewordene Bolschewikin. »Und da gibst du ihnen noch deine Stimme« – die Wahlen rücken näher –, »habt ihr ihnen alles verziehen, nur weil sie dieses System errichtet haben? Auch die verdreckten Schiffe, auf die euch diese Menschenschinder gesteckt haben, den stinkenden Fraß, den sie euch vorgesetzt haben, die madigen Kichererbsen, das verwurmte Kompott, das man nicht mal an Hunde verfüttern würde?«, alles zählt sie auf. »Kommando zurück! Hat mir da nicht einer erzählt, in Russland hätte man Zirrhose erfolgreich bekämpft?«, frage ich. »Sie ist ansteckend, man muss was dagegen unternehmen, man muss, man muss ...«, antwortet sie und geht zum Telefon. Sie ist ganz aufgelöst. Sie weint. Wie Bindfäden laufen ihr die Tränen die Wangen hinunter. Ich bin überrascht. Sie liebt mich also. Meine Tochter liebt mich also doch! Auch mir kommen die Tränen. Ich weine. Sie ruft den Schwiegersohn an. Schließlich treiben sie den Arzt auf, der zuletzt da war. Diesen Arzt aus dem Volk! Jetzt rufen sie ihn also wieder an. Er soll aus Anatolien sein, er würde nicht auf uns herabschauen, sondern sein Bestes geben ... Manchmal wundere ich mich schon, was ihnen alles in den Sinn kommt, wie sie die Menschen kategorisieren, was sie alles durchmachen, nur weil sie so misstrauisch sind! Sie sind doch alle Kinder der Republik. Zusammen mit Atatürk haben wir ihnen ein Vaterland, das keine Feinde hat, überlassen. Sie haben weder Not noch Krieg erfahren. Sie sind nie in Kriegsgefangenschaft geraten. Sie haben keine Schläge von Griechen einstecken müssen, und noch nie hat die Flagge der Ungläubigen den grünen Schatten ihrer Schiffe gekreuzt. Welcher Arzt, welcher Sohn Atatürks, welcher Mensch würde sich nicht um einen Kranken wie mich, dessen Fußsohlen so zerschunden sind, kümmern? Sie wissen, dass man nicht sagen darf: »Wir gehören nicht derselben Klasse an!« Ihre Freunde sind von dieser Sorte. Ich hab mich auch mit ihnen unterhalten. Sie wollen es uns anscheinend allen heimzahlen. Und was passiert, wenn ich mich auf die Reise mache? Würde sich in dieser Welt irgendetwas verändern, wenn ich sie hinter mir lasse? Und wenn, dann werde ich es nicht mehr erfahren!

Es klingelt an der Tür, wieder macht Nuriye auf. Es ist Melek. Die Nachbarin von gegenüber, die Frau des Militärattachés, dessen Hausarzt Sermet Vergin ist – die sind die angesehensten in unserem Viertel. Nuriye zieht auch sie auf den Abort und zeigt ihr meinen blutigen Stuhl, der dort der Beschauer harrt. Nermin geht zu ihnen hinüber. »Ist es Zirrhose? Ist sie schuld an der Blutung? Was meinen Sie?«, fragt Melek und tut verwundert. Meine Frau antwortet: »Ja, es ist Zirrhose, meine liebe Melek, die Krankheit, die auch Atatürk hatte!« Nermin darauf: »Die hat er ihm wahrscheinlich als Erbe überlassen.« »Ach, wie taktlos!«, fährt ihre Mutter fassungslos auf. Die beiden verstehen sich überhaupt nicht. Unentwegt zanken sie sich. Ich bin mal gespannt, was ihr macht, wenn ich tot bin. Meine Frau fängt wieder an zu weinen und zieht immer wieder die Nase hoch. Dann kommen sie zu mir herüber. »Wie geht es Ihnen, Hasan? Ich wünsche Ihnen gute Besserung!« »Gut! Mir geht es sehr gut, Melek! Nun müssen Sie aber auf Nuriye Acht geben! Sie dürfen sie nicht so viel alleine lassen!« Alle schauen betroffen. »Aber was soll denn das? Krankheiten gehören doch nun mal zum Leben. Wir werden krank, Krankheiten kommen und vergehen auch wieder. Und dann sind wir wieder geheilt.« Solch groteskes Zeug sagt diese Frau. Meine Frau bricht in Schluchzen aus, sie führen sie hinaus. Nermin geht nicht. Wenn sie in Schwierigkeiten steckt, wird sie stark, ja geradezu kaltblütig. Ein Sprichwort sagt: »Ein nasser Fuchs scheut den Regen nicht.« So ist meine Tochter. Sie kommt her, setzt sich an den Bettrand und mustert mich lange von unten bis oben, lässt ihren Blick von den Füßen über die Beine hinauf zu meinem Rumpf wandern, zum Hals, zu meinem Kinn und den Lippen, zu meiner Nase, den Augen und Augenbrauen, meiner Stirn, meinen Haaren, meinen Ohren. Sie greift nach meiner Hand, die unter der Decke hervorschaut, und fühlt meinen Puls. »Hast du Schmerzen?«, fragt sie.

»Nein, jetzt geht es mir gut.« Sie starrt neben ihren Beinen auf den Teppich. In den Häfen in diesem Teppich lasse ich viele Schiffe fahren. Unvermittelt sage ich zu ihr: »Na, Nermin, sag, gibt es einen Gott, oder nicht?« Als hätte sie diese Frage erwartet, wendet sie ihren Kopf langsam um und schaut mir traurig in die Augen. Sie schweigt. Tausendmal hatten wir dieses Thema schon diskutiert. Ich warte ab. Dann frage ich, als sei ich wütend: »Jetzt sag doch schon! Los!« »Was weiß ich, Papa! Ist das jetzt der richtige Augenblick?«, fragt sie mit erstickter Stimme. »Was soll das heißen, der richtige Augenblick? Sterb ich jetzt etwa?«, entgegne ich gut gelaunt. Sie hat sich wieder gefasst und wird bockig: »Du weißt ja, was ich denke, Papa! Gott oder so was Ähnliches gibt es nicht! Es gibt nur Ausbeuter und Ausgebeutete.« Jetzt hat sie's mir wieder gegeben. Mensch, schau dir die mal an! Sie weiß, dass ihr Vater im Sterben liegt, und nicht einmal im Angesicht des Todes ist sie dazu bereit, sich wenigstens aus Mitleid dazu hinreißen zu lassen, ihrem Vater einen Gott zuzugestehen. Das hätte ich nicht gedacht. Man könnte meinen, dass sie nicht meine Tochter ist, sondern das Balg dieses ungläubigen Glöckners, dieses Schweinehundes! Los, wenn du schon nicht Allah sagen kannst, Mensch, dann sag wenigstens Gott! Dieu! Oder God! Sag Allah in der Sprache der Esel. Dein Vater verstehts dann schon. Von sieben Sprachen hab ich was aufgeschnappt. Sag doch irgendetwas!

Sie weiß genau, wie sehr mich das schmerzt. Sie weiß, was ich deswegen alles durchmache, wie mich das innerlich zermürbt ... Ja, ich bin selbst schuld. Es ist meine eigene Schuld. Ich konnte ihr kein Gottvertrauen vermitteln. Sie glauben, sich dem Willen Gottes zu fügen, sei das Eingeständnis einer Niederlage; es sei unterwürfig, ihn zu billigen. Ihn anzunehmen, nütze nur anderen. Sie haben keine Ahnung von der Tiefe, die man erlangt, wenn man sich von den verlogenen Werten der Welt abwendet. Sie haben nicht verstanden, wie man sich dadurch über die anderen erheben kann, wie man reifer, vollkommener wird.

Ihnen ist nicht klar, wie primitiv es ist, wenn alle die Wahrheit im Sozialismus suchen. Sie wollen zwar den anderen nicht überlegen, sondern ihnen gleichgestellt sein. Aber wichtiger als die Philosophie sind ihnen ihre Rechte. Während sich unsereins tiefschürfenden Gedanken hingibt, sind die oben an der Spitze zu Reedern geworden und stehen über uns ... Pah! Die haben gleich die passende Antwort parat! Wie oft habe ich ihr schon die Lehren Mevlânas auseinander gesetzt. »Das ist keine sittlich hoch stehende, edle Sache, für die du dich da einsetzt. Wenn du schon nicht so sein willst wie die anderen, dann verwirf wenigstens deine banalen Allerweltsgedanken. »Jeder ist jetzt Sozialist«, hab ich zu ihr gesagt. »Finde etwas, womit du immer allen überlegen bist! Strebe nach Vollkommenheit!« Ich habe ihr gesagt, dass es nicht damit getan ist zu sagen: »Das werdet ihr büßen.« Sie ist unglaublich eigensinnig. Schade! Sehr schade! Es tut mir leid für mein Kind! Wer so etwas sagt, den soll der Teufel holen! Beim Jüngsten Gericht werde ich ihm eigenhändig an die Gurgel gehen. Wenn sie nur ein wenig gläubig sein könnte!

Wenn ich ihr doch nur die Vorstellung vom göttlichen Funken hätte nahe bringen können! Aber sie ist ja so gescheit! Als der Arzt sie damals untersuchte, sagte er, dass dieses Kind sehr intelligent sei. Aber ihr Verstand hat sie nicht glücklich gemacht. Und darüber hinaus ist sie auch noch vom rechten Weg abgekommen. Was nützt einem da der Verstand? Eines Tages wird sie zerbrechen, weil sie ruhelos ist und weil sie nicht geliebt wird. Ja, vor allem weil sie nicht geliebt wird. Sie wird kopfüber ins Elend stürzen. Es tut mir weh, dass sie zu Grunde gehen wird, weil niemand sie liebt. Sie hat es mir ja selbst gesagt: »Jede Wohltat, die dieses System hervorbringt, verabscheue ich. Wir werden euch und euresgleichen nicht ungeschoren davonkommen lassen! Und wenn nicht wir, dann werden es unsere Nachkommen euch und euren Kindern heimzahlen.« Sie sind noch so jung. Sie glauben, alles sei so einfach! Sag, wer hat dich denn dazu aufgefordert? Wer war es denn, der euch eingeredet hat: »Rächt euch«? Damit ein Mensch so rachsüchtig wird, muss ihm etwas Schlimmes widerfahren sein. Aber sie sind erfüllt von Rachegefühlen, sie sind erfüllt davon. Wenn ein Mensch so erfüllt ist von Rachegelüsten, ja dann muss er doch an seinem Hass ersticken! Nein! Nein! Man muss an Gott glauben! Er ist Rettungsanker, Stütze und Trost! Klar, im Himmel ist er nicht ... Das hab ich ihr ja auch gesagt. Ich hab gesagt, er ist in dir, er ist überall, in der Luft, im Wasser, im Feuer, das hab ich ihr gesagt.

Ich bin nicht aus Feuer, nicht aus Wasser,
nicht aus Erde, nicht aus Luft,
nicht vom Himmelsthron, nicht vom Erdenteppich,
nicht aus dem Universum.

»Du bist ein Gott«, hab ich gesagt. »Jeder Mensch ist ein Gott«, hab ich gesagt. »Ich will aber nur ein Mensch sein, Papa«, verspottete sie mich. Ich konnte meine Tochter nicht so erziehen, wie ich es gewollt hätte. Ich konnte nicht. Um das Brot zu verdienen, schlug ich mich auf den Meeren herum. Ich konnte meine Kleine nicht behüten. Sie war dauernd in den Fängen ihrer Mutter. Die hat ihr solche Sachen wie Backen, Sticken und Häkeln beigebracht …

Die sind doch alle verrückt! Verflucht! Morgens fegen sie das Haus, nachmittags schreien sie sich über die Plätze hinweg irgendetwas laut zu, abends gehts ins Wirtshaus, und dann wird Rakı getrunken. Sich mit Philosophie und den hehren Werten zu beschäftigen, steht den Wohlhabenden zu. Und wir? Wie dachten wir? Woran glaubten wir, zwischen Kämpfen, Gefangennahme und Hungersnöten, woran?

Evliya Çelebi schrieb: »Nach den zuverlässig überlieferten Aussagen von Geschichtsschreibern, die auf dem Gebiet der Astronomie bewandert waren, ist das Schwarze Meer der 80 Klafter tiefe Überrest der schwarzen Wassermassen von Noahs Sintflut …« Das so beschriebene Schwarze Meer wird unter anderem von den Wassern der Flüsse Kızılırmak, Yeşilırmak, Sakarya, Çoruh, Dnjepr, Djnestr, Wolga und Donau gespeist. In einer Tiefe von 2200 Metern hat es eine der ältesten Kulturen der Welt unter sich begraben. Nach Spindler hat die Wassermasse eine Fläche von 462 565 Quadratkilometern. Das Wasser schmeckt an manchen Stellen bitter, an manchen salzig, an anderen wiederum süß. Seine Farbe ändert sich und scheint mal gelb oder grün, dunkelblau oder violett. An der Küste, bei Hopa, verläuft parallel zum Meer ein Höhenzug, der zur gleichen Zeit wie die Alpen entstand. Mais, Orangen, Kohl, Kirschlorbeer, Haselnüsse lassen sich hier kultivieren. Der äußerste Osten eignet sich nur zum Teeanbau. 1453 wurde mit der Einnahme von Konstantinopel durch den Brudermörder und Eroberer Mehmet Fatih und mit der Erlangung der Vormachtstellung zur See durch das Osmanische Reich das Schwarze Meer zu einem türkischen Gewässer und konnte erfolgreich für fremde Kriegs- und Handelsschiffe gesperrt werden. Unglaublich.

Der 93er-Krieg ... Nach dem 93er Krieg wieder das Schwarze Meer, also wieder das Schwarze Meer. Batumi wurde den Russen überlassen. Im Vertrag von Kaynarca erkennen die Peçuta, die jungen Thunfische, die Russen zwar an, nicht aber die alten. Sie wurden freie Fische. Einer Volkszählung zufolge zählte der Bezirk insgesamt 138 423 Einwohner, davon waren 689 Griechen. Ob auch mein Blut und das Blut meiner Vorfahren mit griechischem Blut vermischt ist?

Wie Nuriye sagt, haben wir seit mehr als vier Generationen rumelisches, das heißt griechisches Blut in uns. Die Tochter Despinas heißt Nermin. Despina ist Uzun Hasans Frau, auch Katerina genannt. Sie ist die Tochter von Ioanis. Uzun Hasan gehört zu dem Stamm, der sich gegen die Dynastie der Brudermörder auflehnte, und wir sollen angeblich von diesem sündigen Stamm sein.

Aha! Jetzt kommt Kapitän Tahsin. Ich erkenne ihn schon daran, wie er an der Tür klingelt. Man könnte meinen, er wolle die eingeschlafenen Wachposten an Deck aufscheuchen. »Was ist mit dir los, erster Maschinist?«, fragt er. Er platzt so plötzlich herein, dass meine Frau ihn nicht mal auf den Abort führen kann. »Herzlich willkommen, Kapitän Tahsin! Wie geht es dir? Was macht dein Herz?« »Na ja, im Moment schlägt es noch, aber wenn wieder ein Anfall kommt, geh ich auch auf die letzte Reise!« »Nanu, geht etwa vor dir noch ein anderer auf die Reise?« »Ach nein ... wie man eben so daherredet«, antwortet er peinlich berührt. Mein Schwiegersohn kommt herein: »Wo leben wir nur? So wird nie etwas aus uns. Ich erreiche niemanden«, schimpft er, wischt sich den Schweiß von der Stirn und lehnt sich gegen den Türrahmen, wo normalerweise der Besen steht. »Das kommt nun mal vor in so einem System wie diesem. Ruf doch noch einmal den Kundendienst an!«, bittet Nermin. »Eilt nicht, ich hab keine Schmerzen mehr«, sage ich zu meinem Schwiegersohn. Er läuft wieder hinüber zum Telefon. Nermin setzt sich mitten auf mein Bett, fühlt meinen Puls und zählt. Meine Frau zieht Kapitän Tahsin am Arm hinaus, um ihm nun doch noch meinen Kot zu zeigen. »Wie viel?«, frage ich Nermin. »Siebzig.« Wer weiß, ob das stimmt? Ob sie mich wohl lieben? Was steckt hinter ihrer Anteilnahme? Man kann nie wissen, was ein Mensch denkt. Wollen sie vielleicht bloß ihre Schuld abtragen, weil ich sie mehr schlecht als recht versorgt und aufgezogen habe, oder wollen sie etwa nur zeigen, dass sie sich zur Arbeiterklasse hingezogen fühlen, oder steckt womöglich gar nichts dahinter? Siebzig ist gut. Ich schlafe viel. Vielleicht hat sie sich heute auch nur verzählt. Es wird schon wieder werden ... Nach achtundvierzig Stunden Wachdienst bin ich noch losgezogen in den Hafen, schnurstracks, in den Hafen von Konstanza ... Was für eine Frau, ach herrje! Ihre hellen Augen, diese Wangen ... wenn sie sprach, meinte man, eine Maischolle schwimme in das weite, offene, wogende Meer hinaus, blinzelt, kneift die Augen zusammen, so war sie; wie eine Maischolle, die nie gefangen wurde, mit Flossen, Schuppen und Gräten ... »Leise, Mutter! Er ist eingeschlafen«, sagt sie zu ihrer Mutter. Wenn du mich fragst, dann sind diese Kinder irgendwie alle verrückt. Würdest du ihnen den Hintern gehörig versohlen, dann würdest du sehen, wie gottesfürchtig sie auf einmal wären ... Verrückt, verrückt ... All die zerbrochenen Vasen, die verbeulten Messingtabletts, die alten Kohlebecken, die durchlöcherten Kupferkessel nahm sie als Aussteuer mit, auch den Flügel ihrer tatarischen Tante. Jetzt setzt sie sich auf die andere Seite.

»Was sollen denn Leute wie wir mit einem Flügel?«, lacht Nermin. Als wollten wir sie nachahmen. Unsere Selbstlosigkeit sei nur bourgeoises Streben. Nein, ich will damit nicht sagen, dass sie verrückt oder verzogen ist. Sie sitzt auf meinem Teppich, auf meinen Häfen …

Mahangavur
Çürüksu
Kobuleti
Tsingtao
Lima
Rio de la Plata
Und starrt auf meine Schiffe:
Altay
Adalet
Kırlangıç
Hocazade
Umran
Raman
Hacıoğlu

Von Zeit zu Zeit streichelt sie meine Hand, beobachtet mich. Wenn ich gesund werde … mit Gewalt … ich glaube es nicht … aber dann werde ich sie mit Gewalt zum Hoca bringen und heilen lassen, das Böse in ihr austreiben, dann gewinne ich mein Kind wieder zurück, ja, wenn es mir wieder gut geht …

In unserer Gegend gibt es häufig Schwindsucht, reichlich Regen und Hakenwürmer. Die Sonne scheint nie. Der Hakenwurm kann dort gedeihen, wo frischer Menschenkot als Dünger verwendet wird, das sagt unser Arzt Korkut. Möglicherweise schleppten ihn auch die Arbeiter ein, die nach Russland gingen und dort im Bergwerk und beim Tunnelbau arbeiteten, weil sie Hunger hatten. Der Hakenwurm kam aber auch in den Villen Istanbuls, auf den Prinzeninseln, Tarabya und Beykoz vor. Man sagt, von Russland hätten ihn die Arbeiter dann nach Istanbul gebracht. Sollen sie doch bleiben, wo sie hingehören! Wir gehen auch nicht zu ihnen. Soll doch ein jeder bei seiner Familie, in seinem Dorf bleiben. Schon 1355 haben die Genueser in ihrer Heimat Öl gefördert, Kupfer, Zink und Mangan abgebaut; und bekanntlich haben Vasilaki, Yani Yuvandi und Sirakyoti vor dem Ersten Weltkrieg viertausend Tonnen Erz exportiert. Sollen sie es doch jetzt selbst fördern und nicht nach Istanbul kommen.

Ich fragte meinen Bruder, den Kapitän: »Warum hast du mich hierher geholt? Sie mögen uns hier nicht.« »Ist das etwa allein die Erde ihrer Väter?«, fragte er. »Nein, es ist unser aller Heimat.« Ich schwieg. Wenn du willst, dann geh doch zurück in das Haus deines Vaters, unter deinen Lorbeerbaum, dahin, wo es Schwindsucht, Mandarinen, Orangen und, seit der Republik, auch Baumschulen und Tee gibt, wo die Ölvorkommen immer noch auf dem Meeresgrund ruhen. Unser Land, das ist der Flecken, der unseren Vorfahren nach der Regentschaft von vier Sultanen noch geblieben ist. Es ist das Land, das man den Genuesern abgerungen hatte. Von hier aus machten sich vornehme Herren auf, um mit der Krim Handel zu treiben, damals, als man noch feines Tuch, Zobelpelze, reich bestickte Gewänder und Westen trug. Unser Land ist da, wo wir über das Meer hinweg mit der ganzen Schwarzmeerregion Handel trieben, mit Schalwar und Turban Hamsi fischten. Das ist der Fisch, der nach den kältesten Wintertagen im Monat Hamsin durch unsere Gewässer zieht. Da fischten wir ihn, legten ihn in Salz ein und verkauften ihn. Damals, während der Regentschaft des Sultans Murat, gab es neuntausend Seefahrer auf dem Schwarzen Meer ... Manche von uns gingen mit kleinen Kanonenbooten, Küstenwachschiffen, mit unseren wendigen Ruder- und Segelschiffen unter, und so dienten wir der Heimat. Daher sagt man am Schwarzen Meer zu einem, der traurig ist: »Was ist mit dir, sind etwa deine Schiffe im Schwarzen Meer versunken?« »Er fantasiert«, sagt sie über mich. Wer fantasiert hier? Sie glaubt, ich wüsste nicht, was sie ihr ganzes Leben lang zusammenfantasiert hat: Mit diesem Kerl auf und davon (zwei Dampfer fahren um die Wette, Kızılpaşa), danach zu diesem anderen, dieser bauchtanzenden Tunte (Kızılpaşa, was soll ich nun tun? Ich werde meine Stiefel anziehen) mit dem hässlichen, leeren Gesicht eines Menschenhais (die Stiefel sind in der Truhe), Papa, wir werden heiraten, er soll ein sozialistischer Filmschauspieler sein (die Truhe kommt in den Korb), dann kam diese dürre Bohnenstange herein und machte es sich wie eine Kupplerin in einer Ecke bequem ... Jetzt schwafelt er nur noch ... »Ich liebe bloß den Verstand Ihrer Tochter.« Zum Teufel mit ihrem Verstand! Ich hörte ihm lange zu, diesem Dummschwätzer ... Sie hat sich diesen Taugenichts ausgesucht und ihn überstürzt ihrem Vater vorgestellt. Ich war empört. Ich habe mir die Mühe gemacht und mir einen seiner Filme angeschaut. Er war als Frau verkleidet, spielte ein feuriges Weib, das sich vom Hausherrn in den Hintern kneifen lässt. Man sollte die Ruhe bewahren und herzlich sein, wie mein Bruder, der Kapitän. Ich wollte, dass ihr meine Worte durch Mark und Bein gehen. Ich begann mit schwermütiger, bebender Stimme, wie beim Rezitieren des Korans ... So hielt ich die beeindruckendste Rede meines Lebens: »Mein Mädchen! Wer Honig um den Mund hat, der hat auch einen Stachel. Halte dich an den, der dich zum Weinen, nicht zum Lachen bringt! Sei besonnen, damit man dich schätzt, heißt es! Und wen schätzt du? Istanbul, und das kennst du zur Genüge. Die Vergangenheit dieser verkommenen Stadt Istanbul, Byzanz, die noch nach zehntausend Ehemännern unberührt geblieben ist. Für sie habe ich dieses Lied komponiert in der melodischen Weise der Acemaşiran-Tonart:

Die Hure will an jeden sich verlieren
Die Tränen, die sie weint, gefrieren.
Verräter herrschten, als sie errichtet ihre Mauern
Ihr Leib verflucht, und sie verdammt zu trauern.

»Du hast lange gesucht, und nun bringst du deinem Vater diesen Einfaltspinsel als Schwiegersohn. Passt denn so ein Gaukler zu den Kanonenbooten deiner Urahnen, den Schwertern deiner Großväter, den Zobelfellen deiner Urgroßväter?! Verhalte dich entsprechend der Erziehung, die ich dir angedeihen ließ! Bereite mir keine Schande! Sei nicht undankbar, meine Kleine!« Ich hatte noch nicht zu Ende gesprochen, da wandte sie sich trotzig ab und ging. Über ihre Mutter ließ sie mir ausrichten: »Ich bin über achtzehn, und ich gehe, mit wem ich will.« Das wars. Ich lief in ihr Zimmer und schrie: »Ich scheiß auf deine achtzehn Jahre! Du bist wohl vom Teufel geritten!« Und verpasste ihr zwei Ohrfeigen. »Ich bin zu dir wie ein vollendeter englischer Marineoffizier, und du benimmst dich wie so ein ordinäres Lasenmädchen und schleuderst mir ein ›Ich hau ab‹ entgegen.« Dann habe ich all ihre Sachen, ihre Pullover, Röcke, Mäntel, Schuhe zerschnitten, und was ich nicht zerschneiden konnte, schleuderte ich in den Garten, so ziemlich in die hinterste Ecke, und da blieben sie im Schnee liegen. Ich verwüstete das ganze Haus, beschimpfte Nuriye, verzog mich in mein Schlafzimmer und sang mein Lied weiter:

In ihren Zellen wogt der ganze Schmutz der Falschheit
Du findest an ihr nicht eine einz'ge Faser Reinheit.

Sie schloss sich in ihrem Zimmer ein, kam tagelang nicht mehr heraus, sprach mit niemandem, aß und trank nicht. Als ich sagte: »Ich gehe wieder auf Fahrt«, verabschiedete sie sich nicht mal von mir. Diesmal fuhren wir nach Natal. Ich schrieb ihr einen versöhnlichen Brief, warf eine Postkarte ein. Nach meiner Rückkehr umarmte, küsste ich sie und drückte sie an meine Brust. Seit jenem Tag kennt ihre Zunge das Wort »Papa«, Papa hier, Papa da ... Gott sei Dank, hat sie schließlich doch noch den Richtigen gefunden, und ich brauche mir keine Sorgen mehr zu machen.

»Wecken Sie ihn nicht auf, meine Liebe! Ich komme wieder, wenn es ihm etwas besser geht«, sagt Kapitän Tahsin und geht.

»Bringen Sie ihn sofort ins Krankenhaus! Bewegen Sie ihn so wenig wie möglich. Sie werden ihm eine Bluttransfusion geben«, sagt der Arzt. »Mein Sohn, sei ehrlich, ist die Lage sehr ernst? Sag mir die Wahrheit!« »Nein, machen Sie sich keine Sorgen! Natürlich hat er ziemlich viel Blut verloren, aber er wird es gut überstehen.« (Einen Dreck übersteht er.) »Ach! Das Fundament meines Hauses bricht auseinander, die Balken des Hauses stürzen ein, und der einzige Freund, den ich im Leben habe, geht!« »Nuriye, reißen Sie sich zusammen! Bleiben Sie stark! Was wird er denn sagen, wenn er seine Augen aufmacht und Sie so sieht?« »Tragen wir ihn vorsichtig zum Auto.« »Wartet, wartet! Ich ziehe meinem armen Mann noch einen frischen Pyjama an.« »Ist das jetzt der richtige Zeitpunkt, sich über den Pyjama Gedanken zu machen?« »Es wäre gut, wenn er nicht unnötig bewegt wird.« »Hol den blauen Pyjama aus dem Schrank!« »Ich hab doch gesagt, dass er keinen frischen Pyjama braucht.« »Unmöglich, so lass ich ihn nicht unter die Leute.« »Herrgott noch mal!« »In diesem Haus hast du nichts zu sagen.«

»Na gut, dann zieh ihn eben an.« »Selbstverständlich zieh ich ihn an, und zwar mit meinen eigenen Händen. Wenn er ihn heute nicht trägt, wann denn dann?«

Wenn ich nur sprechen könnte, wenn ich doch nur einen Ton herausbrächte! Wahrscheinlich kommt meine Sprache nie mehr zurück. Vielleicht kann ich mich überhaupt nicht mehr bewegen. Mein gestreifter Flanellpyjama aus dem Laden von der Sümerbank … Ich kann meine Augen öffnen. Willst du wirklich, dass mich diese Nichtsnutze aus meinem Haus werfen? Ich werde es nie wieder sehen, mein Zimmer mit dem Riss, der sich seit dem Erdbeben von Adapazarı mitten durch die Decke zieht, mit den weißen Wänden, die Meister Hüseyin getüncht hat, dieses Loch – wer beugt da seinen Kopf immer vor und zurück, diese Stimme, ein Gebet, wer bewegt da ständig seine Lippen, das Zimmer, in dem ich immer bin, wenn ich einschlafe und wenn ich aufwache. Hayriyes Adoptivtochter soll mit einem Polizisten erwischt worden sein. Sie soll ihn über den Balkon hereingelassen haben. Jetzt ist sie schwanger, sagen die Leute … Ist das Zimmer dasselbe Zimmer? Dieser Riss … dieses Loch … ist dieses Auge da, ist dies das Auge meines Sohnes … hab ich überhaupt einen Sohn? Mein Sohn, mein blonder Junge, ist er nicht schon tot? Das ist mein Zimmer. Da drüben steht der Kühlschrank. Und da, auf der Kommode, diese Kiste, die Blechkiste, die ich, seit ich auf dem Dampfer Adalet war, auf jedem meiner Schiffe bei mir hatte, das ist mein Nähkästchen. Ein Schiff, wenn ich jetzt auf einem Schiff wäre – eine kleine Schere, zwei Rollen Garn –, dann würde ich, wenn ich nicht einschlafen könnte, in meiner Kajüte die verknoteten Fäden entwirren.

LES SEULES CIGARETTES
TURQUES AUTHENTIQUES
auf der einen Seite,

CONSTANTINOPLE
CIGARETTES REGIE DES TABACS
auf der anderen Seite,

DES TABACS DE L'EMPIRE OTTOMAN
stand da auf dem Deckel in goldener Farbe. Und was für eine Farbe das war. Seit so vielen Jahren haftet sie fest am Blech.

Damals hab ich meine Zigaretten aus Samsun-Tabak gedreht, aus frischem Samsun-Tabak. In Samsun, in der Gegend des griechischen Amisos, gedeiht er. Er hat ein kurzfasriges Blatt. Manche Fasern sind wie Nadeln, Stecknadeln. Eine weiße und eine schwarze Rolle Garn, eine Rasierklinge, ein Knopf. Mein Arbeitsanzug im Kielraum, da ist er zerrissen. In Ras Tanura hab ich einen neuen gekauft. War das mein Sohn oder mein braun geschecktes Pferd Kızbeni …

Die Schlüssel hat mein Offizier,
was wünscht er? Was will er haben?
Mit gold'nem Kopf einen Raben!
Sieben Berge ich bezwang,
sieben Schlösser noch dazu,
wer schlug mir die Türe zu?
Kleiner Halil, Knäbelein,
kurzes Ärmchen, kurzes Bein.
Ich rempelte das Kerlchen an.
Es lag im Dreck, die Nas' voran.

II Im Groll

Der Sommer kommt früh dieses Jahr. Milchiger Dunst verhüllt das Meer und steigt gen Himmel. Jeder Windhauch wird Polanegris blondes Haar umspielen.

Aus welchen Richtungen werden die Wellen anrollen, ans Ufer schlagen und die Stürme blasen, der Kozkavuran, Turnageçen, Hamsin, Kokolya? Sie werden kommen, die Stürme, und ich bin nicht mehr da. Der Sommer kommt früh dieses Jahr. Das Weiß des Meeres wird sich blau verfärben, aber ich werde es nicht mehr erleben.

Meinen blauen Pyjama und diesen Kühlschrank, vor dem mein Schwiegersohn noch immer wie angewurzelt steht, habe ich aus Amerika mitgebracht, mit der Bakır. Damals war die Bakır noch ein Passagierdampfer, bevor sie als Frachter von der staatlichen Schifffahrtslinie übernommen wurde. Unsere Bakır war nach dem Krieg das erste türkische Schiff, das amerikanische Gewässer befuhr. Das muss nach 1900 gewesen sein. Und ich war dabei, downtown, bei Macy's. Im Hafen von Zonguldak brach 1935 ein heftiger Sturm über die Üsküdar herein. Ein Heulen, der Himmel öffnete seine Schleusen. Schornsteine kippten, zerbrachen, stürzten in sich zusammen, fielen ins Hafenbecken. Das Schiff und das ganze Meer waren von Schornsteinen und was davon übrig geblieben ist, bedeckt. In Zonguldak, das war im Februar 36, packte uns plötzlich das Meer, warf uns gegen die Kaimauer, an der wir festgemacht hatten, ließ uns wieder los und schlug uns dagegen, immer wieder und wieder. Der Schiffsrumpf schlug leck. Das Loch wurde größer und größer. Die Laderäume, der Maschinenraum, die Arme, die Beine, sie fingen an zu bluten. Das Schiff saß an Ort und Stelle fest. Schornsteine, Schornsteine, nichts als Schornsteine ... Taucher umwickelten das Leck von unten mit Segeltuch und Taumatten. Von innen dichteten sie es mit in Öl getränktem Werg ab. So kehrten wir im Schlepptau der Kalkavan nach Istanbul zurück. Durch das Leck trat Wasser ein. Bei Ereğli war es Blut, das Schwarze Meer vollkommen blutdurchtränkt. (So rot hatte ich es vor Trabzon auch mal gesehen: Dort, wo man Suphi ertränkte ...) Der Reeder sagte: »Wofür wollt ihr bezahlt werden? Dafür, dass ihr Arbeit hattet, euch satt gegessen und mein Schiff ramponiert habt und außerdem den Schornstein heruntergerissen und verkauft habt? Ihr habt euren Lohn schon kassiert. Verschwindet! Macht, dass ihr rauskommt! Na los, verpisst euch …« Nermin meinte: »Dafür dürfen wir sie nicht ungeschoren davonkommen lassen!«

Ich wurde mit dem Luxusfrachter Bakır von der städtischen Schifffahrtslinie übernommen. Die Thunfische schwammen durch den Bosporus, der nach dem Abkommen von Sèvres sowohl in Kriegs- als auch in Friedenszeiten uneingeschränkt passierbar war. Dort gerieten sie in die Bredouille. Die Strömung trieb sie in die Gewässer von Sirkeci ab … In Sirkeci beliefert die Bakır die städtische Schifffahrtslinie mit Kohle, war wie ein schwimmendes Kohledepot. Bei Schneesturm lagen wir im Hafen fest. Zwei Meter vor der Kaimauer, nur zehn Meter von uns entfernt, waren die Thunfische erstarrt. Man konnte sie einen halben Meter unter der Wasseroberfläche schweben sehen … Menschen sind hungrig; wenn wir Menschen sind, dann haben wir auch Hunger … Hunger … eine drei Meter lange Eisenstange … Mir fielen die Hakenwürmer wieder ein. Ich feilte das Ende der Stange dünner, bog es und machte einen Haken daraus. Sah aus wie ein Hakenwurm. Wie habe ich mich gefreut, das werde ich nie vergessen! Ich kletterte die Kaimauer hinunter und fischte die Thunfische mit dem Haken heraus, einen nach dem anderen … Insgesamt vierundsechzig Thunfische. Fünfzehn davon steckte ich in einen Sack und trug sie nach Hause. Ich pökelte sie in zwei Kanistern ein. Mein Bruder, der Witwer der Tatarin mit dem Flügel, der bei der städtischen Schifffahrtslinic auf dem Kadıköy-Dampfer Kapitän war, hatte keinen Dienst und war zu Hause. Er trug einen handgewebten Schlafanzug, der aus Überschlagtuch geschneidert worden war, und rief erstaunt: »Bravo! Gut gemacht, Hasan! Wo hast du denn die vielen Fische aufgetrieben? Gratuliere! Das ist ja ausgezeichnet!« Die übrigen Fische hatte ich an die Mannschaft verteilt. Die freuten sich vielleicht, und wie die sich freuten … Von da gings nach Amerika, so ist das Leben … Der Fische Leid füllt des

Menschen Bauch. Kauf bei Macy's einen seidenen, hellblauen Pyjama und bring auch einen Kühlschrank mit nach Hause! Immer wieder habe ich es meiner Tochter zu erklären versucht ... vergeblich. Ihr könnt die Menschen nicht einfach aus ihrem Leben reißen und in Rechte und Linke unterteilen. Ihr erreicht nichts damit, wenn ihr ihnen ihr Leben verleidet und das, was sie erlebt haben, als unbedeutend abtut. Ihr Leben, das sind Oboen, Zigaretten, das Brummen des Kühlschranks – was ist das für ein Geräusch? –, das Fiedeln und Kratzen in Orhan Borans Mittagssendung, die Nierenschmerzen, die salzigen Getränke, die Hochzeiten, die Kriegsgefangenen ... Das könnt ihr doch nicht machen. Es gibt nicht nur eine einzige richtige Art zu denken, da würde der Mensch ja den Verstand verlieren. Ihr jagt den Leuten Angst ein. Ihr glaubt, dass es keinen Muslim gibt, der sich nach dem Klang der Kirchenglocken sehnt. Ein Mensch lässt sich nicht in zwei Hälften schneiden ... Ein Mensch! Was ist das? Ein Mensch – Georgier, Noah, Megrelier, Lase, Araber ... Bin ich das Täbris, das 1294 Marco Polo und dreißig Jahre später Ibn Battûta besuchte? Hat nicht jeder Mensch auch etwas von einem Armenier, von einem Russen, Tataren oder Griechen in sich? Gott will, dass wir unsere Wurzeln vergessen.

Die Armenier waren in Arda-ilu. Wie wir aus assyrischen Schriften wissen, ließen sich diese ältesten und ursprünglichsten Herrscher seit den Sumerern nicht mehr unterjochen. Ließ ich mich je unterjochen? Nein, das kann mir keiner nachsagen ... Gott will, dass wir unsere Wurzeln vergessen. Er möchte, dass uns nichts anderes bleibt als unser Menschsein. Er lässt uns miteinander verschmelzen. Er lässt zu, dass wir unsere Wurzeln verlieren. Ich hab mein Weib in meine Heimat geschickt und mich den Partisanen angeschlossen. Vielleicht hat mich Gott deswegen verdammt? Die Abkömmlinge der Kaukasier, der Tataren, der Völker aus dem Pontusgebiet wurden alle gleich gemacht und verstehen ihre eigenen Sprachen nicht mehr. Weil man sie gebrochen hat, haben sie ihre jahrhundertealten Sprachen vergessen und sich dem Gazi unterworfen. Muss der Stammbaum eines Menschen in Stein gehauen werden? In Marmor gemeißelt? So wie der des Darius in Ekbatana (Hamadan) in den Felsen geschlagen wurde? Sollte der Stammbaum nicht wenigstens in die Haustüren eingraviert sein, wie auf Grabsteinen? Aber Häuser überdauern nicht, Menschen werden verbannt, in alle Winde zerstreut, sie ziehen von hier nach da; Menschen oder, wie meine Romrom-Mutter immer sagte: »Wurzeln und Zweige.« Ich hatte in jedem Hafen eine Geschichte. Nach dem türkisch-russischen Krieg von 78 überließ ich Batumi den Russen. Als der englische König kam, stand mein Vater, weil er der beste Marinesoldat der osmanisch-türkischen Flotte war, in der ersten Reihe wie ein schwarzer Schattenfisch. 1917. Noch bevor Mustafa Kemals nationaler Befreiungskampf begonnen hatte, lagen wir in den Tälern des Abu und des Fırtına, und ich gab das erste Beispiel eines tapferen Kriegshelden ab. Teile meines Körpers und eines Schrapnells regneten vom Himmel. Lasische Mütter schleppten Waffen an die Front, damit den gottlosen Moskowitern der Garaus gemacht wird. Unter dem Kommando Kahramans, einem Hauptmann der Gendarmerie, der wie ich aus Rize stammt, kämpfte ich mit einigen Mauser- und Jagdgewehren gegen ein ganzes Heer. Auf der Anhöhe von Taşlıdere war ich mit einer Hand voll Männern aus Rize. Sie glaubten, ich sei tot, bei der Verteidigung des Vaterlandes gefallen. Der Besatzungskommandant blieb vor meinem gesegneten Märtyrerleichnam stehen, salutierte und sagte: »Bravo! So muss ein Soldat sterben, einsam und allein.« Nachdem die Märtyrer auf dem Feld der Ehre gefallen waren, wurden ihre Taschen durchsucht, und von den paar Kuruş, die man fand, errichtete man in Taşlıdere einen Brunnen und schrieb darauf:

Zieh' eine Grenze, hinterlass' keine Spur
Schreib zwei und drei, und eins und zwei
Mögen die Weisen verstehen, was der Fehler sei
Wir sind die Opfer des Vaterlands
Komm her, zum Brunnen der Märtyrer,
Bete die Fatiha, reich' hin deinen Kelch
Dem Kreis der Huris im Paradies.

Monatelang lebte ich unter militärischer Besatzung. Dann, im März 1917, gelang unserem ruhmreichen Heer der Durchbruch, und wir waren befreit. Damals schlug der Befehlshaber der Ostfront, Vehip Paşa, das Heerlager am Fluss Hurşit auf. Wir beauftragten seinen Hauptmann (den pensionierten General Muhittin Salur), die Inschrift auf den Brunnenrand zu schreiben und bei dieser Gelegenheit in Rize zusammen mit dem Volk (»Volk« nennen sie mich) eine demokratische Übergangsregierung zu errichten. Denn damit sei die Sicherheit gewährleistet. Ich werde die Radioansprache Sadık Uluşahins im Jahr 45 nie vergessen (mittlerweile hatten wir ja schon Radio).

Damals war ich auf dem Frachter Seferoğlu, dreitausend Seemeilen von heimischen Gewässern entfernt. Wir steuerten auf Karlskrona zu. Ich hatte gerade meine Kajüte verlassen, ging aufs Hinterdeck, gleich nach rechts, schlenderte umher und blieb dann unter dem Fahnenmast stehen. Ich hatte das Wasser, durch das sich die Schiffsschraube dröhnend wälzte, und die unzähligen Grüntöne des Meeres beobachtet. Dann war ich wieder in meine Kajüte zurückgegangen, und während ich meine Eintragungen ins Logbuch machte, hörte ich diese Ansprache im Radio, mir schossen die Tränen in die Augen.

Hummer, Hummer von spröder Lebendigkeit schwammen im Wasser hinter mir, zänkisch, beweglich. Schönes Wetter, auf der gesamten Route, sehr schön, Himmel und Wasser, Wasser und Himmel, unglaublich schön … Als wir dieses riesengroße Kaufhaus sahen, trauten wir unseren Augen kaum. Mit der Bakır waren wir hierher gekommen.

DIE WICKE, DIE WEILAND GEN HIMMEL SICH WAND, VERWIRRTE MIR WIRKLICH FAMOS DEN VERSTAND.

Und dann noch diese Lotsenfische, die uns auf den Fersen blieben, und ständig diese Frauen, die bei Macy's ziellos hin und her liefen: Caroline, Dolly, Judy. »Gib mir diesen blauen Pyjama!«, sagte ich. Sie hielt ihn mir kurz vor die Nase, dann gab sie ihn mir. Sie zitterte … kalt, ist es nicht seit Monaten schon so kalt? »Was hat er gesagt?«, fragten sie einander.

Lege dich hin mit sechzig,
takle dich auf mit siebzig,
spring ins Wasser mit achtzig,
putz dich heraus mit neunzig,
schwimme dann mit hundert,
November hundertfünfzig,
Dann ist der Sommer gewiss.

So, das versteht ihr also nicht. Warum putzt ihr mich heraus wie den Leichnam eines Ungläubigen. Gehts jetzt zu diesem Volksdoktor oder zur Brautschauerin? Geht mir aus den Augen! Lasst mich in Ruhe! Ich öffnete meine Augen, nur einen Spalt, und registrierte plötzlich, wie sie ständig geräuschvoll schnieften … meine blauen Augen …

Schaut nur: Einer von den blauäugigen, rothäutigen blonden Menschen mit Hakennase, die Şemsettin Sami als klug, fleißig und geschwätzig beschreibt, einer von denen liegt im Sterben … Ohne irgendetwas dagegen zu tun. Das Gesicht meines Schwiegersohnes scheint voller geworden zu sein. Mein Weib, die Enkelin Sinan Paschas, war zeitlebens gramerfüllt, weil sie nicht die Frau des Militärattachés geworden ist. Strahlt vielleicht sie diese Kälte aus? Das glaub ich nicht. Anscheinend hat sie mir die Schlafanzughose angezogen … Sinan Pascha, der Starrköpfige, Rachsüchtige, Grausame … Seit Monaten gibts für mich nur gedünstete Zucchini, gekochtes Ochsenfleisch oder Kompott, für sie aber Rakı und Steinbutt. Wo steckt denn euer Volksarzt, er soll mich doch gesund machen! Dann gäbe es jetzt wenigstens Sardinenpastete mit Kräutern, Ölkäsecreme und schwarzes Traubengelee, doch nun werde ich hungrig ins Jenseits gehen, hungrig … Sie nennen ihn Kind des Volkes, ohne sich zu genieren. Na, und die anderen? Wessen Kinder sind die denn? Ja, wessen Kinder? Ganz ungeniert wagt sie es, mir ins Gesicht zu sagen: »Du bist Arbeiter, Vater. Werde dir deines Arbeiterstandes bewusst! Du verrätst sonst deine Klasse, Vater.« »Hau ab, geh mir aus den Augen, es wäre besser, du wärst nicht geboren worden. Die Arbeiterin bist du. Mein Großvater war Lehnsherr, mein Vater stand in den Diensten des Sultans, er war ein hochrangiger Soldat, und sein Großvater schied mit hunderttausend Akçe aus dem Dienst.« »Was hängst du denn immer noch diesen alten Geschichten nach? Wenn dich dein Chef hinauswirft, müsstest du doch noch am gleichen Tag Hunger leiden!« Ich schreie ihr aus Leibeskräften hinterher, so laut, dass Himmel und Erde erzittern. »Du bist doch diejenige, die hungrig, die unersättlich ist, du Enkelin Sinans des Grausamen, du eigensinnige Ziege. Du bist doch nie satt. Habt ihr denn vor gar nichts mehr Respekt? Deine Großväter haben sich Hasan Pascha widersetzt, sie lehnten sich gegen Sultan Fatih auf. Haben ihre Schlösser keinen Wert? Wovor habt ihr noch Respekt, wovon erzählen eure Bücher? In Wirklichkeit wünscht ihr euch doch nur, so reich zu sein wie die anderen und ein Leben in Wohlstand zu führen, ist es nicht so? Ist der Kommunismus gleichzusetzen mit der Respektlosigkeit gegenüber den Alten und gegenüber allem anderen? Wer hat dich so verdorben, während ich mein Leben auf den Weltmeeren aufs Spiel setzte? Wer war das, sag schon?« Mein Geschrei alarmiert ihre Mutter. Sie stürzt herein: »Sei doch leise, mein Lieber! Schweig um Himmels willen! Wir werden zum Gespött der ganzen Nachbarschaft!« »Ja, das geschieht dir ganz recht, komm nur in Verruf bei der Frau des Militärattachés! Du hast das Kind doch zu dem gemacht, was es heute ist. Sie wagt es sogar, vor ihren Vater zu treten und zu sagen: ›Du bist ein Arbeiter.‹ Arbeiter! Die Arbeiterin ist doch sie!« »Beruhig dich wieder, reg dich doch nicht so auf! Ich werde mit ihr reden. Sie ist doch ein Kind. Diese Sachen hat sie irgendwo aufgeschnappt. Man darf sie nicht so ernst nehmen!« Sie zieht ihre Augenbrauen wieder und wieder nach oben, wie immer, wenn sie nervös ist. Ich beobachte ihre aufgewühlte Stirn und bohre in der Nase. Wenn ich mich ärgere, bohre ich immer in meinem Ohr oder in der Nase. Mein Weib macht das verrückt. Ja, damit du total verrückt wirst! Schau mal, wie sie das Mädchen erzogen hat! Wozu hab ich sie denn auf die Schule geschickt? Etwa, damit sie ihrem Vater freche Antworten gibt, damit sie ihn verachtet? Und wie abschätzig sie mich immer behandelt, gerade eben schon wieder. Sie schauen nur kurz rein und sagen: »Wie gehts? Iss dies nicht und das nicht! Auf Wiedersehen, wir gehen jetzt!«, und schon ist sie wieder auf dem Weg zu ihrer Partei oder sonst wohin, um irgendeinen Mist zu machen. Mensch! Wenn es in eurem Sozialismus keine Zeit für die alten Väter gibt, dann scheiß ich auf diesen Sozialismus. Wie kann sie ihrem Vater das nur antun? Ihrem Vater, der sie aufgezogen hat und sich alles Mögliche von diesen Hunden hat gefallen lassen? Sie legt mir ein glatt gebügeltes, schneeweißes Taschentuch auf die Knie. Ich stecke meinen Finger in meine Hakennase, so weit es nur geht. »Hör auf, Hasan! Ich flehe dich an, nimm deinen Finger aus der Nase!« Ihre Augenbrauen schnellen nun bis zum Haaransatz hoch. Ach, warum sollte ich, du letzte Enkelin Ferhat Ağas?«, ärgere ich sie – mein Weib leidet nämlich darunter, dass sich der Stammbaum dieser Familie nicht fortsetzt. »Wollt ihr am Ende auch noch in meiner Nase herumbohren? Oder glaubt ihr etwa, nur die Arbeiterklasse bohrt in der Nase, was? Ich scheiße auf deine Ratschläge!« Dieses Gerede macht sie ganz verrückt, toll geworden schreit sie: »Oh Herr, schenk mir Geduld, damit ich die Bosheiten dieses Mannes ertragen kann!«, und stürzt hinaus. »Nermin, Nermin, komm sofort her«, brüllt sie. Jetzt wird sie ihre Wut an dem Mädchen auslassen. Wenn die mal zuschlägt, dann schlägt sie richtig zu. »Was hast du da nur angerichtet, du Weibsstück?« Das Mädchen schreit wie am Spieß, die Furie schimpft weiter: »Was habe ich euch denn angetan? Erst dieser Verrückte und dann auch noch du, du Flittchen. Egal, worum es geht, gebetsmühlenartig kommst du ständig mit deinem Klassen-Gequatsche daher. Wenns dir hier nicht gefällt, dann hau doch ab! Verschwinde! Dann werd doch so eine Neureiche, du Brut Despinas, du Schlampe!« Mein Mädchen! Ich werfe das Taschentuch weg und springe auf. Mit der einen Hand ziehe ich ihr an den Haaren, mit der anderen schlage ich ihr ins Gesicht. »Du griechische Zigeunerin, ausgerechnet du wirfst meiner Familie Ungläubigkeit vor!« Mit aller Kraft, die ich noch habe, schlage ich zu. »Hilfe, Hilfe!«, schreit sie, flieht ins andere Zimmer und sperrt die Türe zu. Nermin schluchzt. Ich kann meine Hände nicht aus den ihren lösen. »Hör auf, Papa! Glaub mir doch, du musst unbedingt ins Krankenhaus. Du musst wieder gesund werden!« Ihre Augenbraue war aufgeplatzt, sie spritzte sich Wasser ins Gesicht. »Ich bin schuld, ich bin schuld, Mama! Meine Mutter wurde wegen mir verprügelt. Es war dumm, ich hätte es verhindern müssen, Mama, Mama!« Sie heulen. Ich kann meine Hände befreien. Schau doch nicht so! Hör auf zu heulen. Ich gehe nicht, ich werde in diesem Haus sterben, hier in eurem Schoß. Kommt da etwa Blut aus deinen Augen? Warum bedeckst du dein Gesicht mit deinem Haar. Warum weinst du denn so? Ich hab dich noch nie so weinen gesehen. Ich halte es nicht aus, dich so zu sehen. Da ist es ja besser zu sterben – aber nur in meinem eigenen Haus, in euren Armen, in eurem Schoß, in diesem Zimmer, diesem Hafen, diesen Gewässern. Helft mir auf, stützt mich! Das ist kein Teppich, das ist das Meer. Da liegt Poti. Tritt nicht auf Poti! Stopft das Loch! Werft die Katze hinaus, sie soll mich nicht so anstarren, nicht auf mein Bett springen! Hab ich's dir nicht gesagt, und jetzt schau, was aus dir geworden ist! Nichts bringt dich aus der Ruhe. »Sollen sie sich doch das Maul zerreißen!«, sagst du immer. »Sollen sie sich doch das Maul zerreißen!« Und was sie dir alles nachgesagt haben, diese Bastarde, die sich da um dich geschart haben. Weißt du, was meine Landsleute zu mir gesagt haben? Los, hör schon auf zu weinen, nimm es nicht so tragisch! Sie sagten: »Deine Tochter gehört anscheinend auch zu diesem Kommunistenpack.« Wie schmerzlich das für einen Vater ist! Das habe ich dir schon gesagt, bevor ich mich aufs Sterbebett legte. Du hast gesagt: »Die schaffen es nicht, mich einzuschüchtern. Auf so etwas lass ich mich erst gar nicht ein. Ich habe andere Ziele!« Und? Hast du deine Ziele erreicht? Heul nicht, heul nicht! Sag mir lieber, ob du deine Ziele wenigstens erreicht hast! Wenn ja, dann kann ich in Ruhe sterben, ich warte dauernd darauf … Was geht es dich an, was ich durchgemacht habe? Soll sie ihren Sohn doch in der Schweiz studieren lassen, meinetwegen. In einer Nacht soll er mehrere tausend Lira beim Glücksspiel durchgebracht haben. Seit Jahren geht das nun schon so. Sie stand vor mir und wollte die Wahrheit wissen. Welche Wahrheit? Sie wollte, dass ich mich schuldig bekenne. Ich erzähle ihr Schönes über die Ud und über Melodie und Takt des gefühlvollen Liedes eines Komponisten – Gott möge Medeni Aziz, der auf dem Friedhof von Çürüklük begraben ist, in seine Gnade aufnehmen. Mit der tatarischen Schwägerin zusammen hatten wir es einstudiert und oft gesungen.

Mein armes Herz zersprengst du mir in tausend Scherben
Lass von mir, denn du rettest mich nicht vorm Verderben.

Wir beerdigten meinen Bruder, den Kapitän, in Eyüpsultan neben meiner Mutter. Wir grollten einander. Das Datum? Wann starb mein Bruder, der so verärgert wegen mir war? Und das alles nur wegen der Bolschewiken. Ich kann diese Bolschewiken nicht ausstehen. Nicht weil sie Enver, diesen sturen Enver mit seinen fixen Ideen, umgebracht haben. Einst trug ich die gleiche Kopfbedeckung wie Enver, unser weißes Schwarzes Meer wollte ihn verschlingen; es wollte ihn zurückschicken; es wollte nicht, dass ich ihn hinüberbringe; er sollte nicht das graue Pferd besteigen; er sollte nicht sein afghanisches Schwert umgürten; er sollte nicht zu den Bolschewiken gehen; er sollte nicht von Maschinengewehren durchlöchert werden. Aber er wollte unbedingt gehen, denn man hatte ihm prophezeit: » Du, ja du wirst ein Heer befehligen, du wirst alle Feinde besiegen, und du wirst eine Krone tragen.«

Vertrau nicht Kronen und dem Glanz der trügerischen Welt,
Schon viele Sultansmützen hat der Herbstwind weggeweht.

... wir trugen Sultansmützen, die Filzmützen der Janitscharen, den schönen Serpuş, den Turban, den Fez, die Lammfellmütze, die mit den Troddeln. Und warum mag ich den Bolschewismus nicht? Weil ich damals in Novorossijsk war. Das genaue Datum weiß ich nicht. Es war wohl im Jahr 1919 oder 1920, da feierten sie am 1. Mai den Sieg des Bolschewismus. Bei uns feierten sie damals den 1. Mai schon unter der Ägide Atatürks. Wir lagen mit der Sulh in Novorossijsk, rote Mädchen kamen auf uns zu, sie ließen uns in eine blaue Troika einsteigen, paradierten neben uns her und sangen dabei ein Lied: »Wir sind Arbeiter, wir sind die Augäpfel der großen Arbeiterschaft.« Im Weltkrieg sind sie uns bei Giresun alle in die Arme gelaufen. Alkohol, Kaviar, Kosakentanz, Balalaika, vom Himmel Schrapnelle, die mich zerfetzten, Kopeke, Silberling, der alte russische Manat, aber wo liegt die Schuld? Ist sie meine Tochter? Auf was wartet sie hier? Sie sitzt mir gegenüber und wartet auf die Wahrheit, auf das Schuldbekenntnis. Mit der Bahricedit bringt mein Bruder Mustafa Suphi nach Sinop. Eine Zigarette hat er Suphi angeblich angeboten, der damals zwischen vierzig und fünfundvierzig Jahre alt gewesen sein muss und eine französische Pfeife rauchte. Er trug eine Krawatte und eine Brille, wirkte kränklich. Ein merkwürdiger Typ, der ständig mit seinem Schnurrbart spielte. Wie sehr diese Schnurrbärtigen inzwischen überhand genommen haben. Ich kannte die Parolen schon, da war sie noch gar nicht auf der Welt: »Osswobojdjenije truda«, Befreiung der Arbeiterschaft; »Tschjornoje Morje«, das Schwarze Meer; den Kemali-Kalpak, die Kopfbedeckung des Gazi Mustafa Kemal; den Gromki Wodka. Warum bin ich jetzt der Verräter, warum verrate ich meine Klasse? Diese Begriffe sind mir neu und fremd! Früher waren die Mächtigen die Verräter, mit Verrat hatten wir nichts zu tun. Und jetzt? Jetzt ist jeder ein Verräter, jeder ist ein Spitzel. In seinen letzten Tagen ist mein älterer Bruder Ahmet fast verrückt geworden und stellte immer wieder dieselbe Frage: »Wer hat Suphi getötet, wer hat Suphi getötet?«

III Kapitän Ahmet

Die Sonne wirft ihre Strahlen auf die Kapitänskajüte und glänzt auf den abgewetzten Stellen der offiziellen blauen Staatsuniform Ahmets, an den Knien, den Ellbogen und am Hintern. Die Kadıköy, der Dampfer Kapitän Ahmets, ein gut aussehender, stattlicher Mann in den Vierzigern, rotwangig mit großen blauen Augen und einer riesigen Nase, der seiner Umgebung immer etwas zu erzählen hatte und in dessen Nähe es immer etwas zu lachen gab, legte schwerfällig von der Anlegestelle ab. Als das runde Heck des Schiffes die Kaimauer ein wenig rammte, ging dem Kapitän das knirschende Geräusch durch Mark und Bein. »Mein Schiff hat sich verletzt«, fuhr es ihm in diesem Moment durch den Kopf. Dann schaute er wütend zur Anlegestelle hinüber, wo der General stand und ihn ansah.

Aber der General formte seine Hände zu einem Trichter und brüllte in Richtung Schlot: »Ich mache dir keine Vorwürfe, Kapitän, ist halt passiert.« Obwohl er in Zivil war, hob er seine Hand, hielt sie an die Stirn und salutierte dem Schiff. Vom Schiffsheck wirbelte und schäumte das Wasser dem General entgegen. Das Schiff machte sich auf die Fahrt: Kadıköy–Kınalı–Burgaz–Heybeli–B.Ada. Und dann von B. Ada–Heybeli–Burgaz–Kınalı–Galata-Brücke. »Sefer, he, Sefer!«, rief Kapitän Ahmet den Steuermann. »Zu Befehl, mein Kapitän?«, fragte Sefer, ohne die Miene zu verziehen und ohne seine Augen vom aufgewirbelten Wasser zu lösen. »Mensch, hast du denn nichts gehört? Sei ehrlich!« »Ich schwöre bei Gott, ich hab nichts gehört, Kapitän«, sagte Sefer.

»Auf so eine Leistung spuck ich«, ereiferte sich Kapitän Ahmet und blickte auf das silbrig glänzende Wasser vor dem Schiff. »Überlass mir das Steuer! Geh hinunter und frag jeden einzelnen Matrosen, wer Suphi war und wer ihn umgebracht hat!« Sefer überließ ihm wortlos das Steuer, und stieg, immer zwei Stufen auf einmal nehmend, zur Kajüte hinunter und verlangte einen Kaffee mit viel Zucker.

Mit der Bahricedit brachte man Mustafa Suphi nach Sinop. Mein Bruder hat ihm eine Zigarette angeboten. Suphi soll zwischen vierzig und fünfundvierzig Jahre alt gewesen sein, französische Pfeife geraucht, eine Krawatte und eine Brille getragen haben. Er habe kränklich gewirkt und soll ein sonderbarer Kauz gewesen sein; er spielte ständig mit seinem Schnurrbart. Wer möchte schon seine Frau und seine Tochter, mit Schaufeln in der Hand, im Hafen Kohle in die Schiffe schippen sehen? Wer möchte schon am 1. Mai unter den vielen Mädchen seine Tochter entdecken, die unter dem gehissten Banner neben der Troika marschiert, in den Fängen der Arbeiterinnen Tamara, Tanjuschka, Manuschka, Netotschka? Tritt nicht auf den Teppich!

Fang in Batumi an,
Mahangavur
Çürüksu
Kobuleti
Şevketil
Güngület
Poti
Çamçıra

Die Heerschar der ungläubigen Arbeiter ... Ja, Gott möchte, dass wir unsere Wurzeln, unsere natürlichen Anlagen vergessen: Die Schlitzaugen, die vorstehenden Backenknochen, die gelbe, rote oder grüne Haut. Er will uns vergessen lassen, dass wir groß und blond, klein und dunkel sind. Alle sollen wir gleich sein. Damit wir das alles vergessen, quält er uns. Nur Gott kann über den Menschen richten. Jetzt sind es diese dummdreisten Emporkömmlinge, die vor einen Menschen treten und ihn des Verrats bezichtigen ... Ohne den Glauben geht es nicht. Mein Onkel, Hacı Mahmud Efendi, war Imam auf der Turgut Reis. Damals war immer ein Prediger und Vorbeter beim Heer. Nicht jeder Türke gibt gleich einen Atatürk ab. Mit einer Smith & Wesson in der Tasche und einer Browning am Gürtel trugen wir einen der Unsterblichen vom Sakarya-Ufer, unseren Landstreicher Recep, zu Grabe und verkauften sein Nagantgewehr. Eine Kugel traf mich, als mich Kızbeni, mein Pferd, der Schecken mit den hellbraunen Augen, abwarf.

Kutaissi
Kudawuta
Bacında
Keçiler
Veysula
Tuapse
Sotschi

Beim Geschichtsschreiber Ahmet steht, dass mein Onkel Ömer Efendi einst der Falkner des Sultans war – wann soll das gleich nochmal gewesen sein? Er soll immer so getan haben, als würde er mittrinken, aber er trank nie, sondern schüttete alles aus. Das soll 1914 gewesen sein. Zigana ist ein Pass, Amerika ein Kontinent ...

Kabardinka
Sogucak
Noworossijsk
Anapa

Haben wir schon die Hälfte geschafft? Mein älterer Bruder, Kapitän Ahmet, ist bei der M.M.-Gruppe. Er wandte sich streng an den General: Warum habt ihr Ziya Hurşit gehängt? Warum habt ihr Ali Şükrü von Osman Ağa umbringen lassen? Warum habt ihr, während die Großgrundbesitzer unbehelligt blieben, die

Osmanen auf die türkisch-republikanischen Soldaten, Menschen auf Menschen gehetzt? Wer hat Suphi getötet?

Şıngılık

Plavşanka

Kertsch

Mariapol

Feodossija

Ministerpräsident Rauf Orbay, ihn habt ihr aussteigen lassen, und wen habt ihr dafür aufs Boot genommen?

Kos

Otuz

Sloska

Verflucht soll er sein! Lahm und blöd soll er werden! Wenn du es nicht getan hast, wer dann? Latife, hat es etwa Latife getan?

Aja

Bahçekale

Sewastopol

Cherson

Odessa

»Was wolltet ihr von Suphi?« »Ihr habt ihn umgebracht, das wart ihr!«, sagte der Mann

»Wenn er aus dem Osten geflohen wäre, hättet ihr es den Kurden in die Schuhe geschoben.« »Ja, als hätte ich das nicht gewusst. Ich sollte ins Parlament, und dann hättet ihr mich auch umgebracht.« »Die Bolschewiken sollen nicht auch noch Suphi umbringen!« Sie lachten. »Im Parlament gibt es keinen Kapitän. Also, lasst mich nicht hängen!« »Ich muss mit meinem Schiff fortkommen. Schwere Ladung. Schau dir mal meine Hose an, schau dir diese ausgefranste Uniformhose an. Ich kümmere mich um die Frau und die Tochter meines Bruders. Als sie ihn aus der Kriegsgefangenschaft entlassen haben, gaben sie ihm zwei Jahre lang keine Arbeit. Jetzt sind Frau und Kind hinter ihm her. Er kümmert sich nicht um seine Familie. Los, runter von meinem Schiff!« Auch wenn der General nicht rot geworden war, so legte sich doch ein rosafarbener Schimmer über sein Gesicht, und er verließ das Schiff. Als mein Bruder mit seinem Schiff so schwerfällig vom Anlegeplatz ablegte, hörte er so ein merkwürdiges Quietschen. Als es Abend wurde, fing er mich ab: »Sei ehrlich, hast du Suphi getötet?« »Du bist doch nicht ganz bei Trost! Ich war doch damals in Kriegsgefangenschaft, oder etwa nicht?« »Red dich nicht immer mit deiner Kriegsgefangenschaft heraus. Sag mir die Wahrheit!« »Jetzt hör mir mal zu! Komm endlich wieder zur Vernunft. So viele Menschen sterben; meine Romrom-Mutter stirbt, mein Vater stirbt, meine Mutter stirbt, mein Sohn stirbt! Lass mich in Ruhe mit diesem Suphi! Höchstwahrscheinlich hat ihn dieses ›Kollektive Nationale Gewissen‹ umgebracht.« »Das ist eine Lüge, eine Lüge! Dieses ›Kollektive Nationale Gewissen‹ existiert gar nicht, wie soll es da Suphi umgebracht haben? Ich brauche nur einen, einen einzigen Schuldigen, an dem ich mich rächen kann.« »Hab ich nicht dreiundfünfzig Menschenleben von der Sezainur gerettet? Ist dieser Suphi etwa mit einem von uns beiden verwandt?« »Ich hab ihn gekannt, ich hab ihn mit der Bahricedit nach Sinop gebracht, wir haben zusammen Kohl in Hammelfett gegessen und Rakı getrunken. Er war der Augapfel der gewaltig großen Arbeiterklasse. Einer hat ihn umgebracht, einer allein, und zwar du!« »Hau doch ab, du spinnst doch, du bist ja total verrückt!« Er packte einen Löffel, so einen aus Holz mit einem langen Stiel, mit dem man Speisen umrührt, und zog ihn mir über den Kopf: »Hau ab! Verschwinde aus diesem Haus, du Verräter. Komm mir nie mehr unter die Augen!« Bis zu seinem Tod kümmerte er sich um meine Frau und meine Tochter. Wieder war ich ein Jahr auf See, in Konstanza, auf der Kaimauer, der Beton ist lauwarm, weil ich verliebt in Polanegri bin, was soll ich machen, ich liebe sie, ich sagte: »Pola!«

Einst lagst an Baches Ufer, Zinnflasche, du im Sand
Zwar ist der Mensch nicht essbar, doch 'ne Süßere ich nie fand.

Sie trägt ein Nachthemd aus Tüll, mit leuchtend gelben Goldfäden durchwirkt. Sie kann ein wenig Türkisch, und wenn sie mit ihren hellen Augen lispelt: »Ich Flasse?«

Mein Bruder, der Kapitän, legte mit seinem Schiff an der Insel Heybeli an, da soll ihm plötzlich übel geworden sein. In Todesangst stürzte er, so schnell er konnte, auf Deck, um nach Luft zu schnappen. Er stolperte über die Fransen, die von seiner Hose herabhingen und die sich um seine Beine gewickelt hatten. Zu seinem zwanzigjährigen Kajütenjungen Mevlût soll er gesagt haben: »Junge, ist nicht so tragisch, wenn du den Boden nur bis hierher fegst, ich wische den Rest mit meinem Sonntagsgewand, geh du lieber und finde heraus, wer Suphi umgebracht hat.« Sefer steuerte das Schiff wohlbehalten an seinen Anlegeplatz in Heybeli. Auf der Insel habe man nach einem Arzt gesucht, aber keinen auftreiben können. Ein Passagier sagte: »Ich bin Medizinstudent, ich verstehe was davon.« Er habe den Puls meines Bruders gefühlt und gesagt: »Exitus!«

IV Mustafa Suphi

Es war im 8. Jahrhundert vor Christus: Xenophon berichtet in der Anabasis über ein griechisches Heer. Es kam zu Fuß aus Babylon. Von den Zehenspitzen rann den Kriegern der Schweiß, schmutziger Angst- und Todesschweiß. Von Babylon kam das griechische Heer anmarschiert. Sie trugen Schwerter bei sich. Je länger sie marschierten, desto schwerer wurden die

> Schwerter. Haben sie dann die Schwerter etwa gegen den Fels geschmettert? Sind sie dort zerbrochen und liegen dort unter dem Sand? Die Erde legt sich über alles. Mit Mühe schleppten sich die griechischen Soldaten vorwärts. Ob ihre zerschundenen Fußsohlen geblutet haben? Sie kamen von weit her aus dem Inneren des Landes. Sie schlitterten enge Gebirgsschluchten hinab, durchquerten staubige Steppen, entrannen den stürmischen Morgenwinden der Täler und dem glühenden Wüstengestein.
>
> Ein rauschender Glanz und tiefblaues Licht erfüllte die Augen der Krieger. Das griechische Heer aus Babylon erklomm einen mächtigen Granitfelsen, und sie schrien aus Leibeskräften im Angesicht des Schwarzen Meeres: »Das Meer! Das Meer!« Ob in jenem Jahr, vor Christus, der Sommer wohl früher ans Schwarze Meer gekommen war?

Im Jahr 1920 lag die Flotte der Besatzer in drei Reihen vor Tophane und Ortaköy. Obendrein senkte sich Nebel über den Bosporus. Man kann das Meer nicht sehen. Kaum Schiffsverkehr, das Manövrieren war schwierig. Schiffe, die an der Mole vor Galata anlegen wollten, konnten sich ihr nur mit Mühe von den Ufern bei Ortaköy aus nähern, wo eine Strandvilla neben der anderen lag. Das Leben war sehr hart. Aber auch damals gab es schon so manch reichen Landsmann: Schiffsbesitzer, die ihre Schiffe und die Besatzung arbeiten ließen. Es lebten mehr Reiche als zu Zeiten des Sultans. Ein Volksstaat war noch nicht errichtet worden, das Volk regierte nicht an der Spitze des Staates. Drei Jahre später, 1923, wird die Republik ausgerufen und damit der Volksstaat, der das Volk befreien sollte.

Eines Abends breche ich mit der Havran – Sezai Bey aus Edremit und Kara Vasıf Pascha waren Teilhaber des Schiffes – in Richtung Çanakkale auf. Wir hatten die Passagiere und das

Gepäck am Kai aufgenommen und vom Lastkahn vor Salı Pazarı die Kohle. Der Ruf zum Abendgebet hallte über die Decks der Besatzerflotte und durch den Nebel. Unser Schiff, die Havran, schaffte siebeneinhalb Meilen in der Stunde. Es hat keinen Stellmotor, sondern wird von Hand gesteuert. Wir versuchten die vor Anker liegenden Schiffe zu passieren. Unser Kapitän war Izzet, der Jahre später bei der Refah-Tragödie in den offenen Gewässern vor Zypern durch Torpedobeschuss untergehen und zusammen mit seinen U-Bootflotten-Spezialisten ertrinken sollte. Der Gebetsruf verhallte. Kapitän Izzet vertiefte sich ins Gebet. Ich bin im Maschinenraum. Wir versuchen gerade an einem französischen Kriegsschiff vorbeizumanövrieren. Da gab es einen Ruck, und der Rammsporn, der sich an dem Kriegsschiff vorne unter der Wasseroberfläche befindet, bohrt sich beim Passieren in unsere Bordwand und verfängt sich in der Schraubenwelle der Havran, die ja auch Sezai Bey aus Edremit und Kara Vasıf Pascha gehört. Wir schreien. Durch das entstandene Leck dringt bereits Wasser ein. Die Strömung zieht den Bug unseres Schiffes herum, und wir verhaken uns längsseits des Kriegsschiffes. Kapitän Izzet unterbricht sein Gebet. »Gott vergib mir!« Und genau in diesem Moment lösen wir uns vom Rammsporn, treiben in der Strömung und sinken. Es wird nicht lange dauern, nur fünfzehn bis zwanzig Minuten, und ehe wir's uns versehen werden wir untergegangen sein. Die Passagiere aus Çanakkale, Kind und Kegel, Frauen und Männer, vergessen ihre Säcke und Körbe, verlieren ihre geflickten Decken und schreien in den Nebel. Keiner will sterben. Keiner will sterben, ich möchte ja auch nicht sterben, daher rette ich, dank meines heldenhaften Einsatzes und der wertvollen Hilfe des dritten Maats Tahsin, dreiundfünfzig Passagiere. Ich ziehe sie auf das französische Kriegsschiff hinüber. Der Vierundfünfzigste: Jetzt kommt er an die Reihe. Ein Mann zwischen vierzig und fünfundvierzig, hager, mit Brille und Krawatte, ein Mann mit müdem Blick, im Mund eine Zigarette. Wir waren uns vorher schon einmal an Deck begegnet. Er ist der Nächste. Er wartet hoffnungsvoll, schwenkt die Arme und ruft mir etwas zu. Ist das etwa Suphi? Das Schiff sinkt tiefer und tiefer und ist schon fast versunken, und ich hätte mitsamt dem Vierundfünfzigsten untergehen können. Ich bin schon ganz außer Atem, schaue ihn an, den Mann mit der Krawatte, der Zigarette im Mund und dem weißen Hemd. Er ruft und schreit nach mir, schaut hin und her, schlägt um sich, droht mit den Fäusten. Erst mir, dann dem Nebel, dann den Schiffen der Besatzer, dann einem, an den ich mich jetzt nicht mehr erinnern kann. Dann geht er mit den restlichen fünfzehn Passagieren, die noch auf dem Schiff sind, unter. Ich sehe zu, wie das Meer sie verschlingt, wie sie langsam untergehen und ertrinken ... Das waren nun einmal die riskanten Ausnahmen in meinem Leben, das ich ansonsten angenehm verbracht habe. Ich weiß nicht, ob es mir nur so vorkommt, aber immer wenn ich an jenen Tag und an den Mann zurückdenke, dessen Krawatte im Nebel hing, dann denke ich auch an meinen älteren Bruder, Kapitän Ahmet, der stets fragte: »Wer hat Suphi umgebracht, wer hat Suphi umgebracht«, und an die Krawatte im Schwarzen Meer ...

Die Franzosen ließen vom Kriegsschiff ein Motorboot zu Wasser. Unter den von der Strömung direkt nach Sarayburnu getriebenen Planken, Wrackteilen und Gepäckstücken entdeckten sie Kapitän Izzet, der sich an die Ladeluke geklammert hatte. Er hatte das Abendgebet überlebt, er wird weiterleben, bis er später dann bei der Refah-Tragödie ertrinken sollte.

Der Vierundfünfzigste überlebte nicht. Wir haben dreiundfünfzig Menschenleben gerettet, seines aber nicht. Sind wir durch Suphis Tod schuldig geworden, oder war das Verrat, frage ich?

Für Nermin ist vieles Verrat. Menschen werden aufgeschwemmt, ihre Haut strafft sich, und sie sterben. Ich … Nein, ich kann nicht alles stehen und liegen lassen und mich in Polanegris Arme werfen. Damals hatte ich mir eine erste Lebensphilosophie zurechtgelegt. Sie änderte sich. Natürlich hatte ich mir auch nach dem Brand in Fatih eine Lebensphilosophie zusammengeschustert, die sich dann ebenfalls ständig wandelte. Seit dem Brand in Fatih trug ich alle wertvollen Sachen bei mir. Dieses Mal aber wurden mein Geld, meine Erinnerungen und all das, was ich am Leib trug, von den Wassermassen verschlungen. Woran soll man sich nun anklammern, an welcher Ladeluke sich festhalten? Zusammen mit Kara Vasıf Pascha? Nationale Pflichten, sich nützlich machen für das Vaterland, anheuern auf dem Schlepper Ihsan Hüda, Waffen, Munition und Zaster für die M.M.-Gruppe transportieren. Der Brunnen auf dem Hügel Ikizdere war noch nicht ausgetrocknet, als mein Braunschecke Kızbeni von einer Kugel getroffen wurde …

Na, hab ich nicht eben von Polanegri gesprochen? Ich war wirklich verliebt in diese Frau; wären da nicht Kind und Kegel gewesen. Ach, wäre ich doch bei ihr geblieben; jetzt habe ich ein Klageweib am Hals, das ständig jammert und um ihren blonden verstorbenen Jungen weint. Und was soll nun aus mir werden, nach so vielen durchlittenen Qualen? Wie werden sie sich an mich erinnern, und wer wird es tun? Wer weiß schon, was ich alles erlebt habe? Nermin wird mit ihren Komplizen die Welt verbessern. Wenigstens die Idee wird überdauern, ha, ha, nun ja, ein ehrenwertes Andenken. Wer behält dich im Gedächtnis? Wer kennt schon Nermin? Diese Kreaturen haben sogar Lenin des Landesverrats bezichtigt, Lenin, den ihr doch so vergöttert! Die Welt braucht einen Schuldigen! Wenn ich je wieder sprechen könnte, würde ich sie fragen: »Nermin, Gott möchte, dass wir unsere Wurzeln vergessen«, wenn ich je wieder sprechen könnte, dann würde ich sagen: »Nermin, mein Mädchen, weine nicht, so wein doch nicht. Gott hat die Menschen so geschaffen, schlitzäugig, rot, violett, rosa, groß, grausam, wie eine Qualle, deren Rumpf zerschellt, wenn sie am Schiff aufprallt.«

1917, wir waren gerade in Archangelsk, da fragten sie Lenin: »Du triffst Abkommen mit dem Feind, was soll das? Du steigst in ihre Züge, und du lässt sie Empfänge für dich abhalten. Wohin gehst du in diesem prunkvollen Aufzug? He, ist je ein Bauer wie du in der russischen Steppe groß geworden? Du bist doch gar kein Bauer, sondern ein Spion.« So redeten sie daher ... Wenn denn Lenin schon so ein mächtiger Mann war, warum hat er dann nicht Ankara angegriffen? Das Ankara, das Suphi ermorden ließ? Suphi, der Liebling der großen Arbeiterklasse. Oder hat man ihn etwa getötet, um Lenin einen Gefallen zu tun? Oder wusste er nicht recht, was Kommunismus bedeutet, wie Ahmet Cevat behauptet?

Hat er etwa deswegen gesagt: »Welt! Arbeiter, die ihr die Welt aufgebaut habt! Ihr versklavten Völker der islamischen Welt, die ihr seit Jahrhunderten unterdrückt seid! Ägypter! Iraner! Turkvölker in Asien! Ihr Brüder unter dem Joch der Fremdherrschaft! Befreit euch von der ungerechten Finsternis, die eure Seelen kauft! Macht euch auf den Weg zur internationalen Brüderlichkeit und Einheit! Ihr Arbeiter der gesamten muslimischen Welt, ihr muslimische Genossen, die ihr von ausländischen Mächten unterdrückt werdet: VEREINIGT EUCH GEGEN DIEJENIGEN, DIE GLAUBEN, DAS MENSCHSEIN BESTÜNDE ALLEIN DARIN, DEN BEDÜRFTIGEN ALMOSEN ZU GEBEN.

Wieder ist es jener Ahmet Cevat, der sagt: »Das offenkundigste Beispiel für die Grausamkeit der bourgeoisen und bürokratischen Klasse der Türkei ist die Tragödie der fünfzehn Kommunisten, die man auf grausamste Weise mit dem Bajonett niedergestochen und vor Trabzon ins Meer geworfen hat: Mustafa Suphi und seine Frau, Hilmis Sohn Hakkı, Ethem Nejat,

Kâzım Ali, Şefik, Topçu Hakkı, Ahmet, Yakup, Çitoğlu Nazmi, Sürmeneli, Kınalıoğlu, Tayyareci Hilmi, Çerkez Ismail, Arap Ismail. Sie waren die ersten Opfer unter den türkischen Kommunisten. Die Genossen gedachten ihrer Freunde, deren man sich so brutal entledigt hatte am 28. und 29. Januar, die sie zu Trauertagen erklärten.«

Was hätte wohl mein Bruder mit Suphis Mördern gemacht, war er selbst in der M.M.-Gruppe? Er erzählte, dass Suphi selbst gesagt haben soll, dass ... Sagte er es, oder war es ein anderer? Oder sauge ich mir das nur aus den Fingern? Ich stehe mit einem Bein im Grab. Mein älterer Bruder will ihn 1913 mit der Bahricedit nach Sinop gebracht haben, in die Festung von Sinop, in die Verbannung. Von dort sei Suphi mit einem kleinen Boot die Flucht über das Schwarze Meer nach Jalta gelungen, sein neues Exil. Mein Schiff versinkt gerade im Schwarzen Meer. Ich fische dreiundfünfzig Passagiere aus dem Meer und ziehe sie auf das französische Kriegsschiff. Dann ist der Vierundfünfzigste dran ... Auch ich könnte zusammen mit dem Vierundfünfzigsten untergehen. Frag ihn! Frag die Muhafaza-Mukaddesatçılar-Gruppe, diese »Hüter des Sultanats und des Kalifats«. Frag Handwerker, Krämer und ähnliches Volk, jüdische Händler, Religionsgelehrte und Rechtswissenschaftler, Herren, Fürsten, Offiziere, den Pascha, die Polizisten oder die Reeder ... Fragt sie alle nach ihm, nach Suphi.

Mich nennt ihr Verräter? Den Schuldigen? Vater, bist du einer von denen, die die eigene Klasse verraten haben? Wer war es denn, der das Leben deichselte, ohne die Karre in den Dreck zu fahren, ihr etwa? Keiner wird dir einen Orden verleihen. Lass es dir lieber gut gehen, denn diese Welt wirst du nicht verbessern können. Ich wollte nicht, dass du das durchmachen musst, was ich durchgemacht habe. Du solltest einmal über den anderen stehen. So hätte ich mich an ihnen gerächt. Aber du hast es nicht zugelassen. Ich wollte, dass du Pelze trägst, Brillanten ansteckst und deine Arbeiterkluft ablegst ... Schau dir deinen Vater an, wer hat mir denn einen Orden verliehen, mir – ihr habt mich Verräter genannt, sogar du –, mir, der ich eine Maschine, die man Indikator nennt, bedienen konnte? Der den Schaltplan für dieses Gerät lesen konnte und verstand, wie es funktionierte? Mir, dem einzigen Maschinisten, der nur am Geräusch des Motors einen Defekt oder das reibungslose Funktionieren ... Wen interessiert das heute noch? Als ich Galeerensträfling war, kümmerte sich mein älterer Bruder, der Kapitän, um mein Weib. Ach, könnt ich nur zum Meer von Rhodos aufbrechen, jetzt gleich, bevor ich sterbe. Ich würde auf der Hacioğlu anheuern. Ich will nicht weit. Meine Augen werden müde, strengen sich umsonst an, das Meer zu sehen, immer nur den Himmel mit den Akazien. Dorthin will ich noch einmal, wo nur noch der Sockel eines der Sieben Weltwunder steht, das einst über dem Hafen emporragte. Mir kommt es so vor, als wäre ich, als wären wir eines dieser Weltwunder. Ja, ich, aber wer wird das wissen? Das ist unser Leid, mein Leid; das Leid derjenigen, die so leben wie ich. Was wird aus uns? Haben wir alles umsonst erlebt? Werden sie überhaupt von uns erfahren? Es muss doch irgendetwas von dem zurückbleiben, was wir jahrelang durchgemacht und erlitten haben! »Der Nutzen liegt in der Tat«, sagt man, aber wenns dem Ende zugeht, dann blicken wir doch zurück und fragen uns: »Haben wir all die Jahre die Mühen der Schifffahrt wirklich vergebens auf uns genommen?«

Vor kurzem habe ich zu Nermin gesagt: »Na sag schon, gibts einen Gott?« Ich werde es ja ohnehin bald erfahren, ob es einen gibt oder nicht, aber ich wollte sie nochmal auf die Probe stellen, bevor ich mich auf den Weg ins Jenseits mache, oder habt ihr mich schon losgeschickt?

Nein. Es tickt noch immer ununterbrochen. Ist das der Geruch meines Zimmers, das Loch in meiner Zimmerdecke … Wer ist das? Die Katze? Ist das der Puls, der ununterbrochen gegen meine Magenwände pocht, oder brummt mein Magen wie ein Kühlschrank?

Ich eröffnete Nermin unsere Lebensphilosophie … Ich weiß, wer Suphi getötet hat, sagte ich: Das Englisch-Russische Abkommen, ein wenig auch Griechenland und die USA, kurz gesagt: die ganze Menschheit. Gott will nun einmal, dass wir unsere Wurzeln ganz vergessen und dass wir uns ausschließlich unseres Menschseins bewusst sind, sonst bestraft er uns und trifft uns an der empfindlichsten Stelle, sagte ich. Suphi, was geht mich eigentlich dieser Suphi an, dieser merkwürdige Typ mit seiner Brille, seiner Krawatte und seinem müden Blick? Soll ich dir mal was sagen? Sosehr du dich auch abmühst, es geschieht sowieso immer das, was Gott sagt. Ja, es wird das passieren, was dein Marx und dein Engels sagen.

»Einem Hahn, der nicht zur rechten Zeit kräht, schlägt man den Kopf ab«, sagte ich und meinte damit Suphi. Sie erniedrigen mich, sie achten mich nicht, respektierten mich noch nie. Wenn nicht die richtige Zeit gekommen ist, wird auch nichts geschehen. Ja, so ist es eben. »So soll es sein«, sagte ich. »Bei der letzten Wahl soll es so sein, wie du willst. Ich werde wählen.« Ich stand auf und machte mich zu Fuß auf den Weg, ich stützte mich auf den Stock meines Großvaters mit den Einlegearbeiten am Knauf, den Stock, von dem man nicht weiß, was er schon alles gesehen hat und wo er schon überall war. Dann haben sie den Stock und mich in einen Raum gesperrt. Holla! Ich suchte und suchte; da gab es Bilder von Pferden, Ochsen, Kühen … Wo sind denn bloß die Arbeiter? »Wähle dich selbst! Du bist ein Arbeiter«, hatte meine Tochter gesagt. Arbeitnehmer ist der feinere Ausdruck dafür. Wo sind denn bloß die Arbeiter … Ich werde mir selbst die Stimme geben, mir selbst, wo bin ich? Sie pochten schon an die Tür: »Ich bitte Sie, mein Herr, wir warten auf Sie. Was machen Sie denn so lange!«, rief ein junger Mann. »Einen Moment noch, ich komme gleich heraus.« »Kommen Sie doch endlich, was machen Sie denn die ganze Zeit da drinnen?« »Was soll ich schon machen? Ich suche mich, ich suche ein Bild von mir.« »Was für ein Bild denn?« »Das Bild eines Arbeiters natürlich. Gibt es denn niemanden auf diesen Bildern, der mir ähnlich ist?«

Gäbs hier ein Bild von einem Fisch, einem Schiff oder einem Lorbeerbaum, klar, das hätte ich erkannt. Aber die hier, die sagen mir nichts ... Was bin ich für ein Mensch? Ich versuchte mir vorzustellen, wie ich nach der Kleiderreform aussah: Ein Filzhut auf dem Kopf; ein weißes Hemd aus Amerika, eines von der Sorte, das man waschen kann, aber nicht bügeln muss; eine Krawatte der Maro-Krawatten-Kreation; die Schuhe von hier – meine Füße, vom Wasser geschwollen, passen nicht mehr hinein, also drücke ich das verstärkte Fersenteil hinunter. Mein Adamsapfel steht heraus, meine Rippenknochen zeichnen sich deutlich ab, mein Bauch ist gespannt wie der dicke und runde Körper einer Kemençe. Ich habe mich in eine Kemençe verwandelt. Die Kemençe, so nannte man die erste Brustgeige, deren Mutter die Violine ist, die führte Nâbi am Hof von Istanbul ein. Er sang: »Die Kemençe macht sich gut an Georgis Brust.« Ich kann auch auf ihr spielen, auf dieser Geige, die den europäischen Geigen mit ihren drei oder vier Saiten gleicht und die mit den Genuesern aus Westeuropa ans Schwarze Meer kam ... Kemençe, so nennt man sie in Asien. Wir haben sie entdeckt, mit dem gewölbten Bauch nach oben im Schwarzen Meer treibend.

Die Griechen nennen sie Lyra, die Italiener Lira, und eigentlich heißt der Horon »Choron« und ist ein Tanz, der von der Krim herüberkam und von den Kaukasiern, Megreliern und Griechen übernommen wurde. Da, wo dieser Tanz und die Kemençe herkommen, da kommen auch wir her, und Gott will, dass wir das vergessen ... Er kletterte einen Granitfelsen hinauf, ein helles Licht blendete ihn. Seit Babylon hatte er das erste Mal den Spiegel des Wassers gesehen. Er rief im Angesicht des Schwarzen Meeres: »Das Meer! Das Meer!« In einer Hand die heilige Sure Yâ Sîn, in der anderen einen Dolch und eine Kemençe: He, sagt schon, zu welchem Volk, zu welcher Klasse gehöre ich?

Ich machte mein Kreuz auf einem schwarzen Flügel, das sind wahrscheinlich die Arbeiter.

»Ich wurde nicht als Arbeiter geboren, aber als Arbeiter werdet ihr mich töten«, sagte ich zu der jungen Stimme. »Was reden Sie denn da! Er soll endlich herauskommen«, riefen sie ... ich, der ich dann endlich herauskam, wer bin ich? Ich gehöre zur Olbia-Kultur. Herodot erwähnt sie in seinem Geschichtswerk, das acht Jahrhunderte umfasst, das vom 4. vorchristlichen bis ins 4. nachchristliche Jahrhundert reicht. Ich denke an reines Meereswasser, in das ich bei meiner Romrom-Mutter sprang, an die Schwarzmeerheringe, die Laternenfische, die Zackenbarsche und Schildfische, die nicht gut schwimmen können. Und an Nermin, die dem Lebelfisch ähnlich ist, und ich versetze mich in die Lage des Hamsis, des Schwalbenäugigen mit seinem türkisblauen Rücken und silbernen Flanken und dem pinkschwarz schillernden Bauch. Niemand tauscht ihn ein, nicht einmal für alle Güter dieser Welt. Er wird immer gleich den Fischgroßhändlern übergeben. Wenn ich nach seinem Preis frage, meint der Grieche, Hamsi, der Fisch, sei so viel wert wie ein Erzurum-Ochse.

Ich habe in den Schriften vieler Forscher nach einer Abbildung des Hamsis gesucht: bei den Russen Aleksandrov und Puzanov, bei dem Rumänen Treseb, dem Finnen Tikhy, dem Türken Battalgil, dem Griechen Kosta, dem Armenier Hermin, dem Lasen Sözer, dem Georgier Kunkunt, dem Bulgaren Schoschkov, dem

Deutschen Drenski, dem Tschechen Vladikov, bei Felix, Aram, Yervant und bei Deveciyan in *Pêche et Pêcheries en Turquie*. Meine Romrom-Mutter hatte gerade auf dieser Seite des Buches Fischpastete vorbereitet. Dann hab ich den Hakenwurm gesucht. Oho, wenn ich jetzt nur an sie denke! An Janine aus Le Havre, eine liebestolle Dirne, ganz nach meinem Geschmack. An Tamara, die Ungläubige aus Konstanza. An die fröhlich plaudernde Kalliopi aus Patras. An Vivi und Barbara. An die Hellenin Sofi aus Paros. An Anna, Madeleine Petkana, Monique de la Husra, Giselle, Iris, Sonja. Menschen, und Gott will, dass wir unsere Wurzeln vergessen, das sagte ich doch ... doch heutzutage hält man sich nicht mehr daran.

SUPHI! SUPHI!, rief ich ins Schwarze Meer hinaus.

Ich bin Salih Zeki Çağatay aus Trabzon. Mein Großvater hieß Yunus Baba. Er hatte drei Söhne. Einer davon war Nuri Baba, mein Vater. Die anderen waren mein Onkel Mehmet und mein Onkel Abdülkadir. Nachdem mein Onkel Mehmet als Hauptmann der Gendarmerie pensioniert worden war, absolvierte er eine Prüfung und erwarb sich damit das Recht, als Anwalt arbeiten zu können. Während seiner Zeit als Rechtsanwalt in Trabzon arbeitete er mit Halil Özyörük zusammen. Er kümmerte sich auch um die Angelegenheiten Yahya Kahyas, des Hafenverwalters. Der andere, mein Onkel Abdülkadir, war Tierarzt beim Militär. Als Hauptmann an der Ostfront geriet er in russische Gefangenschaft. Während der Revolution schlug er sich auf die Seite der Bolschewiken und gründete in Russland zusammen mit Mustafa Suphi die türkische bolschewistische Partei. Später teilte er mit, dass er und Mustafa Suphi auf dem Weg in die Türkei seien. Mein Onkel Mehmet zeigte Kahya das Telegramm. Der erzählte, er habe einen Brief aus Ankara erhalten mit der Anweisung, Mustafa Suphi und seine Freunde aus dem

Weg zu schaffen. Meinen Onkel Mehmet instruierte er, Abdülkadir zur Flucht zu verhelfen und ihn zu retten. Er fuhr nach Maçka. Dort traf er sich mit Eyüps Sohn Murat, dem Landrat von Maçka. Als Mustafa Suphi und seine Leute in Maçka ankamen, trennte Murat meinen Onkel Abdülkadir von den anderen und versteckte ihn in seinem Haus. Mustafa Suphi kam mit seiner Gruppe nach Trabzon, wo sie von Kahya im Meer ertränkt wurden, wie alle wissen. Mein Onkel, der sich in Maçka versteckt hatte, kam später nach Trabzon und wurde unter Vermittlung Hasan Sakas, eines Abgeordneten in Trabzon, zum Amtstierarzt von Erzurum ernannt. Er nahm die Stelle an. Später ernannte man ihn zum Amtstierarzt von Sivas. Dort suspendierte man ihn, weil er ein Verhältnis zu einem jungen Mädchen unterhielt. Er ging nach Thrazien und ließ sich in Süloğlu nieder, um dort als frei praktizierender Tierarzt zu arbeiten. Ich weiß nicht, wie es ihm dort erging, aber er lebte viele Jahre dort. Eine Zeit lang war er sehr reich, später bettelarm. In seinem letzten Brief vom 9. Mai 1957 teilte er mit, dass er in Süloğlu sei und in Not und Elend lebe. Wir hörten, dass er dort 1961 bei einem Verkehrsunfall ums Leben kam.

Wie mir mein Onkel Abdülkadir bei einem Treffen erzählte, waren es siebzehn Personen, mit Mustafa Suphis Frau achtzehn, die sich von Russland aus auf den Weg gemacht hatten. Zwei sollen sich in Bayburt abgesetzt haben. Er selbst habe sich in Maçka von ihnen getrennt, Mustafa Suphis Frau habe man in Trabzon zurückgehalten. Vierzehn Personen wurden von Kahya im Meer ertränkt.

24.10. 1967
Ehemaliger Notar von Trabzon und Yalova
Salih Çağatay

Mahmut Gologlu, Cumhuriyete Doğru, 1921–1922, Ankara 1971, Başnur Matbaası, Seite 396

V Der Tod

Wolkenloser Himmel – das bedeutet, der Sommer kommt früh dieses Jahr, das Licht des Herbstes legt sich über das Meer. Ist da das Meer? Der Sommer kommt früh dieses Jahr. Stürme werden aufkommen, der Hamsin, Kokolya, Kozkavuran, und ich werde nicht mehr da sein.

Wolkenloser Himmel, über dem Meer das klare Licht des Herbstes. Ist hier das Schwarze Meer? Wird es mich an den Strand werfen? Wohin gehe ich? Ich habe den blauen Pyjama an. Anscheinend haben sie mir auch die Hose angezogen: Wohin bringen sie mich? Was ist denn das? Sind das Störche? Sind es Störche, die da auf der Wiese klappern? »Wolltest du etwas, Vater?« Wenn ich nur wieder sprechen könnte! Hier ist ein Weg, ein Weg, am Ende werden sie das machen, was sie sagen. Oder ist das etwa der Galata-Turm? Der Lorbeerbaum! Meine Romrom-Mutter! Sie ist nicht mit uns gekommen. Sie ist dort geblieben, begraben in einer Ecke des Gartens, neben meinem Vater. Es wird nur wenige Jahre dauern, und Nermins Arbeiter werden Tee auf ihren Gräbern pflanzen. Nein, das kann doch nicht der Eiffelturm sein! Der ist nicht so hoch. Ist der Eiffelturm eine Negripola mit vier Beinen? Oder ist es etwa der Bosporus? Wer hat den Bosporus der Länge nach mit diesem blauen Marmor zugedeckt? An welcher Stelle wird Sultan Fatih übersetzen? Wo wird Alexander sein Lager aufschlagen? Wird der Gazi sich wieder vom Landesteg nähern und noch mal nach Samsun aufbrechen? Wird er mich wieder befreien, und wird Suphi abermals Nermin retten? Haben wir den Marmor aus Italien geholt? Wer auch immer kommen oder gehen wird, um uns zu retten, sie lassen sich tragen, nun ja, sie lassen sich mal wieder von uns tragen! Sie lassen sich wieder von uns tragen! Wer ist denn da neben mir? »Die Straße ist schlecht, ich komme nicht schnell genug vorwärts«, murrt der Fahrer. »Hättest eben den anderen Weg nehmen sollen«, sagt der Beifahrer. »Da ist aber meistens alles verstopft, wir werden zu spät kommen.« Betet für Menderes, er hat diese Straße ja verbreitern lassen, ihr übergebt mich schon rechtzeitig dem Tod. Wenn da drüben Üsküdar liegt, dann ist das hier der Kızkulesi, Mädchenturm! Der Himmel verdunkelt sich, Nebel senkt sich über das Meer. Ist das etwa die Flotte der Besatzer, da vor Ortaköy?

Sie lassen mich nicht zu Hause sterben ... Sie haben den Marmor mit einer blauen Glasur überzogen, die wie ein Mosaik aus vielen Teilchen zusammengesetzt schillert. In die Mitte pflanzten sie einen Lorbeerbaum, dazwischen streuten sie pechschwarze Möwen, Todesvögel ... Das Schiff stoppt ... Das Schiff stoppt. Sind wir da? Mach die Dampfrohre auf! Öffne das Auspuffrohr bis zum Anschlag, es soll sich entleeren! Öffne die Dampfmantelrohre! Regle den Widerstand! Achte darauf, dass der Hebel des Tauchkolbens an Ort und Stelle ist! Lass das Kondenswasser ab! Beeil dich, und mach alle Rohre wieder dicht, sie sollen nicht auslaufen, nichts soll entweichen! Sind die mit den weißen Hemden die Stewards? Sie sollen meinen Maschinenraum verlassen! Auf welchem Schiff bin ich, Romrom-Mutter? Dieser schwarze Marmordeckel, dieser weit geöffnete Deckel in diesen riesengroßen Marmorplatten unter dem Lorbeerbaum ...

Romrom-Mutter!

Lasst los! Lasst mich los! Setzt die Nadeln nicht dort an! Lasst mich los, die Wunden des Befreiungskrieges sind noch nicht verheilt, die Wunden des Befreiungskrieges, des Befreiungskrieges ...

Ich vergebe euch nicht ... die Munition, die ich für diese Nation transportierte ... die Hautabschürfungen, die ich davontrug ... Feiertage, Ferientage, Trauertage ... Mein Pferd, mein Braunschecke Kızbeni mit den hellbraunen Augen, das von einer Kugel getroffen wurde und starb ... Meine Brüder mit den blonden Mähnen, die ertrunken und gestorben sind ... Mustafa Suphi, dessen Blut das Schwarze Meer rot färbte, ich vergebe euch nicht.

Die tiefen Wunden an meinen Füßen vergebe ich euch nicht ... dass meine Tochter so verrückt ist ... dass ich meinen Lebenssaft den Schiffsreedern überlassen habe ... dass ihr Vermögen auf Schweizer Banken liegt ... dass ich ihre Maschinen fünfzig Jahre lang pflegte, sie mit Samthandschuhen anfasste ... dass ich Pläne von diesen Maschinen gezeichnet habe, das vergebe ich euch nicht ... Diejenigen, die mich und meinen Bruder entzweiten, die Ärzte, die meine Krankheit nicht erkannten ... denen vom 28., 29. Januar vergebe ich nicht.

Denjenigen, die mich nicht zu Hause sterben lassen und mich ins Krankenhaus bringen ... denjenigen, die meinen Leichnam in diesem Kühlhaus liegen lassen ... denjenigen, die mich dort waschen lassen ... denjenigen, die mich von dort wegbringen lassen ... denjenigen, die mich, ohne in meinem Haus vorbeizuschauen, in die Şişli-Moschee bringen ... denjenigen, die mich in Zincirlikuyu begraben ...

Auf dieser Welt ... vergebe ich niemandem, nie-man-dem, nie-man-dem.

Die Mutter

Totenfeier

Wir kommen aus der Moschee. Mutter ruft mir zu: »So eine Schande. Los, lauf schon! Lade unsere Verwandten zum Tee in dein Haus ein, das gehört sich so!« Ich springe schnell die Treppen der Moschee hinunter, fange die Aufbrechenden ab und rufe denjenigen, die sich schon in alle Richtungen zerstreut haben und die ich nicht mehr erreichen kann, zu: »He! Wartet doch mal! Kommt zurück, kommt! Jetzt wird erst bei uns Tee getrunken, meine Mutter will es so!« Die Leute zögern, sprechen sich ab und folgen mir. Ich marschiere zügig voraus, die anderen bleiben etwas zurück. Dort vorne an der Ecke, etwa hundert bis hundertfünfzig Meter von hier, kann man das Haus schon sehen.

Ich laufe alleine, ganz vorne. In meinen Armen trage ich die Bonbontütchen, die es zu Totenfeiern gibt, und werfe die Bonbons auf die Straße. Je weiter ich gehe, desto länger wird mir der Weg, er nimmt kein Ende. Ich schaue zurück und sehe eine lange, unendlich lange Menschenschlange hinter mir hergehen. Sie gehen zu viert oder zu fünft nebeneinander her, schweigend und aufrecht. Ich kriege Angst. Die in der ersten Reihe bücken sich und sammeln die Bonbons ein, die ich verstreut habe, richten sich auf und folgen mir wieder. Ich denke: »Sie werden mir schon nichts tun, ich hab ja Bonbons verstreut.«

Überall ist es nass. Das Wasser steigt und steigt, es reicht mir schon bis ans Kinn. Ich fange an zu schwimmen und denke, sie werden ertrinken, und ich bin gerettet. Aber als ich mich umdrehe, sehe ich, dass die anderen auch alle schwimmen und mich verfolgen. Die Bonbons schmelzen und lösen sich auf. Mir ist ganz angst und bang. Ich schwimme wie ein Frosch, das kann ich am besten. Aber plötzlich versickert das Wasser, ich liege bäuchlings auf dem Boden, rapple mich auf und renne los, die anderen holen auf, immer noch schweigend und aufrecht. Damit sie nicht merken, dass ich mich fürchte, bleibe ich vor dem Haus stehen und tue so, als würde ich auf sie warten.

In unserem winzigen Flur wird es zu eng werden, wenn sie jetzt auch noch alle ihre Schuhe ausziehen und ihre Mäntel ablegen. Mutter ist nirgends zu sehen. Was soll ich nur tun, worüber soll ich mich mit diesen Menschen unterhalten?

Mutter schämte sich immer vor den Verwandten und brachte uns damit auch noch in Verlegenheit. Sie ließ niemanden ins Haus. »Er ist nicht zu Hause, abends wird er wieder da sein«, sagte sie immer. Diese Frauen sahen in ihren pechschwarzen Gewändern aus wie schwarze Ungeheuer. Ihre hellen Augen rollten zwischen den Rändern ihrer schwarzen Gesichtsschleier hastig hin und her. Von ihren Augenlidern rann Schweiß, in ihren Armen hielten sie ihre kleinen, blonden, helläugigen Kinder. Meist sagten sie dann: »Richte aus, die Mutter von Onkel Zülküflü aus Kasımpaşa sei da gewesen«, oder »Die Schwiegertochter von Hıdır Reis war da«, oder »Gib doch diesen Bottich deiner Mutter, den schickt mein Bilâl aus dem Dorf.« Und eine fragte mal: »Wer ist denn die?« Die andere sagte: »Das ist doch die Tochter von Hasan!« Sie drehten sich um und gingen wieder und sahen dabei aus wie schwarze Käfer, die sich auf die Hinterbeine stellten. Wenn sie weg waren, raunte ihnen meine Mutter üblicherweise hinterher »Diese ungehobelten Weiber! Schau sie dir an, die haben sich nicht verändert!«

Was soll ich jetzt nur mit ihnen reden? Wo soll ich so viele

Teegläser und Löffel auftreiben? Da sind doch tatsächlich noch welche mit Tscharschaf und grünen Käppchen dabei. Solche wie die, die uns am »Blutigen Sonntag« hinterherjagten. »Das Volk« werden sie in den Zeitungen genannt. Nach so vielen Jahren betritt also nun »das Volk«, patschnass, unser Haus. Sie sollen nur reinkommen, dann können wir uns endlich kennen lernen. Anscheinend haben sie alle Lust auf Tee. Sind sie etwa traurig? Man weiß es nicht genau. Ihren Gesichtern kann man jedenfalls nichts ablesen. Sie glauben an Gott, sie erweisen einem Toten die letzte Ehre. So schlicht und einfach ist der Sinn ihres Lebens. Ist es wirklich so?

Ich bleibe an der Tür stehen und sehe, dass die einen schon hier sind, während sich das Ende des Trauerzugs gerade erst aus dem Portal der Moschee zwängt. Was soll ich nun mit all den vielen Menschen, die ich nicht kenne, anfangen? Hinter dem Trauerzug wird Meral hergehen, meine Schwägerin Meral. Sie hat ihr zwei Monate altes Baby dem Dienstmädchen Menekşe anvertraut und versucht rechtzeitig zum Trauerzug zu kommen. Wie sehr sie sich verändert hat, seit sie verheiratet ist. Sie ist gläubig geworden. Sie glaubt natürlich an Gott. »Ich kann dich doch jetzt nicht alleine lassen«, sagt sie und kommt mit dem Kind den weiten Weg von Sarıyer. Sie erzählt mir alles Mögliche, was mich nicht interessiert. Ich konnte ihr nicht bis zu Ende zuhören. »Ach, du grübelst schon wieder! Das Leben geht weiter. Die Trauer ist das eine, Hunger etwas anderes.« »Aber nein, so traurig bin ich gar nicht, ich habe nur so viele neue Erfahrungen machen müssen, über die ich nachdenke«, versuche ich zu erklären. Sie versteht mich nicht, hört nicht mal zu ... Meine wahren Freunde, die mich verstehen, mit denen ich gut auskomme, schauten nicht einmal vorbei. Meine wahren Freunde ... Wer sind sie? Wo sind sie jetzt? Als wir uns trafen, meinten sie: »Unnötige Förmlichkeiten ... was bedeutet das schon ...« Als er schon im Sterben lag, hat er sich da nicht uns zuliebe aus seinem Krankenlager hochgerappelt, um zur Wahl zu gehen! Was ist denn das mit der Wahl für ein Geschwätz. Unsere Leute sterben! Muss man erst sterben, um geliebt zu werden? Wenn man so lebt, ist es taktlos, auch nur von Liebe zu sprechen. Schwierig. Es ist schwer, ein Linker zu sein, ungefähr so schwierig, wie ein Prophet zu sein. Jeder Einzelne von uns muss ein Mohammed, Jesus oder Moses sein, jeder Einzelne von uns. Ein Jesus allein genügt nicht, ein Moses allein genügt auch nicht, es reicht einfach nicht. Wenn du im Vollbesitz deiner Kräfte bist, dann nehmen dich diese Propheten in ihrer Mitte auf. Aber wenn du strauchelst und am Boden liegst, dann helfen sie dir nicht, sie drehen sich nicht mal nach dir um. Du sollst ihnen nützlich sein, aber ihre Hilfe darfst du nicht erwarten, ist es nicht so? Man kann sich auf nichts verlassen, nichts ist sicher. Es gibt keine verbindlichen Werte mehr. Aber eines Tages wird die von uns ersehnte Lebensform Wirklichkeit werden, auch wenn wir uns gegenseitig zerfleischen. Zuallererst müssen wir uns der Verräter entledigen, und zwar derer, die uns bewusst in den Rücken fallen, die uns in die Irre leiten oder die vom rechten Weg abweichen. Auf keinen Fall dürfen wir sie verschonen. Unsere Botschaft richtet sich an die anderen, an die mit den grünen Turbanen …

Ich stecke den Schlüssel ins Schloss und drehe ihn herum. Zum ersten Mal öffne ich meinem Volk die Tür. Plötzlich bemerke ich, dass alles trocken ist, ich vergewissere mich und sehe, dass wirklich alle trocken sind. Na gut. Bisher kamen immer andere durch diese Tür. In ihren Taschen hatten sie Gedichte und Cognac. Ihre Gedanken kreisten nur um ihr eigenes Ansehen, ich glaubte sie zu verstehen und von ihnen verstanden zu werden; sie wollten ihren Ruhm vermehren. Weil sie einander überdrüssig waren, suchten sie meine Nähe, ich die ihre … So ist es doch! Oder etwa nicht?

Das Volk tritt ein, die Ersten gehen an mir vorbei, ohne mir ins Gesicht zu sehen, und ziehen ihre Schuhe aus: »Sie brauchen Ihre Schuhe nicht auszuziehen, Onkel! Lassen Sie sie ruhig an, es war doch nicht schmutzig draußen. Wir haben sowieso nicht genug Platz dafür.« Die Leute tun so, als würden sie mich nicht hören und denken sich vermutlich: »Was fällt dir denn ein, uns nicht die Schuhe ausziehen zu lassen.« Sobald sie eintreten, ruft eine Stimme ihre Namen: Muharrems Sohn Ismail aus Hemşin, Seyfettin aus Mamul, Abdurrahman Islâm, Hacı Salih, Temel aus Vakfıkebir, Oruç, Meryem, Akife, Zehra, Vaters Verwandtschaft aus Çayeli; Kapitän Bilâl, Ali Reis, Tante Hafize, die von der Bilginol-Sippe, seine Schwestern, die Ishakoğlus, die Behzatoğlus, die Sabitoğlus, die Kibaroğlus und seine Schwägerin Zehra. Vaters Zahnarzt Bekir und dessen Frau – die kenne ich sowieso nicht –, Vaters Schiffsbesatzung Recep, Salih, Rüfet, Ramazan, der Arzt Naci, der Vaters Krankheit richtig diagnostiziert hatte, und dessen Mutter – die beiden kenne auch ich. Melek kenne ich, Mürüvvet, Kapitän Tahsin – den kenne ich. Şaban aus Sürmene, aus Maçka Mustafa Yazıcıoğlu mit Frau und Kindern, Molla Necmettin, Sahur und Kapitän Rahmi … Als ich das Krankenhaus verließ, drückte mir ein Mann einen dicken Umschlag, besser gesagt ein Päckchen, in die Hand: »Das gehört noch Ihnen.« Ich schaute in den Umschlag und erkannte das rosa Gebiss meines Vaters. »Ich vergebe euch nicht, ich vergebe euch nicht!« Seine Schwägerin Safiye, der Vorarbeiter Rıza und dann noch Yusuf, den mein Vater am meisten schätzte und mit dem er zur Jagd ging, und dessen Söhne Selami, Asim, und Ömer. Allen dreien sitzen Sperber auf den Armen, so zusammengekauert sehen sie aus wie runde Tonkrüge. Sie haben ihre Augen geschlossen und schlafen. Onkel Yusuf stellte den großen Sack, den er auf dem Rücken hatte, mitten im Zimmer ab, einen Sack, in dem irgendetwas ununterbrochen zappelt. Als mein Vater bei der Rückkehr ein Bündel Wachteln brachte, sagte er zu meiner Mutter: »Nimm sie! Die reichen für eine kleine Flasche Rakı, wahrscheinlich sind sie aus Russland geflohen und hierher geflogen.« Die Familie des Onkels meines Vaters war da: Kapitän Ziya, Tante Asiyes Schwiegersöhne, der Landarbeiter Civelek Ahmet, Tonton Musa – Musa kenne ich. Er hat mich auf Ceviz Ali reiten lassen, das war ein großer, weißer Storch. Er flatterte, schlug mit den Flügeln und warf mich ab. Hadi, die Tochter Sıfır Hasan Paschas, die Tochter des Onkels meines Vaters, ihr Sohn Zeki, Hasan und seine Schwiegertöchter Rakibe und Hatçe, Esma, Hızır, Dursun, Osman Gavras aus Yomra oder, genauer aus Vona, der ein Volkslied über Ismail aus Soytaro schrieb, in dem es heißt: »Soytaro, ach Soytaro, du ertrankst im eignen Blut / Über der Herberg Schwelle floss die rote Flut / Die Schweinerei tat frevelnd der Hauptmann voller Wut / Das Volk hat dich verraten, vorbei deines Lebens Glut.« Dann waren da noch Hüseyin, Yunus Bangoğlus Familie, Ihsan mit Hilmi – meine Freunde aus der Partei –, Meral, Menekşe und das Baby. Meine Mutter war jetzt auch da. Ob denn keiner von den Reedern gekommen sei, frage ich die Stimme.

»Nein, kein Einziger«, antwortet sie. »Aber er hat doch fünfzig Jahre – fünfzig Jahre, das ist so leicht gesagt – fünfzig Jahre hat er für sie gearbeitet«, sage ich. »Kein Einziger ist gekommen«, meint die Stimme wieder. »In dieser Jahreszeit halten sie sich ohnehin nicht in der Türkei auf. Jetzt sind doch Semesterferien, da fahren sie nach Europa, um ihre Kinder zu besuchen, Ski zu fahren und einzukaufen.« »Ja, ich weiß.« Ich schließe die Tür.

Menekşe legt das Kind auf den Boden, meine Mutter taucht auf: »Haben alle Platz?« »Ich weiß nicht, es wird schon irgendwie gehen«, antworte ich. Der Frau in der Küche rufe ich zu: »Şirin, mach Tee für 100 Personen.« Meine Mutter schreit: »Was, Tee, willst du zur Totenfeier deines Vaters einen Tanztee abhalten?« »Du wolltest es doch so!« Da fängt sie laut schluchzend zu weinen an. »Weine nicht, Vater ist auch da«, sage ich. Sie schweigt. Erst nach einer Weile fragt sie: »Ja, wo ist er denn, zeig ihn mir?« Ich deute auf den zappelnden Sack am Boden. »Sag bloß niemandem, dass er da ist, sonst nehmen sie alle Reißaus«, meint sie. Meine Mutter schaut auf die Masse der Gäste, die das Haus füllt. »Hab ich dir nicht gesagt, du sollst nur die Verwandten einladen?«, keift sie und ruft: »Alle, die nicht zur Verwandtschaft gehören, sollen verschwinden.« Als sich keiner rührt, brüllt sie wieder: »Los, habt ihr nicht gehört? Alle, die nicht zur Verwandtschaft gehören, hinaus!« Hüsniye fährt meine Mutter scharf an: »So eine Unverschämtheit! Erst laden sie die Leute ein, und dann jagen sie sie davon.« Meine Mutter packt die Frau am Kragen und zieht sie zur Tür, dann läuft sie eilig wieder zurück. »Raus, verschwindet, haut endlich ab!«, schreit sie und jagt die Nachbarn hinaus. »Mutter, du machst uns ja lächerlich, hör endlich auf, sie sollen sich wieder hinsetzen.« »Nein, sie sollen sich aus dem Staub machen, ich will sie nicht mehr sehen. Als du ein junges Mädchen warst, haben sie sich das Maul über dich zerrissen.« »Lass sie in Ruhe!« »Auf keinen Fall, warum sollte ich sie in Ruhe lassen. Solche Bosheiten lasse ich niemandem ungestraft durchgehen. Selbst deinem Vater habe ich nie ganz verziehen, und dann noch diese Mürüvvet. Immer wieder rupfte sie die Blumen aus, die dein Vater gepflanzt hatte. Dein lieber Vater mochte doch den Flieder so gern! Der arme Mann konnte gar nicht genug davon bekommen, an ihm zu riechen. Nachts, wenn wir schon schliefen, stibitzte sie den Flieder, diese Diebin!« Die Frauen murren, stehen auf und schicken sich an zu gehen. »Diese Frau hat doch den Verstand verloren!« »Gibts denn Tee und Zucker umsonst, heutzutage, wo sowieso alles immer teurer wird? Die sollen verschwinden und ihren Tee zu Hause trinken!«, schimpft meine Mutter. Darauf sage ich: »Nehmt sie nicht ernst, sie weiß nicht, was sie sagt.« »Und ob ich weiß, was ich sage. Kriech doch diesen Biestern nicht auch noch in den Arsch!« Mürüvvet wird wütend. »Nun hör aber auf mit deinem dummen Geschwätz. Glaubst du denn, dass wir auf deinen Tee angewiesen sind? Erst muss man an einem Wintertag in einer eiskalten Moschee die Seelenmesse anhören, wird dazu gezwungen zu beten und Amen zu sagen, und dann jagen sie einen davon. Gott möge, dass sich der Mann im Grab umdreht!« »Ja, jetzt zeigt sie ihr wahres Gesicht!«, sagt meine Mutter und zieht ihr mit der Tasche eins über. Ein paar von uns halten sie fest. Wir trennen die beiden voneinander und führen die Frau nach draußen. Jetzt stürzt sich Mutter auf Melek: »Das gilt auch für dich, hau ab, du heuchlerisches, falsches Weib!« Ich packe ihre Hände: »Mutter, bist du verrückt geworden? Was tust du?« »Lass mich, lass mich in Ruhe, ich red mir jetzt alles von der Seele! Diese Angeberin will die Frau eines Militärattachés sein, und ich hielt sie für einen anständigen Menschen. ›Drecks-Lasen‹ hat sie uns genannt. Sie hat gesagt, seit wir hier sind, stinkt es im Viertel. Vom Hammelfett. So dass man nicht an unserer Tür vorbeigehen kann. Das soll sie mal meiner Esma ins Gesicht sagen.« Melek steht auf und sagt: »Mein Gott, wie primitiv!« »Los, verschwinde, du Saloniker Jüdin, du hinterhältige …«, schimpft meine Mutter und jagt ihr hinterher. Dann setzt sie sich und redet vor sich hin: »Liebe Esma, bleiben Sie sitzen! Sie lasse ich nicht gehen, und Naci wird auch nicht gehen. Jetzt wird Tee getrunken! Sieh sich einer dieses Weibsstück an! Seit wir da sind, solls im Viertel stinken. Du bist doch erst nach uns in dieses Viertel gekommen. Die kocht ja nichts, dann kann es ja nach nichts stinken! Ach! Mein armer Mann, ich konnte ihm kein Kohlpüree mehr machen, obwohl er es sich so gewünscht hatte. Der Arzt hatte es verboten. Der ließ ihn gar nichts mehr essen, der elende Kerl. Die haben meinen

Mann verhungern lassen, ja verhungern. Diesen hünenhaften Mann haben sie bis aufs Skelett abmagern lassen …« Sie eilt denen, die aufbrechen, hinterher und wirft mit einem Rums die Tür hinter ihnen zu: »Na also, jetzt sind wir endlich unter uns. In unseren Adern fließt das gleiche Blut. Ein Skorpion tut einem Skorpion nicht an, was ein Verwandter einem anderen Verwandten antun kann.«

Die Verwandten drängen sich im Wohnzimmer und im angrenzenden Zimmer. Die Kinder hocken mit untergeschlagenen Beinen da, die Jugendlichen stehen dicht beieinander. Die meisten Männer halten eine Gebetskette in der Hand, und die Frauen starren mit gesenkten Köpfen auf den Boden. Merals Baby krabbelt ohne Windeln und splitternackt über das Klavier und wippt dabei auf und ab. Meryem zeigt auf das Klavier und sagt: »Nanu, was ist denn das?« »Ein Klavier«, sage ich. »Was machst du denn damit?« »Ich spiele darauf.« Ihsan geht ans Klavier, klimpert mit nur einem Finger auf den Tasten den Marsch zum Zehn-Jahre-Jubiläum der Republikgründung: »Ehrenhaft, so siegten wir …« Die Anwesenden summen laut mit. »Lâilâhaillallah – Es gibt keinen Gott außer Allah.« Ihsan fährt fort: »An unsrer Spitze der Feldherr, den die ganze Welt verehrt.« Die Jugendlichen stellen sich ans Klavier und wiegen sich hin und her, das kleine Kind wackelt mit dem ganzen Körper, als tanze es einen modernen Tanz. Die anderen machen es ihm nach. Meral klatscht in die Hände und ruft: »Auf, mein Mädchen, bravo! Dreh dich, dreh dich!« Ihsan hört auf zu spielen und mischt sich unter die Tänzer. Auch er fängt an sich zu drehen, als hinge sein Leben davon ab. Das Klavier spielt das gleiche Stück weiter, ganz von selbst: »An unsrer Spitze der Feldherr, den die ganze Welt verehrt.« »Ich vergebe euch nicht, ich vergebe euch nicht.« Und alle drehen sie sich miteinander.

»Wer ist denn das, mein Kind?«, fragt Abdurrahman und

zeigt mit der Gebetskette in der Hand auf ein Gemälde an der Wand. »Das ist doch dein Schwiegervater, oder?« »Aber nein, Onkel, das ist doch einer von unseren großen Schriftstellern.« »Wie ist er denn mit uns verwandt?«, fragt er einfältig. Hilmi kommt dazu und versucht es ihm zu erklären: »Onkelchen, das ist ein bedeutender türkischer Schriftsteller.« »Von dem hab ich noch nie gehört«, antwortet Abdurrahman verständnislos. Meine Mutter taucht wieder auf. »Hast du nach dem da gefragt, Onkel Abdurrahman? Wenn du den nur mal gekannt hättest, das war vielleicht ein reicher Mann. Er hielt um die Hand meiner Tochter an, aber ich hab sie ihm nicht gegeben. Hätte ich es doch nur getan, dann wäre meine Tochter jetzt eine reiche Frau, hätte ein Hamam und eine Herberge. Ach, ich dumme Gans, wie dämlich und stur ich doch war. Diesem Pfeife rauchenden Schwein hab ich sie dann gegeben, und der hat sie ins Unglück gestürzt. Der hat meine Kleine krank gemacht ...« Tante Hafize starrt mich an: »Was, ist die Arme denn krank?« »Natürlich ist sie krank, Tante. Sie ist verrückt, total verrückt!«, sagt meine Mutter. »Ihr Mann hat sie in den Wahnsinn getrieben. Willst du wissen, was er getan hat, Tante? Nachts, wenn sie miteinander alleine sind und alle schon schlafen, zieht er einen Stuhl vor sie hin, starrt meine Tochter an und schweigt stundenlang. Meine Tochter fleht ihn an: ›Sag doch irgendwas!‹, aber der Kerl schweigt und schweigt und starrt sie gnadenlos an, und dann brüllt er plötzlich: ›Verrückt, verrückt, ohrringbestückt!‹ Das wiederholt er tausendmal, und das geht jede Nacht so. Bei Gott, ich lüge nicht, Tante Hafize. Eines Nachts hab ich die beiden mal beobachtet. Ich habs mit meinen eigenen Augen gesehen. Wenn ich lüge, dann will ich auf der Stelle tot umfallen!« Voller Mitleid fragt Tante Hafize: »Sag bloß, die Ärmste hat niemanden, wo sie hingehen kann?« Kapitän Bilâl fragt: »Und wo ist denn dieser Schwiegersohn jetzt? Ist er hier?« »Ach woher denn, so ein Ketzer wie der kommt doch niemals zu einer Seelenmesse. Ach, Kapitän, ach!«, seufzt sie, »wenn das meine einzige Sorge wäre, dann könnt ich's ja noch ertragen«, sagt meine Mutter, und dann wispert sie: »Und außerdem denkt sie noch, sie sei Gott höchstpersönlich.« Entsetzt stöhnen sie auf: »Was sagst du da, um Gottes willen!« »Aber das ist noch nicht alles, sie war bei ihrem Vater, als er starb. Danach ist sie vollkommen übergeschnappt!« Die anderen ganz fassungslos: »Was sagst du da?« »Nachts wandert sie wie ein Gespenst durch die Straßen, läuft in ihrem Haus auf und ab und ruft unentwegt, als habe sie ihren Verstand restlos verloren: ›Ich werde euch alle retten, ich bin euer gütiger Gott, ich werde euch von diesem bösen Gott und von eurem Leid befreien.‹« Das Klavier spielt die ganze Zeit: »An unsrer Spitze der Feldherr, den die ganze Welt verehrt.« »Ich vergebe euch nicht, ich vergebe euch nicht!«

Tante Safiye fragt, wer das auf dem anderen Bild sei: »Auch einer dieser großen Männer«, antworte ich. »Wie heißt er denn?« »Iljitsch.« »Ist das auch so ein Ungläubiger?« »Ja.« »Und was geht uns dieser wildfremde Mensch an?« Hilmi kommt: »Iljitsch war ein sehr bedeutender Mann. Er hat sein Volk und die Werktätigen befreit.« Sie stehen auf, er zeigt ihnen der Reihe nach alle Bilder, und sie fragen immer wieder: »Wer ist denn das?« »Und der da?« »Und der?« »Und der hier?« »Der besiegte den Feind ... vor dem kapitalistischen Imperialismus ... das ausgebeutete Volk.« »Also ein Kommunist. Dann sag doch gleich: ›Er ist ein Kommunist‹«, stacheln sie sich gegenseitig an. »Wir hatten ja sowieso schon einiges über dieses Mädchen gehört. Kommt, wir gehen! Fasst hier ja nichts an, sonst ist eure religiöse Reinheit dahin! Ihr werdet besudelt, befleckt ...« Meine Mutter packt Emrullah am Kragen, schleudert ihn gegen die Wand und schreit: »Jetzt hört mal zu, haltet eure giftigen Schandmäuler! Solange ich lebe, lasse ich nichts über meine

Tochter kommen! Ich bin sowohl Mutter als auch Vater für sie. Ihr Schurken, ihr wisst doch gar nicht, was ein Kommunist ist. Nehmt euch in Acht, sonst kann ich für nichts mehr garantieren! Und du, du Kinderschreck, hast du mich seinerzeit nicht genug geärgert? Und wegen deiner Hetzereien musste mein Mann ganz vergrämt ins Jenseits gehen. Das ist alles auf deine Machenschaften zurückzuführen!« »Steht endlich auf! Steht auf! Selbst den Tee, den sie anbieten, darf man nicht trinken, wir werden uns noch versündigen!«, schreien sie, stoßen und schubsen einander. Meine Mutter packt Necmettin Molla, den sie gerade noch erwischt, am Bart. »Wie schnell du vergisst. Weißt du nicht mehr, dass deine Tochter, diese Hure, von deinem Chauffeur geschwängert wurde? Ich scheiß auf deinen ehrwürdigen Bart, du Zuhälter!« Rüfet versetzt Castro einen Schlag ins Gesicht, und die anderen, die da zusehen, stürzen sich auf die Bilderrahmen. Sie zerstören meine Wandteller und die Gemälde von Nuri Iyem, Levni, Picasso, Fahir Aksoy, Avni Mehmetoğlu. »Ihr glaubt wohl, dass er gestorben ist und wir jetzt ganz ohne Mann dastehen, das glaubt ihr doch, oder? Euch werd ich's zeigen!«, schreit meine Mutter, rennt in ihr Schlafzimmer und bringt auf dem Rücken den zappelnden Sack herein. Mit ihren Zähnen löst sie den Knoten. Plötzlich fliegen Tausende von Vögeln heraus: Wachteln, Spießenten, Regenpfeifer, Waldschnepfen, Drosseln, Feldlerchen, Rebhühner fliegen in die Luft, Wildenten, Haselhühner, Perlhühner, Steppenhühner flattern über unsere Köpfe hinweg. Selamis, Asims, Ömers Sperber, die auf ihrer Stange eingeschlafen waren, jagen plötzlich wie wild den Vögeln nach. Die Tanzenden brechen in lautes Geschrei aus. Sie strecken ihre Arme und Beine und wirbeln auf der Stelle im Kreis. »An unsrer Spitze der Feldherr, an unsrer Spitze der Feldherr. Ich vergebe euch nicht, ich verzeihe euch nicht!« Hacı Salih, Recep Temel, die Sofuoğlus und Molla fallen über mich her. Meral, Kapitän

Sabri, Hilmi Musa und Civelek Ahmet retten mich. »Wo ist denn dein Vater, wo ist er denn?«, fragt meine Mutter und wühlt im Sack herum. Da sie ihn nicht findet, sinkt sie zu Boden, wachsbleich im Gesicht.

Ich packe Ihsan an den Armen und schüttle ihn: »Reiß dich doch endlich zusammen! Das gehört sich doch nicht, hier so zu tanzen. Hilf uns! Siehst du denn nicht, dass wir dich brauchen?« Ihsan hört auf zu tanzen und holt aus seiner Tasche einen Molotowcocktail hervor. »Bist du verrückt, du wirst uns noch alle in die Luft jagen«, schreie ich ihn an. Dann flehe ich mit bebender Stimme: »Hört auf, hört mir doch endlich zu! Meine Brüder und Schwestern, ihr Alten, hört auf! Vergießt nicht unnötig Blut! Ihr glaubt doch an Gott. Hört auf mit eurer Bosheit und Schlechtigkeit. Durch unsere Adern fließt doch das gleiche Blut. Kommt und lasst uns die Hände reichen, kommt, ich werde euch retten, ich werde euch ein gütiger Gott sein, folgt mir!« Einer schlägt mir mit der Faust in den Rücken. »Pfui, du gottloses Weib! Ausgerechnet du willst uns die Botschaft Gottes bringen? Schäm dich! Zum Teufel mit dir!«, brüllen sie mich nieder. »Die ist keine von uns, die kann nicht dasselbe Blut wie wir haben. Ihr Vater war auch so ein Sonderling. Er war der Erste, der einen Hut aufsetzte, der Erste, der sein Weib einen Hut tragen ließ, und er war der Erste, der seine Tochter zur Schule schickte. In die Moschee ist er nur an den Festtagen gegangen, auch das Käppchen setzte er nie auf.« Temel, der Hilmi zu Boden geworfen hatte, tritt ihm jetzt mit den Füßen in die Rippen. Ein anderer, der Civelek am Haarschopf packte, schleift ihn am Boden entlang. Yazıcıoğlu schlägt Musa, den er in eine Ecke gedrängt hat, mit der Faust auf die Nase. Musa schreit ununterbrochen »Ceviz Ali! Ceviz Aliii!« Ich laufe in mein Zimmer, schnappe mir das Schwert, das noch von meinem Großvater stammt, und stürze auf sie los: »Ihr blutrünstigen Schweine! Euch abzuschlachten, ist nur recht und billig, das ist der Lohn, der euch gebührt«, schreie ich und töte einige von ihnen. »Ihr habt keine Ahnung von der göttlichen Prophezeiung«, rufe ich. »Durch den Tod werdet ihr geläutert, der Tod macht euch rein!« Ich verfolge die Feinde. Diejenigen, die nicht am Kampf beteiligt sind, klatschen Beifall und schauen zu. Die Flüchtenden stürzen sich in letzter Sekunde auf die Straße, ihre Schuhe bleiben im Vorraum zurück.

Durch die offene Tür fliegen zuerst die Vögel, und dann folgen ihnen die Sperber. Meine Mutter kommt zu mir und küsst mich: »Hab ich es nicht schon immer gesagt: Ich habe zwar keinen Sohn, aber sie ist mir sowohl Sohn als auch Tochter, sowohl Sohn als auch Tochter!« Sie weint. Vater schweigt. Er sagt weder »Ich vergebe euch« noch »Ich vergebe euch nicht«.

Ich halte das Schwert in der Hand. »Schert euch zum Teufel, oder ich schlage auch euch die Köpfe ab!«, rufe ich denen zu, die sich nicht am Kampf beteiligt haben. Auch sie laufen davon. Meral kommt und wischt mir den Schweiß von der Stirn. Dann kehrt sie zusammen mit Şirin die Glasscherben zusammen, die überall herumliegen. Meine Kampfgenossen und ich umarmen und küssen uns. »Und was ist mit den Toten?« »Ihre Toten haben sie mitgenommen«, sagen sie. Es läutet an der Tür. Mein Mann ist gekommen, er küsst mich auf die Wange und fragt: »Wie gehts, meine Liebe?« »Wo steckst du denn, du kannst mich doch nicht einfach alleine lassen?«, sage ich. Er riecht nach Rakı. »Tut mir leid, ich hab die Totenfeier ganz vergessen. Es ist mir erst jetzt wieder eingefallen«, entschuldigt er sich. »Wie siehts denn hier aus?« Meine Mutter antwortet: »Wir sind in den Krieg gezogen, ganz ohne Männer. Wir haben gekämpft, und wir haben gesiegt!« »Ihr seid ja verrückt«, sagt mein Mann und lacht schallend. »Du bist verrückt!«, entgegne ich, und wir lachen alle beide. Das Klavier spielt immer noch: »An unsrer

Spitze …« »Stell es ab!«, rufe ich Ihsan zu. Ihsan tritt mit dem Fuß gegen das Klavier. Das Baby klettert herunter und schlüpft in die Windeln. Die Tanzenden erwachen aus ihrer Trance. Ihsan fängt wieder mit einem Finger zu klimpern an: »Nimm, Liebste, diesen Schemel und setz dich her zu mir / Was mich so quält im Herzen, kann ich nicht sagen dir.«

»Şirin, bring jetzt den Tee!«, sage ich. »Diese Schuhe hier sind für dich.« »Jawohl, gnädige Frau!«, antwortet Şirin. Sie freut sich sehr. Wir tanzen alle zusammen einen Horon. Mein Vater sagt keinen Ton mehr.

Die Frau

Nermin, seit zehn Jahren Mitglied der Arbeiterpartei, ist gerade vom Skifahren zurückgekommen. Sie öffnet das Fenster ihres Zimmers und schaut auf die gegenüberliegenden Berghänge. Die Sonne scheint auf die schneebedeckten Bergkämme und hüllt sie in rosafarbene Nebelschwaden. Locker fallen große weiße Flocken vom Himmel. Hier und da ragen Fichten empor, deren Wipfel sich unter der Schneelast beugen und die ergeben ihre Äste herabhängen lassen, als würden sie die Natur um Gnade anflehen. Tief saugt Nermin mit einem kräftigen Atemzug diese Natur in ihre Lungen ein. Als sie die Luft wieder ausstößt, dringen Stimmen an ihr Ohr: »Schau dir den Kerl da an, der lässt seiner Frau von einem Fremden den Bügel unter den Hintern halten!« Sie lehnt sich weiter hinaus und schaut in die Richtung, aus der die Stimmen kommen. Zwei Dorfjungen. Die Kinder beobachten zwei Skifahrer – eine Frau und einen Mann –, die sich mit dem Lift den Berg hinaufziehen lassen, dann mit den Skiern im Schuss herunterfahren, um an der gleichen Stelle wieder darauf zu warten, sich erneut den Berg hochziehen zu lassen. Die beiden haben ihre Hände in den Hosentaschen und ihr Kinn zwischen den hochgezogenen Schultern vergraben. Immer, wenn der Lift das Paar wieder mitnimmt, hüpfen sie hoch, schütteln dabei den Schnee ab, der auf ihnen liegt, und kreischen wie Tiere.

Nermin wirft sich in voller Skimontur auf das Sofa ihres Hotelzimmers. Ihr Gesicht verrät für einen Moment die Erinnerung an eine zerbrochene Liebe. »Vielleicht sind sie es eines Tages, die …«, sagt sie laut und dann: »Ich sollte nicht darüber nachdenken …«

Gleich nach der Gründung der Partei wurde Nermin Mitglied. Damals glaubte sie tatsächlich, dass es keine drei oder vier Jahre mehr dauern würde, bis die Plätze der Stadt – die ohnehin nur handtellergroß waren – die vielen Genossen nicht mehr würden aufnehmen können, und es auch nicht mehr lange dauern würde, bis ihre lauten Rufe den trügerischen Glanz des Firmaments erschüttern und endlich die seit Jahrhunderten ersehnte privilegienfreie und klassenlose Gesellschaft verwirklicht werden würde. Zwar wurde ihr schon in den ersten Tagen bewusst, dass ihre Aufgabe Schwierigkeiten in sich barg, aber Nermin nahm alle Mühen wie selbstverständlich hin. Das Hauptproblem damals wie heute war, »zum Volk hinabsteigen zu können«, wie es der Parteivorsitzende formulierte.

Sie gehörte zu denen, die wussten, was Parteidisziplin bedeutete, ja seit Jahren wartete sie darauf, gerade in dieser Disziplin geschult zu werden. Als sie die Worte »Zum Volk hinabsteigen« hörte, war sie zwar ein wenig zusammengezuckt, aber sie beschwerte sich nicht. Es ging ihr nur durch den Kopf, dass damit wohl gesagt werden sollte: »Das Volk erreichen, zum Volk aufsteigen.« Einfach nur: Sie steigen zum Volk empor, mehr nicht. Ihren Aktivitäten, die mit Gesprächen, Sitzungen, Diskussionen begonnen hatten, folgten Demonstrationen, Hetzjagden, Gefangennahmen und Verletzungen durch Steine und Knüppel. Sie aber hatte keinesfalls die Absicht, sich einschüchtern zu lassen oder die Hoffnung aufzugeben. Denn trotz aller sektiererischen und verräterischen Kräfte glaubte sie daran, dass eines Tages das Volk sie und sie das Volk verstehen würde. Und sie und ihre Leute glaubten sogar, dass sie das Volk schon verstanden und bislang nur kein geeignetes Mittel gefunden hätten, um sich dem Volk verständlich zu machen.

Manchmal gingen sie in mehreren Gruppen in die Gecekondu-Viertel, um die Leute über die Wahrheit aufzuklären und ihnen auseinander zu setzen, wie sehr man sie hinters Licht geführt habe. Aber kaum hatten sie zu reden begonnen, sprangen einige in den ersten Reihen, die zuerst ruhig zugehört hatten, auf und bewarfen sie mit Steinen. Schlagartig schwappte die Stimmung auch auf die anderen über, die kurz zuvor noch vorne gesessen und willig, ja gebannt zugehört hatten, nun aber riefen: »Dann geht doch nach Moskau! Dann geht doch nach Moskau!«

An solchen Tagen kam Nermin immer ganz deprimiert nach Hause. Sie diskutierte solche Vorfälle mit ihrem Mann und suchte nach Mitteln und Wegen, wie man dieses arglose, unschuldige, ja schon fast bis zum Schwachsinn naive Volk, das doch so betrogen worden war, besser erreichen könnte.

Nermin überkamen Zweifel, weil sie dieses erhabene Volk einfach nicht verstehen konnte.

Dieses Volk, das sich verhielt, als empfinde es Lust dabei, sich selbst zu quälen; als erhoffe es sich, dafür auch noch belohnt zu werden. Vielleicht wollte es aus den Nöten, die es seit Jahrhunderten erleiden musste, gar nicht gerettet werden. Sie litt nun ebensolche Qualen wie irgendeiner aus dem Volk, weil sie zweifelte. Dennoch glaubte sie, dass man einen Weg finden würde, diese versteinerten Schichten, diese verkrusteten Strukturen, die das Volk belasteten, aufzubrechen. Und jede auftretende Schwierigkeit stachelte ihren Enthusiasmus nur noch mehr an, und sie fragte sich immer wieder: »Habe ich denn diesen Weg eingeschlagen, weil ich mein Volk so liebe, oder hat mich mein Hass auf die anderen dazu getrieben?« Doch im Moment war wirklich nicht der richtige Zeitpunkt, solche Fragen zu analysieren. Wichtig war nur, den Weg als den einzig wahren anzuerkennen, den man gerade eingeschlagen hat. Um später auf dem Sterbebett sagen zu können: »Das war der richtige Weg.«

Nermin und ihr Ehemann zählten zu den Intellektuellen. Obwohl ihr Gatte ihre Ansichten nicht teilte, zeigte er doch Verständnis für sie und unterstützte sie. Sie überlegte lange hin und her, führte ausgiebige Debatten mit ihrem Mann und überredete ihn schließlich, von Osmanbey nach Taşlıtarla umzuziehen, um dieses Volk, das in ihr so eine Trotzreaktion hervorrief, besser kennen zu lernen. Er war damit einverstanden, bestand aber darauf, seinen Arbeitsplatz nicht zu wechseln. Wenn sie wolle, könne sie in Taşlıtarla »ehrenamtlich« tätig sein, sich aber »bitte« nicht in sein Berufsleben einmischen.

Eines Tages im Mai, an einem wolkenlosen Morgen, an dem die Glockenblumen und das Liebesgras üppig zu sprießen begannen, verkaufte sie die Schlafzimmergarnitur aus Rosenholz, die sie als Mitgift in die Ehe gebracht hatte, verhökerte die Kunstledercouch und die Stühle billig an einen kurdischen Trödler im Viertel, stellte das Büfett und die Vitrine ins Wohnzimmer ihrer Mutter, vertraute ihr auch das Silberbesteck mit den Worten an: »Wer weiß, ob wir es nicht eines Tages doch noch dringend brauchen werden«, und ließ dann einen Lastwagen mit all den Sachen beladen, die in die Zweizimmerwohnung passten, die sie in Taşlıtarla gemietet hatten. Die Mutter schaute ihre verrückte Tochter, die sie seit ihrer Kindheit nie hatte bändigen können, mit Tränen in den Augen an, als wollte sie sagen: »Lieber Gott, bring sie doch zur Vernunft. Was soll ich nur den Nachbarn sagen? Mein Gott, jetzt ist sie knapp vierzig, wann bringst du meine Tochter endlich zur Vernunft, damit ich ruhig sterben kann, aber in deiner Hand liegt unser Schicksal.« Zu ihrer Tochter sagte sie: »Ich stehe mit einem Bein im Grab, und du gehst trotzdem fort und lässt mich im Stich. Lass dich eine Weile nicht hier blicken, dann kann ich meinen Freunden wenigstens sagen, du seiest nach Paris gefahren.« Nermin war verärgert und schimpfte: »Zum Teufel mit deinen Freunden, du versuchst immer es ihnen recht zu machen!«

Dann nahm sie ihre Mutter in die Arme, küsste ihre runzligen Wangen: »Na, sei nicht traurig, ich komme eine Weile nicht hierher. Wenn du willst, dann sag einfach, ich sei nach Amerika gefahren, zum Einkaufen.« Sie umarmte sie und verabschiedete sich. Ohne die Fußmatte nass zu machen, schüttete ihre Mutter ein Glas Wasser als Segen für eine glückliche Rückkehr auf den Treppenabsatz vor der Eingangstür.

Nermin machte es sich auf dem Lastwagen in einem Kautschuksessel bequem, den sie zuoberst hingestellt hatte, sank in sich zusammen, schlug die Beine übereinander, zündete sich eine Zigarette an und machte sich so auf den Weg nach Taşlıtarla.

Als der Lastwagen losfuhr, konnte sie dem inneren Bedürfnis nicht widerstehen, der Wohnung, aus der sie gerade auszogen, einen Stinkefinger zu zeigen, sozusagen als Erinnerung an ihre Kindheit; damals machten so etwas meistens die Jungs. Sofort duckte sie sich ängstlich und schaute sich um, ob es auch keiner gesehen hatte. Sie lächelte und dachte dabei an die Ohrfeigen, die sie wegen dieser Geste von ihrer Mutter verpasst bekommen hatte.

Während der ganzen Fahrt glaubte sie vor lauter Freude verrückt zu werden. Um sich ein wenig zu beruhigen, fing sie an inbrünstig zu singen. Da merkte sie, wie der Klang ihrer Stimme immer heller, klarer und weicher wurde. Zwar hing Frau Nermin ihr ganzes Leben lang nie irgendwelchen abergläubischen Vorstellungen an, aber am reinen Klang ihrer Stimme erkannte sie, dass ihrer Seele erhabene Kräfte verliehen worden waren. Damit war sie auf eine Stufe gelangt, die nur diejenigen erreichen können, die sich ganz und gar, mit all ihren Empfindungen und ohne selbstsüchtig zu sein, der Gesellschaft und dem Volk hingeben. Sie wünschte sich sehr, ihre Mutter könnte ihre Stimme hören.

Sie stand auf und schaute gen Himmel, wo fischschuppenartige dunkle Stellen sich schnell zusammenzogen. Hin und wieder schaukelte der Lastwagen so stark, dass sie auf den Sessel zurückfiel, dann zog sie sich hoch, fiel wieder zurück, stand wieder auf und lauschte mit Tränen in den Augen ihrer eigenen Stimme, die mit jedem Hinfallen und Aufstehen immer schöner und schöner klang.

Ihre Empfindungen gingen von Besorgnis in Freude, von Freude in Angst und von Angst in Erregung über. Immer, wenn sie Menschen sah, grüßte sie sie herzlich mit weit geöffneten Armen. Am liebsten hätte sie jedem eine Kusshand zugeworfen und einen Bauchtanz aufgeführt, aber sie genierte sich. Stattdessen rief sie hin und wieder so laut, dass alle es hören konnten. »Kommt, singt alle zusammen!« Die Menschen blieben stehen und schauten verwundert auf den Lastwagen, dann lächelten sie und setzten ihren Weg fort. Sie unterbrach ihren Gesang nur kurz und begann erneut zu singen, als wolle sie sich vergewissern, dass ihre Stimme noch genauso schön klang wie zuvor. Als sie sich dessen sicher war, stand sie wieder auf und winkte dem Volk zu. Dank, Dank dir, du mein Volk, das mich losgerissen hat von dieser morbiden, unterentwickelten Bourgeoisie, die weder Mensch noch Tier, weder schlau noch dumm ist, weder lieben noch geliebt werden kann und bis heute meinen unschuldigsten Regungen Böses unterstellt. Dafür danke ich dir von ganzem Herzen, mein Volk. Sie stimmte wieder ein Lied an und klatschte dabei in die Hände.

Noch ganz benommen von der Fahrt, erreichte sie ihr neues Zuhause. Sie sprang vom Lastwagen und strich mit der linken Faust über ihre Zähne, wie sie es immer machte, wenn sie in der Klemme steckte. Ihr Klavier hatte sie in ihrer alten Wohnung zurückgelassen. Lange hatte sie hin und her überlegt. Sie hatte sich nicht dazu durchringen können, es zu verkaufen. Der Flügel spielte eine geheimnisvolle, ja schon fast magische Rolle in ihrem Leben. Er war das zur Materie gewordene Sinnbild von Nermins Vergangenheit und innerer Zerrissenheit, ein Symbol für die Irrtümer einer Nation und die Schuld einer Familie. Er erinnerte sie an ihre Kindheit, an den Klavierunterricht, den sich ihre Mutter noch in den schwierigsten Zeiten vom Mund abgespart hatte, und an den Klavierlehrer, einen damals berühmten Weißrussen, an das Drängen der Mutter, wenn Besuch da war. »Los, spiel ein bisschen Chopin«; an die Schwärmerei für diesen weißrussischen Monsieur; an den Tag, als sie sich küssten, und daran, wie ihre Mutter splitternackt aus dem Bad herausstürzte, sogar ohne ihre Geschlechtsteile zu bedecken, und dem Russen hinterherjagte und dabei rief: »Jetzt werde ich euch mal das Instrument der tatarischen Schwägerin zeigen!« Mit einem Stück weißer Seife zielte sie nach dem Schädel des Russen mit seinem fleischigen Nacken und seinen blonden Haaren und spaltete ihn in zwei Teile; an die Prügel, die sie dann von ihrer Mutter einstecken musste, und wie diese sich noch Jahre später die Haare raufte und ausrief: »Und dann auch noch ein Ungläubiger, mit einem Ungläubigen treibt sie es.« Dabei hielt sie alles vor Vater geheim, um so ihre Autorität mit niemandem teilen zu müssen. Nermin strich wieder mit der Faust über ihre Zähne. »Wenn es denn schon so ein Instrument auf dieser Welt gibt, dann ist es auch nützlich, wenn mein Volk darauf spielen kann«, sagte sie sich und ließ das Klavier mit dem Lastwagen, aus dem man inzwischen die Möbel entladen hatte, in einer weiteren Fuhre herbringen.

Und damit stellte sich auch schon das erste Hindernis in ihrem neuen Leben in den Weg. Der Flügel von Erblich & Söhne passte nicht ganz durch die Haustür ihres Gecekondus. Die Nacht brach herein. Nermin strich wieder mit der linken Faust über ihre Zähne, dann sagte sie: »Ich opfere es dem Volk«, und ließ den Flügel im Schatten des verkümmerten Pflaumenbaums im Garten ihres Gecekondus aufstellen. Acht Möbelpacker waren nötig, um den Flügel auf- und abzuladen, von hier nach da zu bringen, bis sie es schließlich schafften, dieses schwarze Ungeheuer dort zu platzieren. Für die Kinder aus Taşlıtarla, die mit offenem Mund dastanden und ganz gebannt zuschauten, bekam das Leben auf einmal surrealistische Züge. Sie liefen scharenweise herbei, stützten ihre Hände in die Taillen, wie sie es ihren Vätern abgeguckt hatten, und taten so, als würden sie nicht zu diesem schwarzen Vogel hinüberschauen. Nermin rief diese Knirpse mit den weit aufgerissenen Augen und den krummen Beinchen mit stockender Stimme zu sich. Die Kinder schauten schnell in die andere Richtung. Eines von ihnen, das ungehobeltste, näherte sich Nermin mit vorsichtigen Schritten, mit gerunzelter Stirn, eine Hand in der Tasche. Die anderen folgten ihm. »Also Kinder, passt mal auf! Dieses Instrument hier nennt man Klavier. Ich erzähle euch etwas darüber. Also hört gut zu! Das Klavier ist ein Instrument, das im 18. Jahrhundert aufkam. Aber es ist keins von unseren Instrumenten. Jede Nation hat ihre eigenen Instrumente. Die Schweizer zum Beispiel sind von alters her ein Volk von Schäfern. Ihr Instrument ist eine lange, unglaublich lange, überdimensionale Hirtenflöte, das eine Ende hält man an den Mund, und das andere Ende reicht ungefähr bis zu diesem Granatapfelbaum dort drüben. Wir haben andere Instrumente: Tulum, Saz, Kemençe, Ud, Kaval, Kanun ...«, so fing sie ihren Unterricht an.

Die Kinder standen immer noch mit gerunzelter Stirn da, als würden sie das, was Nermin ihnen da erzählte, nicht verstehen oder als hätten sie gar nicht zugehört. Lächelnd sagte Nermin: »Kommt nur, kommt doch näher, ich spiele euch jetzt etwas vor. Schaut mal, wie man aus diesem Ding Töne hervorbringt!«

Sie zog einen Stuhl heran, setzte sich, kündigte einen Walzer von Chopin an und fing an zu spielen. Als sie das Stück beendet hatte und sich umdrehte, sah sie, dass der Garten voller Frauen und Männer war. Ein kleines Mädchen versuchte im Takt der Musik mitzutanzen. Ihre Mutter stoppte sie, indem sie ihr unsanft in den Rücken stieß. Nermin sprach mit einem gewinnenden Lächeln zum Volk in ihrem Garten: »Guten Tag!« Und unverzüglich rief es wie aus einem Munde zurück: »Guten Tag!« Danach verdrückten sich die Männer allmählich und gingen langsam davon. Die Frauen waren noch etwas befangen, dann riefen sie: »Herzlich willkommen!« Einige von ihnen zogen sich wie die Männer unauffällig zurück, einige blieben und wünschten ihr alles Gute im neuen Zuhause und fragten: »Wie gehts, wie stehts?« und dergleichen mehr. Nermin erzählte auch ihnen vom Klavier und bot an, ihren Kindern Unterricht zu geben. Die Frauen gaben ihr keine Antwort, sondern schauten sich nur gegenseitig an. Nermin freute sich trotzdem. Sie war sich bewusst, dass sie aus einer übertriebenen Begeisterung heraus Unsinn redete. Oder hatte sie Angst? Sie wusste, dass ihre Parteigenossen sie anprangern würden, wenn sie dem Volk einerseits ein Klassenbewusstsein vermitteln wollte und ihm dann andererseits Klavierunterricht erteilte. Vor derartigen Vorwürfen bewahrte sie das Volk, und dafür war sie dem Volk einmal mehr dankbar. »Leb dich hier erst mal ein, dann sehen wir weiter«, meinten die Frauen bloß, die ihre Kopftücher mit den Zähnen festzogen und dann gingen. Nermin sah ihnen nach und dachte: »Mein geliebtes Volk!« Sie beschloss in Zukunft besonnener zu handeln, nicht mehr so spontan und überstürzt. »Heute hab ich vieles falsch gemacht.«

Nermins Gatte Bedri kam an diesem Abend früh von der Arbeit nach Hause. Auf der Suche nach einem Parkplatz für seinen Wagen war er schon eine Weile herumgefahren, bis er mit

Hilfe eines neuen Nachbarn seinen Impala abstellte und noch fünf Minuten zu Fuß zu seinem neuen Heim gehen musste. Die Leute aus dem Viertel und die Kinder zeigten bei weitem weniger Interesse für das Auto als für das Klavier. Nur ein paar Kinder, die gerne wissen wollten, wer denn aus dem Wagen aussteigen würde, liefen ihm hinterher und waren gespannt darauf, den Neuen zu sehen. Sie begleiteten ihn bis zu seinem Haus.

Nermin empfing ihren Mann am Gartentürchen. Es war dunkel geworden, und sie gingen hinein. Sie küssten sich sehr lange. Während Bedri seine Pfeife stopfte, erzählte Frau Nermin, was sie alles erlebt hatte. »Wir werden uns hier schon eingewöhnen. Stell dir mal vor, du hättest eine Stelle bei den Vereinten Nationen und man hätte dich beispielsweise in den Kongo geschickt.« Seit Jahren korrespondierte er mit der UNO und wartete auf eine Zusage. »Wahrscheinlich ist es hier auch nicht schlechter als dort«, meinte sie noch. »Ja, Liebling, aber dort würde ich im Monat zweitausend Dollar verdienen, hier kann es uns passieren, dass wir auch noch draufzahlen.« Doch trotz allem schien es ihm hier zu gefallen.

Nach einigen Monaten in Taşlıtarla hatte sich Nermin an die neue Umgebung gewöhnt. Sie gehörte ohnehin zu den Menschen, die sich schnell anpassen können. Darüber hinaus gab sie sich größte Mühe, das Volk zu verstehen. In diesen Zeiten des Chaos, die so entscheidend für ihr Leben waren, hielt sie allein schon den Gedanken an irgendwelche kleinbürgerlichen Gewohnheiten für anstößig. Taşlıtarla war gar nicht so verkommen, wie es immer hieß. Die Leute lebten friedlich vor sich hin. Sie schienen miteinander auszukommen. Von Zeit zu Zeit stritten sie und grollten einander, meist wegen der Kinder. Aber solche Zankereien dauerten höchstens zwei Tage. Sie kam ganz gut mit den Nachbarn aus, die ab und zu bei ihr vorbeischauten. Anfangs wollten sie nur herausbekommen, wer Nermin war. Sie zogen ihre Erkundigungen am helllichten Tag ein und fragten sie ganz unverblümt: Wer sind deine Eltern? Was tun sie? Leben sie noch? Wie viel verdienen sie? Besitzen sie eine eigene Wohnung? Sie fragten nach Schwiegermutter, Schwiegervater, Geschwistern, Schwagern, nach deren Berufen, deren Gehältern und ob sie Waschmaschinen besäßen. Wie viele Kinder jeder Einzelne von ihnen und warum Nermin keine Kinder habe. Und schließlich, woher sie denn eigentlich ursprünglich stammten. Und warum sie hierher gezogen seien, wenn sie doch eine Wohnung hätten, und warum sie nicht zusammen mit ihrer Mutter und der Schwiegermutter hier wohnten und ob die nicht auch bald hierher ziehen würden. Damals, als sie noch unter »ihresgleichen« lebte, empfand sie solche Fragen als Unverschämtheit. Das Interesse in der feinen Gesellschaft für die Herkunft eines Menschen und dessen Verdienst ging ihr auf die Nerven. Sie hatte sich immer darüber lustig gemacht, jetzt aber war ihr die offene Neugier des Volkes keineswegs unangenehm. Geduldig beantwortete sie sämtliche Fragen, eine nach der anderen. Wenn Nermin merkte, dass sie alle Fragen zur Zufriedenheit aller beantwortet hatte und keine Fragen mehr offen waren, versuchte sie immer wieder, ihnen das System, die Unterschiede zwischen den Systemen und die Klassengesellschaft, in der sie lebten, zu erläutern. Die Frauen hörten offensichtlich gelangweilt zu, wechselten das Thema, verhielten sich so, als hätten sie nichts verstanden, und manchmal blieben sie dann nicht mal mehr zehn Minuten und brachen auf: »Ach, entschuldige, aber ich muss gehen, es ist schon spät geworden.« Ihre Haltung, ihre Blicke, ja selbst die Art und Weise, wie sie dasaßen, verriet, wie gleichgültig ihnen das alles war. Und sobald Nermin zu sprechen anfing, schien es für die Frauen wie ein Signal zum Aufbruch zu sein. Zwar hatte sich Nermin schon gedacht, dass sie bei der Aufklärung des Volkes nur langsam vorankommen würde, aber die Verschlossenheit dieser Menschen erschreckte sie doch sehr. Es musste irgendeinen anderen, einen leichteren Weg geben, um das Misstrauen dieser Menschen, das sich tief in ihrem Inneren im Lauf von Jahrhunderten festgesetzt hatte, zu zerstreuen und um sie davon zu überzeugen, wie uneigennützig die Sozialisten sind. Bestimmt gab es solch einen Weg. Da war sie sich ganz sicher.

Bedri war ganz vernarrt in seine Frau. Von Anfang an hatte er diese kindliche Aufrichtigkeit an ihr bewundert. Ihre edle Gesinnung zog ihn in ihren Bann und weckte seine uneingeschränkte, respektvolle Bewunderung. Auch ihre Parteigenossen schätzten sie sehr. An langen Sommerabenden versammelten sich diese Parteifreunde, Männer wie Frauen, häufig um den Gartentisch unter dem Akazienbaum neben dem Flügel, aßen, tranken und diskutierten über Politik oft bis in die frühen Morgenstunden. Selbst wenn sie ihre Nachbarn dazu eingeladen hätten, wären sie nicht gekommen. Gelegentlich kam der Nachbar von nebenan, der Drucker Rıza – auch ein Freund aus der Partei –, mit einem jungen Mann vorbei, der im zweiten Jahr Jura studierte. Schüchtern tranken sie ihren Rakı, aßen einige Happen, die sie sich auf ihre Teller geladen hatten, saßen da, ohne sich am Gespräch zu beteiligen, entschuldigten sich schon früh und gingen wieder.

Eines Abends schaute auch der Parteivorstand vorbei. Liebenswürdig gab man sich die Hand, tauschte die üblichen Höflichkeitsfloskeln aus und erkundigte sich nach den Nachbarn. Nermin berichtete, dass diese Menschen anscheinend mit ihrem Leben zufrieden seien und nichts daran ändern wollten. Alles, was mit denen zu tun habe, die an der Macht sind, langweile sie. Der Vorsitzende hörte zu und sagte dann mit trauriger Stimme, als würde er jemandem sein Beileid aussprechen: »Sei nicht traurig darüber, du musst das anders sehen!« Dann riet er ihr, geduldig mit ihren Bemühungen fortzufahren, denn man könne nie wissen, wie das Volk und wann es reagiere. Er betrachtete die üppigen Flammenblumen, die in einer Ecke des Gartens ein Spalier hinaufkletterten, und berichtete dabei vom Traubenanbau, von den Mittelsmännern und dann wieder von der Erziehung des Volkes. »Was für ein schöner Garten, ein wunderbarer Flecken Erde. Aber unser Volk wird noch viel schönere schaffen und zustande bringen. In diesem Freiheitskampf wird unser Volk die inneren und äußeren Feinde besiegen.« Da nahm Bedri seine Pfeife aus dem Mund, wandte sich dem Vorsitzenden zu und sagte: »Mein Herr, dieses Volk ist auch aus dem ersten Freiheitskrieg als Sieger hervorgegangen, aber die Folgen davon sehen wir ja jetzt. Deswegen frage ich Sie: Ist es denn sinnvoll, dieses Volk wieder und wieder in Freiheitskriege zu verwickeln, wenn so etwas dabei herauskommt?« Die anderen hörten erstaunt zu und verstanden gar nichts mehr … Wegen dieser Überlegungen schrie Nermin ihren Mann an, der normalerweise kein sonderliches Interesse an politischen Themen zeigte und sich sonst eigentlich nie aktiv an solchen Debatten beteiligte: »Was für ein Quatsch!« Der Vorsitzende entgegnete: »Es sind ja nicht wir, die das Volk in einen zweiten Freiheitskrieg treiben, es sind die äußeren Umstände. Außerdem kann man das Volk sowieso nicht zu etwas zwingen, was es nicht will. Ich glaube auch, dass nicht jeder Krieg dieselben Folgen haben muss.« Mit dieser nachsichtigen Haltung nahm er die Anwesenden ganz für sich ein. Bedri klopfte seine Pfeife aus, stopfte sie und paffte weiter. Sie wechselten das Thema und unterhielten sich über den heißen Sommer im vergangenen Jahr, über die Reisen, die sie für den nächsten Monat planten, und über die neue Rakete, die Amerika ins All geschossen hatte. Dann verabschiedete sich der Vorsitzende. Auch Talat, Muzaffer, Ihsan und Osman brachen zusammen mit ihm auf. Nermin und ihr Mann begleiteten den Vorsitzenden noch zum Taxistand. Unterwegs schwiegen sie, nur der Vorsitzende fragte: »Hier muss es doch irgendwo ein großes Gebäude geben, ist es das hier? Dort drüben ist die Polizeiwache ... Ach ja, ein großes Gebäude, der Sitz der Organisation zur Bekämpfung des Kommunismus.«

Nermin lauschte, wie die Schritte der sechs Personen auf dem schlechten Pflaster in der Dunkelheit widerhallten. Beim Abschied drückte ihnen der Vorsitzende lange und herzlich die Hände und sagte zu Nermin: »Ich gratuliere Ihnen und wünsche Ihnen noch viel Erfolg.« Nermin und Bedri gingen wieder nach Hause. Sie hängte sich nicht bei ihrem Mann ein. Zu Hause ging sie, ohne noch ein Wort zu sagen, ins Bett, schlug Politzers Buch *Die Lehre der marxistischen Philosophie* auf und fing an zu lesen. Bedri schlenderte noch eine Weile durch den Garten, stopfte seine Pfeife, blätterte in der Zeitung, dann knipste er überall die Lichter aus. Als er zu Bett ging, schlief seine Frau schon. Politzers Buch lag auf ihrer Brust.

Auf der Hotelcouch wälzt sie sich von einer auf die andere Seite und sagt laut: »Nein, nein, ich bereue nichts, gar nichts. Das war unumgänglich, ich musste da durch.« Sie steht auf und geht ein paar Mal im Zimmer auf und ab, dann spürt sie, wie ihre Magenschmerzen plötzlich immer heftiger werden. »Ich sollte nicht darüber nachdenken und lieber auf den Arzt hören.« Der Doktor hatte ihr geraten: »Verreisen Sie, fahren Sie aufs Land, grübeln Sie nicht so viel, treiben Sie Sport, amüsieren Sie sich! Amüsieren Sie sich, so viel Sie wollen, erlegen Sie sich keinerlei Druck auf!« Frau Nermin war dem Blick des Arztes ausgewichen, der sie, als er dies sagte, von oben bis unten genau gemustert hatte. Sie griff nach ihrer Tasche, gab ihm sein Honorar, bedankte sich flüchtig und stürzte nach draußen.

Sie lehnt sich wieder aus dem Fenster. Die beiden Jungen da unten, die schon ganz blaugefroren sind, schütteln ihre Köpfe, pusten unbeholfen in die Hände, hüpfen hin und her und schlagen dabei aus wie wild gewordene Pferde. Die Skifahrer fahren mit ihren bunten Skianzügen schön der Reihe nach ins Tal hinunter und lassen sich wieder hinaufziehen, stürzen und rappeln sich auf. Und so ziehen sie in einem fort farbige Linien über den Hang. Die beiden Kinder wirken wie Zwerge in einem Schneezirkus, die ihre Possen reißen. Eine unbezähmbare Wut ergreift Nermin, und je wütender sie wird, desto stärker werden ihre Schmerzen. Sie läuft nervös im Zimmer auf und ab, ohne dass es ihr bewusst ist. Die Auseinandersetzungen mit ihrem Mann gehen ihr durch den Kopf. Eines Sonntags hatte er gesagt: »Du solltest mal zu einem Psychiater gehen. Dein Hass auf Menschen, die nicht arm sind und keine Sorgen haben, hat nichts mit revolutionärem Geist zu tun, wahrscheinlich bist du einfach nur krank.« Nermin traute ihren Ohren kaum. Dann hatten sie sich gestritten. »Ich kann dir schon sagen, wie man diese Krankheit nennt, ›Gewissen‹ oder ›gesunden Menschenverstand‹.« »Wenn du glaubst, die Arbeiterklasse könnte von Bourgeois wie euch und uns befreit werden, dann mach nur so weiter. Klär dein Volk nur auf.« »Ich wusste ja gar nicht, dass du dich mit Studien zu diesem Thema befasst hast.« »Mit welchen Studien?« »Mit Büchern, wissenschaftlichen Untersuchungen.« »Das heißt also, dass bei euch einer, der keine Bücher mit sich herumschleppt, nichts zu sagen hat.« »Soviel ich weiß, sind nur die Intellektuellen in der Lage, die Führung in diesem Kampf zu übernehmen.« »Sei doch wenigstens ein bisschen realistisch. Wir sind hier nicht in China, hier laufen die Dinge anders. Wenn ich dir in diesen Fragen nicht widerspreche, dann nur deshalb, weil ich die Meinungsfreiheit des Menschen achte. Du musst ganz schön naiv sein, wenn du denkst, ich würde glauben, du könntest diesen jahrhundertealten Missstand hier in Taşlıtarla in ein oder zwei Jahren beseitigen.« »Und du meinst, dass dieser Abstand zwischen uns und dem Volk verschwindet, ohne dass sich die Intellektuellen wenigstens Mühe gegeben haben.«

Nermin sagt sich erneut: »Ich darf nicht so viel darüber nachdenken«, und hört dann auf, ständig hin und her zu laufen. Sie schaut in die Sonne, von der jetzt nur noch ein ganz schmaler blassroter Streifen übrig ist. Sie zieht ihren Fotoapparat heraus, richtet ihn auf die Sonne und drückt ab.

Ihre Nachbarin Ruhsar hatte ihr einmal ihr Baby anvertraut. »Ich fahr nur kurz nach Aksaray und komme gleich wieder zurück. Es ist gestillt und hat frische Windeln, in ungefähr zwei Stunden bin ich wieder da«, sagte die frisch gebackene Frau des Druckers Rıza. Nermin tat dieser jungen Frau, mit der sie noch nie vorher gesprochen hatte, gern diesen Gefallen. Die Frau brachte das Kind, legte es auf die Polsterbank und breitete ein weißes, umhäkeltes Mousselintuch über sein Gesicht. »Mach ruhig deine Arbeit, das Kind wird schon still sein«, sagte sie noch und war auch schon verschwunden. Nermin sorgte sich um den Säugling, der wie leblos unter dem Tuch lag. Es kam ihr so vor, als würde das Baby nicht mehr atmen. Sie nahm einen Zipfel des Tuches und hob es vorsichtig an. In diesem Moment wachte das Kind auf und fing an zu weinen. Sie legte das Tuch wieder über das Gesicht, aber das Kind wollte sich nicht mehr beruhigen. Sie nahm es in ihren Arm und wiegte es, das Kind aber schrie nur noch mehr. Da spürte Nermin auf ihrem Arm etwas Warmes. Durch die Windel sickerte eine gelbe Flüssigkeit, und der Fleck auf der Windel wurde schnell größer. Sie wusste nicht, was sie tun sollte, und legte das Baby auf die Polsterbank. Das markerschütternde Geschrei des Kindes war im ganzen Gecekondu-Viertel zu hören. Es schrie und schrie und ließ sich nicht besänftigen. Der gelbe Fleck breitete sich jetzt auch auf der Polsterbank aus. Sie lief hinaus, um Wasser warm zu machen, brachte eine Waschschüssel, wartete, bis das Wasser lauwarm war, holte Handtücher und Leintücher und trug alles zum Kind hinüber. Sie öffnete die Windel, und plötzlich verbreitete sich ein unerträglicher Gestank im ganzen Zimmer, ein Gestank, wie sie ihn noch nie in ihrem Leben gerochen hatte. Aus den schmutzigen Lappen und Tüchern kamen der winzige rosafarbene Leib und die Schamlippen des Babys zum Vorschein. Sie glichen einer gelben, einer safrangelben, ziemlich großen Muschel ohne Schale. Das Baby war vom Bauch bis zu den drallen Beinchen beschmiert. Ein gelbes Rinnsal floss von den Beinchen bis zu den Fersen. Sie nahm das Kind vom Polster, tauchte es kurz ins lauwarme Wasser, dann noch mal. Schließlich beruhigte sich das Kind ein wenig, dann wickelte Nermin es in saubere Tücher und legte es hin. Der Unterkiefer des Kindes zitterte, sie deckte das Baby zu. Von der Angst und Aufregung war Nermin noch ganz benommen. Ganz leise überprüfte sie, ob das bibbernde Baby gut zugedeckt war. Sie hob das Tuch leicht an und sah, dass das Baby schon wieder nass war. Nermin vergaß ihren Ekel. Sie lief und suchte alte Bettlaken und Tücher zusammen, riss sie auseinander, legte sie unter das Kind, dann stand sie noch einmal auf und schaute wieder nach, nahm die besudelten Tücher, entfernte sie und legte die neuen darunter. Als die Nachbarin zurückkam, weinten beide, Nermin und das Baby. Sie packte das Baby einfach so, ohne viel Aufhebens, und war schon fast draußen. Beim Hinausgehen sagte sie noch: »Tut mir leid, dass es dir solche Scherereien bereitet hat!« Frau Nermin war sprachlos: So unbekümmert konnte diese Frau sein!

Nermin schickte ihren Mann, gleich als er nach Hause kam, zur Nachbarin hinüber. Es war nichts ernstes, er gab der Mutter ein Medikament. Nermin schaute von da an jeden Tag nach dem Baby, brachte Brei und kümmerte sich um das Kind. Mit der

Zeit freundete sie sich mit der Mutter an. Sie liebte das Kind beinahe so, als wäre es ihr eigenes. Eines Tages saßen sie in der schwülen Nachmittagshitze im Garten und unterhielten sich, Nermin mit dem Baby im Arm rauchte eine Zigarette. Sie plauderte ohne nachzudenken einfach drauflos. Sie redete ganz offen, wie mit ihrem Mann oder einem Freund von der Partei: »Mir ist nichts davon bekannt, dass Gott bis heute irgendeinem Bedürftigen geholfen hätte.« Als sich die Ärmste die ketzerischen Gedankengänge Nermins angehört hatte, sprang sie auf, riss ihr das Kind aus dem Arm und rief entsetzt: »Du lieber Himmel, Nermin, du versündigst dich!« Sie verschwand und ließ sich nie wieder blicken. Selbst in diesen verhängnisvollen verschneiten Nächten nicht …

Immer wieder traf sich Nermin mit den Nachbarinnen und unterhielt sich mit ihnen, das Wort »Gott« nahm sie aber nie mehr in den Mund. Man unterhielt sich über Kochrezepte, über Handarbeiten, das Wetter und die Hygiene. Diese Themen waren aber schnell erschöpft. Die Nachbarinnen interessierten sich nicht für Nermins Rezepte, sie hatten auch keine Lust, sie auszuprobieren. Oft kamen sie zu zweit oder zu dritt, versammelten sich in der Küche und fragten dann: »Wir haben gehört, dass du so eine Maschine hast, die gekochte Eier in gezackte Scheiben schneidet; die Messer hat, die Gurken und Kartoffeln würfeln oder sie in Streifen und ganz feine Scheiben schneiden.« Ganz erstaunt beäugten sie die Maschine mit dem eigenartigen Arm, der Kuchen-, Gebäck- und Nudelteig knetet. Dann zurrten sie ihre Kopftücher unter dem Kinn fest und gingen wieder. Nermin beobachtete sie, wie sie sich schweigend entfernten, und blieb dann immer ganz niedergeschlagen zurück. »Was mag in ihnen nur vorgehen? Was denken diese Menschen, die mir weder feindlich noch freundlich gesinnt sind, denen ich weder fremd noch vertraut bin? Wissen sie, dass ich sie verstehen, sie lieben möchte? Wissen sie, dass ich alles, was ich besitze, mit ihnen teilen möchte, wissen sie, was ich fühle?« Sie stand am Gartentor und schaute lange und betrübt den Frauen nach, wie sie ihr den Rücken zukehrten und weggingen.

Irgendwann, das Jahr war fast um, glaubte Nermin das Volk verstanden zu haben. Da gab es einen, den sie nicht näher kannte, aber den sie schon oft in dem Café vorne an der Straße gesehen hatte und dem sie hin und wieder begegnet war. Die hölzerne Gartentür stand offen. Nermin lag auf der Chaiselonge, die sie unter dem Pflaumenbaum, gleich neben dem Flügel, aufgestellt hatte, und schaute zum Himmel. Dann ließ sie ihre Blicke über die winzig kleinen Gecekondus schweifen, die sich von drei Seiten über die umliegenden kahlen Hänge zogen, bis sie ihre Augen schließlich wieder auf den Himmel richtete. Das Buch, das sie gerade las, legte sie in den Schoß.

Der Tag neigte sich dem Abend zu. Ein starkes violettes Licht hüllte alles ein. Der junge Bursche schlenderte die Straße herunter, an Ruhsars Haus vorbei. Vor Nermins Gartentür drehte er sich um. Ihre Blicke trafen sich. Wie vom Blitz getroffen blieb er plötzlich stehen. Nermin wurde unfreiwillig aus dem Halbschlaf gerissen und setzte sich auf. Auf einmal spuckte der junge Bursche in den Garten, genau in ihre Richtung. Dann ging er weiter, ohne sich noch einmal umzudrehen. Er war sehr schlank, groß gewachsen und sah heruntergekommen aus. Nermin rührte sich nicht; so als wäre nichts geschehen, richtete sie den Blick auf den tiefblauen Himmel, der inzwischen schon ganz dunkel geworden war. »Das war wahrscheinlich wieder einer von meinen Leuten, einer dieser armen Schlucker, die man gegen mich aufgehetzt hat. Einer, der keine Arbeit und kein Geld hat. Würde er mich auch dann bespucken, wenn er wüsste, dass ich eine Arbeit für ihn finden möchte und will, dass er glücklich wird?«

Winteranfang. Die Frauen und Männer aus dem Viertel, die Leute also, die Nermin so liebte, fragten sich, was die beiden, die die Moral im Viertel untergruben, eigentlich hier zu suchen hatten – er, der gehörnte Ehemann, und seine Frau, die herumläuft wie eine Nutte, von der keiner weiß, woher sie eigentlich kommt, die schön und reich ist, die alle Straßenköter in ihren Garten lässt und mit ihnen herumtollt, die den Frauen darüber hinaus auch noch die Ehemänner abspenstig macht und zu sich nach Hause einlädt, stundenlang mit Männern bei Rakı zusammensitzt und kokettiert, deren schallendes Gelächter bis in die entlegensten Wohnungen dringt und die jungen Männer aus dem Schlaf reißt.

Sie wirft sich bäuchlings aufs Bett. Ein unerträglicher Schmerz fährt ihr durch den Magen. Sie klingelt. Im ersten Moment weiß sie gar nicht mehr, warum sie den Etagendiener, der unmittelbar darauf vor ihr steht, kommen ließ. Sie sammelt sich: »Gibts hier einen Arzt?«, fragt sie. »Nein, aber wir können einen für Sie finden«, sagt er und geht. Sie lächelt dem Mann freundlich nach. Als sie sich aufrichtet, sind ihre Magenschmerzen plötzlich wie weggeblasen.

»Seit wann gilt man denn als überlegen, wenn man nur tatenlos zuschaut, wie das Volk gequält wird?«, hatte sie ihren Mann einmal gefragt. In den letzten Monaten stritten sie immer häufiger. Ohne eine Miene zu verziehen, antwortete ihr Mann wieder mit dieser Kaltschnäuzigkeit, die seine Frau rasend machte: »Den von euch möchte ich mal sehen, der tatsächlich weiß, was das Volk will.« Er stopfte seine Pfeife und drückte den Tabak fest. »Glaubt ihr denn ernsthaft, dass ihr diese Kreaturen, die noch eine vorchristliche Weltanschauung haben und ihr Dasein wie im Mittelalter fristen, übertölpeln könnt, indem ihr ihnen einredet, dass sie ausgebeutet werden, dass alles, was sie tun, falsch und die ganze Fasterei und Beterei ohnehin sinnlos ist?« »Übertölpeln? Übertölpeln!« Nermin sprang auf; das war an jenem Abend, als sie im Garten ihres Häuschens bespuckt worden war. »Das hast du aber nicht gesagt, bevor diese Intriganten die Partei gespaltet haben? Jetzt hör mir mal gut zu!«, sagte sie zu ihrem Mann, der gelangweilt den Rauch seiner Pfeife zur verrußten Decke der Diele in ihrem Gecekondu hochblies. »Erstens sind dir diese Menschen, die du immer als ›Kreaturen‹ bezeichnest, an Fähigkeiten und Wissen weit überlegen.« Da fiel ihr die Spucke im Garten wieder ein. Sie war hingegangen und hatte sie sich lange angeschaut, diese Spucke mit dem weißen Schleim, der sich einer Kehle nur mühsam entrungen hatte. Bedri lachte gereizt auf: »In welcher Hinsicht überlegen?« »In jeder Hinsicht, aber unterbrich mich nicht! Außerdem, und das finde ich das gemeinste, warum bist du als Intellektueller, der viele richtige Ansichten über das Volk hat, seinerzeit nicht in die Partei eingetreten, um dich nützlich zu machen, und warum hast du nichts dazu beigetragen, um dieses ausbeuterische System zu zerstören? Du handelst genau wie ein Reaktionär und Volksfeind.« Er könne dieses papageienhafte Nachplappern nicht ausstehen, sagte Bedri und zog wieder an seiner Pfeife. Dabei tat er so nachsichtig und wohlwollend, wie man sich nur einem Geisteskranken gegenüber verhält, der nicht mehr zurechnungsfähig ist. »Weißt du eigentlich, wie sie dich nennen? Einen Verräter!« »So, jetzt reichts«, rief Bedri, sprang auf, riss sich seine Pfeife aus dem Mund und schleuderte sie gegen das Fenster, vor dem seine Frau stand. Das Klirren der Scheibe ließ Nermin zusammenzucken. Sie sank auf die Polsterbank, genau auf die Stelle, an der immer noch der Fleck zu sehen war, den das Baby dort hinterlassen hatte. Ihr verschlug es die Sprache. »Ich habe deine Launen und dein heroisches Gehabe endgültig satt. Es geht mir auf die Nerven, wie du dich wegen eines Haufens von Idioten, das du ›Volk‹ nennst, zum Gespött der Leute machst, wie du dich über dieses Volk lustig machst und es verhöhnst. Es kotzt mich an, mir wegen dieser Idioten das Wasser zum Waschen in einer Blechschüssel warm machen zu müssen und in dieser Scheiße zu leben. Ich hab die Schnauze voll von dem tropfenden Dach, diesen Nachbarn, dieser Partei. Kapier das endlich! Und ganz besonders ekelt es mich an, mit einer Frau zu schlafen, unter deren Bettdecke jede Nacht Lenins Unsinn heraussprudelt. Hast du das jetzt verstanden?«

Das Dröhnen eines Motors, der das gesamte Viertel aufrüttelte, ließ Nermin wieder zu sich kommen. Sie zitterte am ganzen Körper. Die zerbrochenen Glassplitter lagen auf der Bank verstreut. »Opportunist«, wisperte sie. Sie war ganz alleine in ihrem Gecekondu. In der Wohnung des Druckers Rıza nebenan brannte noch Licht.

Jedes Mal, wenn sich Nermin an jene Nacht erinnert, bekommt sie diese stechenden Magenschmerzen. Wie konnte es geschehen, dass ihr dieser Mann, an den sie sich jahrelang geschmiegt und den sie geküsst hatte, dieser Mann, an dem sie einmal alles geliebt hatte, nun so fremd war? Darunter leidet sie am meisten. »Weißt du eigentlich, wer dieses Volk ist, dein geliebtes Volk, von dem du behauptest, dass es mir so sehr überlegen sein soll? Ja, das Radio kennen sie schon, aber geistig stehen diese Menschen noch auf einer prähistorischen Entwicklungsstufe, noch bevor die Schriftzeichen erfunden worden waren. Die sind noch dabei, das Pferd, das Kamel und den Ochsen zu domestizieren, und selbst das gelingt ihnen nicht. Die lernen doch gerade erst, wie man Feuer macht. Was weißt du schon vom Volk? Ausgerechnet du! Was weißt du überhaupt von den Menschen? Bist du jemals aus Istanbul hinausgekommen? Hast du sie etwa auf deinen Reisen durch Europa kennen gelernt? Ha, ja, die sind mir sicherlich haushoch überlegen. Weißt du, wie es der Mensch zur heutigen Zivilisation gebracht hat, wie viele Jahrtausende seit der Steinzeit vergangen sind? Und jetzt wollt ihr sie in wenigen Jahren auf meine Entwicklungsstufe bringen, und mich wollt ihr dafür auch noch einspannen! Da heißt es immer, dass sie viele sind und wir nur wenige, dass sie dahinvegetieren und wir uns hingegen nur amüsieren. Sie sollen nicht in Not und Elend leben, sie sollen an die Macht kommen. Und wie soll das bitte sehr gehen? Die haben doch bisher nie ihren Verstand gebraucht, woher soll dann auf einmal das Wissen kommen? Die Russen haben es anscheinend geschafft, ebenso Castro und Mao ... Also, und warum schaffen es dann deine Leute nicht? Warum vegetiert dein ach so ›liebes Volk‹ noch immer so armselig vor sich hin? Warum befreit es sich nicht? Warum begehrt es nicht auf? Warum hält es den Kopf nicht aufrecht, sondern schaut beim Sprechen auf die Füße? Warum führen sie, wenn sie mich grüßen, immer noch die rechte Hand an Lippe und Stirn, wie schon vor hundert Jahren? Meist verstehen wir doch nicht einmal, was sie sagen, worüber sie sich unterhalten und was sie eigentlich wollen. Und die wollt ihr uns vor die Nase setzen, das ist es doch, was ihr wollt, oder? Und die sollen mir überlegen sein, ja? Wie beschränkt ihr doch seid! Wenn du willst, dann geb ich ihnen aus Mitleid ein Almosen, aber wenn du willst, dass ich sie respektiere, dann sieht die Sache anders aus.«

Nermin wundert sich, dass sie nach all dem, was sie da gehört hat, nicht auf ihn losgegangen war, selbst auf die Gefahr hin, dass er sie dann verprügelt hätte; dass sie gegen diesen Menschen, den das Leid der anderen ungerührt ließ, so machtlos war, regt sie auf. Solange sie lebt, würde sie das nicht begreifen. Damals hatte sie Angst. Nie hatte sie ihren Mann so erlebt, er war an jenem Abend ein ganz anderer Mensch.

Es klopft an der Tür. Der Etagendiener tritt ein. »Gnädige Frau, der Arzt ist beim Skilaufen, ich habe eine Nachricht für ihn hinterlassen. Wenn er zurück ist, wird man ihn sofort hierher schicken.« »Danke, wenn er nicht käme, wäre es auch nicht schlimm. Meine Magenschmerzen sind vorbei!« »Das freut mich.« »Würde es dir was ausmachen, mir meine Skistiefel aufzumachen, ich kann mich nicht bücken.« »Wie Sie wünschen!«

Der Mann bückt sich, und Nermin sieht von oben auf die zerzausten Haare, die aussehen, als hätte der Regen sie durchwühlt. Seine Haare sind widerspenstig, jedes einzelne steht pfeilgerade in die Höhe. Obwohl es sie eigentlich gar nicht wirklich interessiert, fragt sie, während sie ihm das andere Bein hinstreckt: »Wie heißt du?« »Eigentlich heiße ich Medain, aber weil das die meisten nicht aussprechen können, nennen mich alle Fedai.« »Und woher kommst du?« »Wir sind aus Bulgarien eingewandert. Wir waren Bauern. Ich war eineinhalb Jahre alt, als wir hierher gekommen sind.« »Und wie alt bist du jetzt?« »Ich bin Jahrgang 39. Vor drei Monaten ist mein Vater gestorben, wir konnten nichts mehr für ihn tun.« »Warum nicht?« »Bis der Gemeindevorsteher die Armutsbescheinigung ausgestellt hatte und bis man ihn endlich ins Krankenhaus gebracht hatte, war er schon tot.« »Was fehlte ihm denn?« »Anscheinend hatte er Wasser links im Bauch.« Der Mann hat ihr die Schuhe ausgezogen und steht nun wieder auf. »Danke!« »Gern geschehen. Es geht mir nicht mehr aus dem Kopf, was mein Vater vor seinem Tod zu mir gesagt hat: ›Mein Sohn, die ganze Zeit über hab ich mich um dich gekümmert, jetzt musst du wie ein Vater für mich sorgen. Lass mich nicht im Stich!‹ Ja, das hat er zu mir gesagt.« Der Mann hat Tränen in den Augen. Nermin schaut ihn teilnahmslos an. Solche Geschichten hat sie schon tausende gehört. Sie wundert sich nicht mehr, hat kein Mitleid mehr, hört nur noch zu. »Bist du verheiratet?«, fragt sie.

»Ja, ich habe eine Frau und zwei Söhne!« »Möge Gott sie schützen!« »Danke! Dieses Jahr hat der Große mit der Schule angefangen. Seit sechs Monaten geht er jetzt schon hin und hat noch immer keine Ahnung vom Schreiben.« Nermin zündet sich eine Zigarette an und reicht dem Mann ebenfalls eine, die er in die Hosentasche steckt. »Bist du nie zur Schule gegangen?« »Nein, nie. Wir waren Bauern, was hätte uns Lesen und Schreiben gebracht? Aber wenn wir schon nicht zur Schule durften, dann soll es wenigstens unser Sohn können. Er soll was lernen, damit er nicht dumm bleibt!« »Aber ich bitte dich!« »Ach, wenn ich den Jungen nur studieren lassen könnte!« »Wie viel verdienst du im Monat?« »Fünfhundert, sechshundert Lira! Gott sei Dank!« Der Mann faltet seine Hände und nimmt eine respektvolle Haltung ein. »Warum bedankst du dich? Ich verdiene fünftausend im Monat und komme kaum damit aus.« »Gott möge diesen Staat schützen! Sie sind anders, das merkt man gleich. Freilich haben wir beim Militär ein bisschen lesen gelernt, aber das haben wir schon wieder vergessen. Könnte nicht wenigstens mein Sohn studieren?« »Nein, er wird nicht studieren können«, fährt Nermin wütend herum, um den Mann aufzustacheln. »Er wird nicht studieren können. Mit so einem Monatslohn kannst du in diesem System deine Kinder nicht studieren lassen.« »Was können wir schon tun, ich meine, solange uns keiner unterstützt?« Sie mustern einander. »Eins solltet ihr endlich kapieren, uns geht es gut. Das seht ihr ja an denen, die hier sind, oder?«, fragt Nermin und öffnet den Kleiderschrank, um sich die passende Garderobe fürs Abendessen auszusuchen. Sie wühlt im Schrank herum. Er ist von oben bis unten voller Kleider in allen möglichen Farben. Fedai schaut ganz verträumt auf all diese Pullover, Jacken und Mäntel. Nermin kann sich nicht entscheiden, was sie anziehen soll. Sie greift nach einer silbergrauen Bluse.

»Zwei Wollknäuel würden reichen, haben sie mir gesagt, aber sie wurde nur halb fertig!« »Und was passierte dann damit?« »Sie sagten, dein Sohn ist klein, da reichen zwei Knäuel.« »Und dann?« Meine Frau hat eine Jacke gestrickt, sie strickte und strickte, aber die Wolle reichte wieder nicht, sie trennte sie auf, machte die Jacke enger, aber die Wolle reichte trotzdem nicht. Ich kaufte noch ein Knäuel, jetzt sind die Ärmel halb fertig ...«

Nermin dreht sich, die silbergraue Bluse mit weißer Spitze in der Hand, zu dem Mann um und schaut ihn ernst an. Sie überlegt, ob sie ihm einen ihrer eigenen Wollpullover schenken soll. Sie hat Angst, er würde ihn nicht annehmen, dieser Mann, Jahrgang 39, also ein Kind der Republik, dieser breitbeinig dastehende Fremde mit den hängenden Schultern, dessen Kopf- und Barthaar so miteinander verwachsen sind, dass man seinen Mund und seine Augen zwischen den pechschwarzen Stoppeln kaum noch sehen kann. Wie kommt er nur darauf, zu sagen: »Uns unterstützt keiner«? »Jetzt hör mal gut zu!«, sagt sie zornig. »Diese Bluse hier habe ich für sechshundert Lira gekauft, das ist für dich ein Monatslohn. Jede Frau und jeder Mann hier trägt Sachen, die mindestens zweitausend Lira gekostet haben. Verstehst du das? Verstehst du, was ich damit sagen will?« Der Mann schaut auf die Bluse, die Nermin ihm vor die Nase hält, er streckt seine Hand aus, als wolle er sie berühren. Sie zieht die Bluse zurück. Sein Arm bleibt in der Schwebe. Seine weiße Hand erinnert Nermin aus dieser Entfernung an ein Feigenblatt. Die Haut seiner Handfläche ist so fein und zartrosa wie die Wangen von Ruhsars Baby, seine Finger sind sehr lang, die Fingernägel pechschwarz. In Gedanken stellt sich Nermin ihn als Bürogehilfen eines Bankdirektors oder Konzernmanagers vor. »Wenn du möchtest, schenk ich sie dir. Bring sie doch deiner Frau mit! Wenn du willst, dann kannst du auch alles haben, was in diesem

Schrank hängt. Aber dann. Was ist dann? Was wirst du tun? Was soll aus deinen Kindern werden?«

Er streckt seine lange, fast weiße Zunge zwischen den Stoppeln heraus und befeuchtet seine Lippen. Die Hände hat er wieder respektvoll gefaltet.

»Gegen Unglück ist kein Mensch gefeit. Was ist nur aus uns geworden. Die, die das aus uns gemacht haben, sollten auch mal schlechte Zeiten erleben ... Mein Vater besaß Wiesen und Felder. Er war steinreich. Bei Gott, Sie können sich gar nicht vorstellen, wie reich er war. Er hatte zehn Kühe, zwanzig Büffelkälber, dreiunddreißig Ochsen, einundvierzig Milchkälber, hundertvierundachtzig Hühner, zweihundert Küken, einunddreißig Hähne ... Gänse, Truthähne, Seen, Wälder, Enten, getünchte Häuschen, ja sogar ein ganzes Dorf. Er leitete ein Hotel, ein riesengroßes Hotel, inmitten eines weitläufigen Parks, an dem eine Straße vorbeiführte ... Eines Tages kamen Männer und fragten: ›Von wem hast du diesen paradiesischen Hof, dieses Geld, dieses Hotel hier bekommen?‹ Sie nahmen ihm alles und schlugen ihn. ›Wo hast du dein Gold versteckt?‹, fragten sie, aber sie brachten es nicht aus ihm heraus. Er hatte viel Gold, mein Vater. Sie konnten nicht aus ihm herausprügeln, wo er es versteckt hatte. Sie stellten zwei Kessel im Garten auf, einen füllten sie mit kochend heißem Wasser, den anderen mit eiskaltem. Dann packten sie meinen Vater, zogen ihn splitterfasernackt aus und tauchten ihn mal in diesen Kessel, mal in jenen Kessel, dann wieder in den einen und wieder in den anderen, und das ging immer so weiter. Aber als er in dem Topf mit dem Essiggemüse steckte, verriet mein Vater, wo das Gold war. Sie nahmen es ihm weg. ›In Zukunft wirst du nur noch dieses Hotel hier leiten, das ist deine Aufgabe. Von dem, was du einnimmst, musst du die Hälfte an uns abtreten. Sieh zu, wie du mit der anderen Hälfte zurechtkommst!‹, sagten sie.« »Das heißt, es war wie ein riesengroßer Konzern?«, fragt Nermin. Der Mann schaut sie ganz erstaunt an. »Wie bitte?«, fragt er und faltet dabei wieder seine Hände. Ihr fallen die Schrunden auf, die sich über seine weißen, riesigen Hände ziehen. Als ich im Gecekondu lebte, waren meine Hände genauso aufgerissen. Das tat sehr weh, erinnert sie sich. »In diesem System kannst du deine Kinder nicht studieren lassen«, wiederholt sie. Ihre Stimme klingt sehr aufrichtig. »Ich bin für dieses Stockwerk hier zuständig, wenn Sie etwas brauchen, dann läuten Sie einfach nach mir!«

Nermin begleitet Fedai zur Tür und schließt hinter ihm ab. Die silbergraue Bluse, die ihr noch immer über dem Arm hängt, schleudert sie auf den Boden, schließt das Fenster und zieht sich aus. Achtlos tritt sie auf ihre Kleider und legt sich ins Bett.

In jenem Jahr setzte der Winter früh ein. Tagelang türmte sich der Schnee vor ihrer Tür. Ab und an klopfte der Drucker Rıza an die schneeverwehte Fensterscheibe und fragte: »Brauchst du etwas?« Kein Mensch, keine Seele außer ihm wagte sich hinaus und klopfte an ihre Tür. Die paar Tage, an denen sie eingeschneit war, kamen Nermin vor, als hätte sie Jahre mit ihrem batteriebetriebenen Radio, ihren Büchern und ihren Gedanken verbracht. Sie fühlte sich alt und zu nichts mehr zu gebrauchen. Eines Nachts wurde sie von einem merkwürdigen Lärm aus dem Schlaf gerissen. Sie konnte diesen Lärm, der die Dunkelheit zerriss und bis zu ihr drang, nicht einordnen. Sie schlief wieder ein. Dann, eines Morgens, kam die Sonne heraus, die den Schnee vor der Tür, im Garten, vor den Fenstern und auf den Mauern schnell auftaute. Das Schmelzwasser sammelte sich zu einer Lache. Nermin öffnete freudig die Tür, vor ihren Augen breitete sich ein flacher Sumpf aus. Alles, was es hier vorher einmal gegeben hatte, war weg: der morsche Gartenzaun, die Weinreben, die Akazie, der Granatapfelbaum, der verkümmerte Pflaumenbaum und der Flügel. All das gab es nicht mehr. Sie ging hinaus.

Im Schlamm lagen die Klaviersaiten der tiefen Töne wie Schlangen ineinander verschlungen. Die hohen Töne waren verschwunden. Die Wurzeln des gefällten Pflaumenbaumes ragten wie Pfeiler aus dem Dreck spitz in die Luft. Nachdem alles getrocknet war, suchte Nermin nach den Tasten, diesen wunderbaren, elfenbeinernen Tasten. Sie sammelte sie Stück für Stück ein, reinigte sie mit Seifenwasser und rieb sie mit einem Handtuch trocken. Wehmütig nahm sie die Tasten und steckte sie in leere Philip-Morris-Schachteln, um sie dort aufzubewahren – wie die Asche eines geliebten Verstorbenen. Dann packte sie ein paar Klamotten ein, legte sie zusammen mit den Schachteln in einen Koffer und kehrte in das Haus ihrer Mutter zurück. Unterwegs dachte sie an die wunderschönen Dinge, die sie erlebt hatte, und zwang sich immer wieder zu lächeln. Ihrer Mutter erzählte sie, dass sie das Volk näher kennen gelernt hatte und es jetzt noch mehr liebe.

Sie steht wieder auf, öffnet das Fenster und lehnt sich hinaus. Die beiden Jungen sind offenbar gegangen. Da, wo sie im Schnee herumgehampelt haben, sieht man nur noch eine platt getretene Stelle. Sie macht die schemenhaften Umrisse zweier Gestalten aus, die zum Fuß des Berges herabgleiten. Als sie näher kommen, erkennt sie die Schwiegertochter des Kaffeehausbesitzers Özsüt und ihren Skilehrer. Seit Jahren hat diese Frau ein Verhältnis mit dem Skilehrer. Und ihr Mann ist seit Jahren mit der jungen Schwiegertochter Mitranis zusammen. Wahrscheinlich kümmert sich ein und derselbe Arzt darum, dass es uns allen gut geht, überlegt Nermin und lächelt bei diesem Gedanken. Das Licht vom Foyer im Untergeschoss und der Lärm aus dem obersten Stockwerk fluten hinaus in den Schnee. Der Berg ist sehr steil, die Schneeflocken, die jetzt fallen, bedecken langsam die zerklüfteten Felsspalten.

Sie schließt das Fenster, zieht die Vorhänge zu und macht das Licht an. Auf dem Weg zu ihrem Bett sieht sie sich halbnackt im großen Spiegel. Sie hat ziemlich abgenommen in den letzten Tagen, stellt sie zufrieden fest. Vor dieser strengen Frau bleibt sie stehen, die sie mit ihren Blicken aus dem Spiegel heraus verfolgt, vor dieser Frau, die manchmal, wenn es um Moral geht, eine fast schon krankhafte Pedanterie an den Tag legt. Sie versucht ihren Blicken auszuweichen. Sie beugt sich nach vorne, ihre Augen wandern, wie vorher die von Fedai, zu ihren Fußspitzen. Sie verschränkt die Arme über ihrem Bauch und fragt mit bebender Stimme: »Bin ich auf dem richtigen Weg, kann ich mein Volk erreichen?« Die Frau wirft ihr einen verächtlichen Blick zu, dann streckt sie Nermin die Hände entgegen und streichelt ihren nackten Körper: ihre schmale Taille, ihren vorstehenden, leicht gewölbten Bauch, ihren Nacken, ihre Arme, ihre kleinen, schlaffen Brüste. Schaudernd erinnert sie sich daran, wie sich Bedri damals an ihre Brüste presste und an ihnen sog, wie er sie küsste und an ihnen roch.

In den ersten Tagen ihrer Ehe schlief Nermin nicht mit ihrem Mann. Als die letzten Gäste gegangen und sie alleine waren, gingen sie ins Schlafzimmer, wo Bedri sich auf sie warf, sie mit all seiner Kraft umarmte und sich über ihr ergoss. Sie hielt den besudelten Rock angewidert von sich weg und wusch ihn aus. Eine Frau zu werden, war doch nicht so, wie sie es sich vorgestellt hatte. Sie wusste nicht, wie sie es anstellen sollte. Plötzlich ekelte sie sich davor. Sie begriff, dass sie all die Streitereien und Schimpftiraden für die völlige Unabhängigkeit der Frau nicht für sich selbst getan hatte. Sie wollte gegen die Ungerechtigkeit kämpfen, sie wollte darlegen, was in der Familie, was in der Gesellschaft verändert werden musste, wollte Wegbereiterin sein, aber die Rechnung ging nicht auf, und sie wollte wissen warum.

All das besprach und diskutierte sie mit Bedri. Damals hörte er ihr zu, gab ihr Recht, dann schloss er sie fest in die Arme und ergoss sich plötzlich über ihr …

Eines Morgens gestand sie ihrem Mann, dass sie wusste, was zwischen ihm und seiner Schwester vorgefallen war, dass es ihr aber nichts ausmachte. Sie lagen im Bett. Er legte seinen Kopf zwischen Nermins Brüste und schluchzte. Immer und immer wieder sagte er: »Du bist ein Engel, ich liebe dich, bitte verlass mich nie!« Seine Tränen liefen zwischen ihren Brüsten hinab und benetzten ihren Bauch und Unterleib. Vielleicht war es das erste Mal, dass sie Bedri genau angesehen hatte. Sie streichelte ganz langsam sein gelocktes Haar, seinen kräftigen Nacken, seinen muskulösen, geschmeidigen Rücken. »Sei nicht traurig, dafür gibt es doch gar keinen Grund. Ich verlasse dich nicht«, sagte sie. Dann hob sie seinen Kopf an und küsste ihn auf den Mund. Küssend lernte sie das Küssen. Bedri trocknete seine Tränen am Kopfkissen und schaute seine Frau lange an. Sie schlang ihre Arme um seinen Hals, schloss ihre Augen ganz fest, gab sich ihm hin und ließ sich von ihm zur Frau machen. Irgendwann stockte ihr vor Schmerz der Atem, dann holte sie wieder Luft, vergaß alles um sich herum. Zwischendurch glaubte sie, ein Reißen zu hören, ihre Arme sanken zur Seite, sie öffnete ihre Augen ein wenig und sah Bedri, der sich auf den Ellenbogen stützte und sie beobachtete. Sie fragte sich, ob er wohl mit Meral das Gleiche gemacht hatte. Dann weinte sie. »Hab ich dir wehgetan, Liebling?«, fragte Bedri. Sie schüttelte den Kopf, küsste ihren Mann und stieg aus dem Bett. Geschafft! Endlich ist diese Angelegenheit erledigt, freute sie sich. Es dauerte noch Jahre, bis sie ihre Befangenheit und das Schamgefühl der ersten Tage ablegen und die Liebe ihres Mannes erwidern konnte. Aber gerade als sie miteinander auskamen, sich aneinander gewöhnt hatten und Gefallen an der Liebe fanden, da drängte sich »das Volk« zwischen sie.

»Vergeude ich etwa mein Leben?«, fragt sie betrübt ihr Spiegelbild. »Bin ich eine Ungläubige, wie meine Mutter immer sagt, und tauge weder für die Moschee noch für die Kirche? Oder bin ich jemand, der vergebens mit dem Kopf gegen Felsen rennt, von jedem Aufprall unheilbare Wunden davonträgt und nach jeder neuen Verletzung ausruft: ›Da seht ihr's, schaut nur her, wie mich die Gesellschaft wieder zugerichtet hat!‹, und dann blutend durch die Gegend rennt und dabei hofft, die Gesellschaft möge dieses Blut sehen und ihre Fehler erkennen. Rufe ich nach jeder Niederlage mit geschwellter Brust und mit gesteigertem Selbstbewusstsein: ›Gibts einen, der so erhaben ist wie ich, der nicht mit dieser Gesellschaft klar kommt?‹ Oder bin ich jemand, dem eine Aufgabe übertragen wurde, der sich ständig neue Wunden zufügt und dabei an innerer Größe gewinnt, ohne dass aber irgendjemand von den Wunden und der inneren Größe erfährt? Weil ich mir einrede, dass ich diese Mühsal nur deshalb auf mich nehme, weil ich die Welt zum Guten verändern möchte? Haben wir uns überhaupt geliebt?«, fragt sie leise den Spiegel und starrt dabei ihre linke Brustwarze an, die, wie Bedri festgestellt hatte, größer ist als die rechte. War es wirklich »das Volk«, das sich zwischen uns gedrängt hat, oder hatte er ganz einfach genug von mir? Hat er die Flucht ergriffen, weil er so erschüttert darüber war, dass ich wusste, was zwischen ihm und seiner Schwester vorgefallen war? Oder waren meine erschlafften Brüste der einzige Grund? Den Vorwürfen der Frau im Spiegel, dass es verrückt sei, das Volk dafür verantwortlich zu machen, hält sie entgegen: »Nein, aber du bist verrückt!«, und streckt ihr die Zunge heraus. »Ich habe ohnehin keine Zeit mehr für diese Fragen. Ich gehe wieder zu meinem Volk zurück. Bedri hat mich mutterseelenallein gelassen auf einem schneebedeckten Berg. Er hat sich nie mehr nach mir erkundigt. Man erzählt sich, dass er sich auf teurem Pflaster mit Blondinen herumtreibt.

Mit Blondinen aus dem einfachen Volk ... Sie drückt ihren Ellbogen gegen den Spiegel. »Das ist also aus ihm geworden, die Karikatur eines ausrangierten Boxers, ein Volksfeind, ein Pfeife rauchendes Schwein.« Sie ist schamrot geworden.

Seit einem Jahr scheut sie davor zurück, an andere Männer zu denken, und wirft sich dabei immer mehr in die Arme des Volkes. Worüber sie nicht hinwegkommt und was sie nicht verdauen kann, ist, dass sie nur ihren Ehemann als Mann will, sich nur nach ihm sehnt. Widerwillig verscheucht sie diese Gedanken. »Ich habe mein Leben dem Volk gewidmet. Für diese Menschen würde ich alles geben. Für persönliche Probleme wird kein Platz mehr in meinem Leben sein, so sehr liebe ich dieses Volk«, redet sie sich ein. Bei dem Wort »liebe« wird sie für einen Moment ruhiger. Frech zwinkert sie in den Spiegel, geht ganz nahe an ihn heran und presst ihren ganzen Körper an ihn. Es gefällt ihr, wie die Kälte des Spiegels ihre Brüste, ihren Bauch ihre Oberschenkel durchdringt. Sie spürt deutlich die Hitze, die von den Beinen nach oben kriecht. Sie drückt ihr Gesicht an den Spiegel und küsst die Frau auf den Mund, sucht ihre Augen und fleht sie an: »Du bist ein Engel, ich liebe dich, verlass mich nicht!«

Dann sieht sie ihre Bluse, die vor der Zimmertür auf dem Boden liegt. Mit ihren Händen streift sie ihren Slip zu den Knien hinunter, windet sich dann mit den Beinen hin und her, bis er zu den Knöcheln hinabrutscht, packt ihn dann mit der rechten Fußspitze und schleudert ihn an die Zimmerdecke. In der Luft dreht sich der Slip wie eine Qualle und schwebt torkelnd neben dem Bett nieder.

Sie macht das Licht aus, knipst die Nachttischlampe an, wirft sich, so wie sie ist, aufs Bett und vergräbt ihr Gesicht im Federkissen. »Sehen Sie, Monsieur Debray? Es ist nichts draus geworden. Jahre sind vergangen, ich bin schon fast alt. Es ist sehr schwer, dieses Volk zu verstehen«, murmelt sie. Ihre Stimme, die wie erstickt aus dem Kissen dringt, erinnert sie an das Röcheln eines Ertrinkenden. »Monsieur Debray, Sie haben Recht«, sagt sie. »Aber es ist auch schwer, Sie zu verstehen. Was soll denn das heißen: Es ändert sich nichts, selbst wenn man traurig ist.« Monsieur Debray streichelt liebevoll über Nermins Haar. Sie kann ihren Arm nur mit Mühe heben, als würde sie leiden. »Also gut, was habe ich denn falsch gemacht? Hätten Sie mir nicht sagen können, dass ich das nicht hätte tun dürfen?«, fragt sie und wendet sich dem jungen Mann zu. »Sie haben gar nichts falsch gemacht, überhaupt nichts, das kann man so nicht sagen!«, antwortet ihr Debray. »Na gut, und was geschieht nun? Sie wissen ja, dass ich dasselbe letzten Abend Fidel gefragt habe. Er mochte mich nicht besonders, genauer gesagt, er vertraute mir nicht. An der heikelsten Stelle unseres Gesprächs stand er auf und ging.« »Meiner Meinung nach dürfen Sie von niemandem Unterstützung erwarten«, gibt ihr Debray zur Antwort. »Niemand wird Ihnen helfen. Sie müssen die Nabelschnur schon selbst durchtrennen«, sagt er, steht auf und geht mit unsicheren Schritten zur Tür. Als Nermin allein ist, sagt sie sich: »Schau dir diesen alten Hurensohn an, von wem hat er wohl gelernt, einer Frau, die seine Mutter sein könnte, so eine freche Antwort zu geben?« Der Arzt fällt ihr wieder ein, er sah gut aus, war jung. »Aber seine Praxis geht gut, zu gut«, denkt Nermin. Draußen warten immer so viele Patienten. »Diejenigen, denen es gut geht, verstehen mich nicht.« »Das ist einer von diesen Saukerlen, die mit jedem auskommen«, brüllte sie auf einmal los, obwohl sie ihn nicht einmal gut kannte. »Mit wem soll ich's also tun?«, fragt sie sich und stellt sich einen nach dem anderen vor, den sie kennt. Keiner gefällt ihr so richtig. Einer ist darunter, an den sie sich noch aus ihrer Mädchenzeit erinnert, aber selbst dieses Gesicht fällt ihr nicht mehr ein. Plötzlich denkt sie an Iljitsch. Sie schämt sich, streckt sich und macht nun auch die Nachttischlampe aus.

In diesem Moment steht plötzlich Josef Stalin vor ihr, sie lachen. Es ist der einzige Mann, mit dem sie sich nach Bedri ab und zu getroffen hat. Sie schmiegt sich voller Liebe und Freundschaft eng an ihn und vergräbt ihr Gesicht an seiner starken Brust. »Wir waren schlecht organisiert und ein ungeordneter Haufen, wir haben uns zerrieben«, beklagt sie sich. Josef zieht ihren Kopf an den Haaren hoch. Sie schauen einander an. »Gut Ding will Weile haben. Ihr habt die Sache überstürzt«, sagt er. Wie ein Kind, das sich vor der Strafe fürchtet, beteuert sie immer wieder: »Ich bin nicht schuld daran. Ich habe mein Bestes gegeben. Ich bin zu den Leuten gegangen. Ich konnte doch nicht von einem Moment auf den anderen die jahrhundertelange Spaltung aufheben. Außerdem ist das Volk stur, sehr stur. Aber du weißt ja, dass ich die Flinte nicht gleich ins Korn werfe. Niemand kann mich von meinem Weg abbringen.« »Ich weiß, dass du nicht aufgibst«, sagt Josef, kneift sie liebevoll in den Nacken, lässt ihren Kopf wieder auf das Kissen sinken und legt sich neben sie. »Weißt du, dass du der einzige Mensch bist, der mich versteht?«, fragt sie und küsst ihn dabei auf die Wangen. »Was wirst du jetzt tun?«, erkundigt er sich und beugt sich über sie. Weil er um sie besorgt ist, entstand so etwas wie Freundschaft zwischen ihnen. Beim Sprechen dringt sein Atem an ihre Lippen und lässt sie erschauern. »Ich weiß es nicht«, antwortet die Frau und murmelt vor sich hin. »Das Volk ist sehr stur, hörst du zu, Josef? Mit dir kann ich ganz offen sprechen. Ich behaupte nicht, dass ich das ›Volk‹ lieben kann, weil Liebe etwas anderes ist, etwas Konkretes. Ich kann jemanden, zum Beispiel meine Mutter oder auch dich, lieben. Aber zu sagen, dass ich jeden einzelnen Menschen in dieser Masse lieben würde, wäre gelogen. ›Du sollst die Menschen lieben‹, so lautete das moralische Gesetz der Generationen vor uns. ›ICH MUSS ALLE MENSCHEN LIEBEN‹, muss man denken, wenn man als Intellektueller gelten will. Dieser

Leitgedanke ist kurz, damit er sich jedem einprägt. Ich sage ›ich muss‹, weil auch ich nicht befreit werden kann, ohne dass sie befreit werden. Das ist eine einfache Rechnung, vielleicht auch Berechnung. Und das Ergebnis? Man gewinnt an Bewusstsein. Das ist nicht sonderlich tugendhaft, und unser Gegenüber wird deshalb nicht zum Schuldner. Ich kämpfe für die Menschen, ich vergeude ein Leben, am Ende kann es falsch oder richtig gewesen sein. Ich gelobe mir selbst, sie liebenswerter zu machen, und trotzdem geniere ich mich zu sagen, dass ich all das tue, weil ich sie liebe. Verstehst du, was ich meine?« »Ja, aber das ist eben Liebe.« Er zieht ihren Körper an sich, presst ihn an den seinen und küsst sie auf den Hals. »›Ich liebe die Menschen‹, diese Worte empfinde ich als unverschämt, ja sogar als frech. Ich weiß nicht einmal genau, was diese Worte bedeuten sollen«, sagt sie schnippisch. »Mein kleiner Dickkopf«, knurrt Josef und berührt ihre Lippen mit seiner Nase und riecht an ihnen. »Ich bin dickköpfig, aber kein Verräter so wie du«, sagt Nermin kokett. Damit er nichts erwidern kann, küsst sie ihn lange auf den Mund. »Ich werde mich auf den Weg machen, viel weiter noch, will mich mitten unter sie mischen. Komm doch mit!«, bittet sie. »Das geht nicht«, antwortet der Mann und lässt seine Lippen über den Körper der Frau gleiten. Er reibt sein dichtes, kräftiges Haar an ihrem Kinn, Hals, Bauch und ihren Schultern. Die Frau fragt ängstlich: »Aber warum nicht? Hast du genug von mir? Liebst du mich nicht mehr?« »Doch, ich liebe dich, ich hab nicht genug von dir«, brummelt er. »Ich liebe dich, aber ich kann nicht mitkommen. Jeder muss sich um seine eigenen Probleme kümmern.« »Ich will aber bei dir sein«, beharrt sie. »Josef, hör mir mal zu, ich werde älter, ich bin müde, hin und wieder habe ich Angst. Ich war immer alleine, hilflos. Aber nun will ich den Rest meines Lebens, die Zukunft mit jemandem teilen, mit jemandem, mit dem ich mich verstehe, den ich liebe. Ich will leben, bevor ich sterbe.« »Diese Dinge darf man nicht überstürzen.« Josef lacht und legt seinen Kopf auf ihren Bauch. Sie streicht sein kräftiges Haar zurück und fragt lächelnd: »Wieso überstürzen? Habt ihr es denn nicht eilig?« Er hebt seinen Kopf und schaut ihr streng in die Augen. »Jetzt ist genau der richtige Zeitpunkt«, und bedeckt ihre Lippen mit seinem Mund. Sie schreit, als hätte sie starke Schmerzen. Eine Weile windet sie sich unter diesem kräftigen Körper und schlägt erregt um sich. Er packt sie immer leidenschaftlicher und drückt sie nieder, bis sie sich nicht mehr bewegen kann. Sie gräbt ihre Fingernägel in seinen schweren Leib und zieht ihn fest an sich. »Wie schön du bist«, stöhnt sie. »Verräter, Grobian, Tyrann und doch so zärtlich. Ich kann einfach nicht auf dich verzichten. Verlass mich nicht! Du darfst mich nie verlassen, egal, was passiert!« »Weiter, weiter«, sagt Josef und vergräbt aufgewühlt sein Gesicht zwischen ihren Brüsten. Sie wirft ihren Kopf hin und her. Ihr Körper fährt erst ganz langsam, dann immer schneller vor und zurück, wie eine Krake, die sich öffnet und schließt. Ihr fällt eine Ziehharmonika ein, die nur für sich selbst spielt, ohne einen Laut von sich zu geben. »Josef! Bedri! Bedri! Josef!«, stöhnt sie kaum hörbar, bäumt sich auf, lässt sich aufs Bett zurückfallen, wie erstarrt, wie eine große Wolke aus schwarzen Rosen.

Das purpurne Licht des Schnees, das durch die Vorhänge dringt, fällt auf ihren rechten Arm, der über dem Bettrand baumelt, und auf den linken Arm, der schlaff auf dem Federkissen liegt, es auf ihre Brust drückt. Ihr Gesicht ist auf der einen Seite in hellblaues Licht getaucht, auf der anderen Seite ist es tiefschwarz. In dieser Lage sieht sie aus wie eine Frau aus ihrem geliebten Volk, die jahrelang Qualen gelitten hat und nicht mehr befreit werden will. Frau Nermin hebt ihre Bluse vom Boden auf, wählt eine passende Brokathose aus, zieht sich an, kämmt ihr Haar, betrachtet ihre geschwollenen Lippen im Spiegel. Dann läutet sie. Im gleichen Moment steht Fedai schon an der Tür. »Ach, du bist es?« Sie hat gedacht, dass sie ihn nicht wieder sehen wird. »Bring mir einen Whisky Soda und ein Sandwich!« Sie zieht die Vorhänge zurück und lehnt ihre Stirn gegen das Fenster. Sie wartet. Das weiße Licht um das Hotel herum macht ihr den Abgrund der Dunkelheit bewusst. Als würde ein Strudel in der Mitte dieses Abgrunds sie mit sich in die Tiefe reißen. Sie lehnt mit dem Rücken gegen das Fenster, dann geht sie schnell zur Tür. Fedai kommt mit einem Tablett durch die nur angelehnte Tür herein, und mit ihm dringt der Lärm aus dem Saal von unten in ihr Zimmer. »Stell es hierhin«, bittet sie ihn. Ein beißender Geruch breitet sich im Zimmer aus und wird stärker, je näher der Mann kommt. »Iiiih, was stinkt denn hier so?«, fragt sie und schaut um sich. Da sieht sie die frisch gekämmten, pomadisierten, gescheitelten, schmierig glänzenden Haare des Mannes, der wie angewurzelt vor ihr steht. Fedais kleine, schwarze Augen wandern über ihre silbergraue Bluse und dann über ihre Hose. Als wolle er sich gleich wie eine Motte über die schimmernden Fäden ihrer Hose hermachen. Sie fühlt sich plötzlich wieder wie damals, als sie zur Polizeistation gebracht worden war, von dem Polizisten festgehalten wurde und Angst hatte, dass er über sie herfallen würde. Oder spioniert er mich aus? Sie runzelt die Stirn und sagt: »Gib unten Bescheid, dass sie mich morgen früh um sechs Uhr wecken sollen.«

»Ja, gerne! Aber warum denn so früh?« »Einfach so! Ich breche zu einer neuen Reise auf. Geht das in Ordnung?« »Ja, sicherlich! Kann unser Sohn denn wirklich nicht studieren?« »Warum, um Gottes willen, willst du denn unbedingt, dass dein Sohn studiert?« »Nun, er soll ein anständiger Mensch werden. Er soll Beamter werden und nicht so dahinvegetieren wie wir.«

Ginge es nach Leuten wie ihm, dann gäbs nur noch Beamte in

der Türkei, lacht sie insgeheim und nimmt einen Schluck Whisky.

»Er wird studieren, du wirst schon sehen, hoffentlich, so Gott will, wird er studieren. Es ist noch nicht klar, was. Aber du wirst schon sehen, aus ihm wird ein Beamter oder auch ein Chef. Los geh jetzt! Wenn ich noch etwas brauche, ruf ich wieder nach dir.« »Gut, wie Sie wünschen!«

Der Mann geht. Ihre Worte hallen und prallen von den Wänden ab und dröhnen in ihren Ohren. So Gott will! Hoffentlich! So Gott will! So Gott will! Sie kippt den restlichen Whisky hinunter. Ein entschlossenes Leuchten huscht über ihr Gesicht. »Na, über was hätte ich mich denn sonst mit unserem Medain unterhalten sollen, Josef!«, sagt sie und lacht auf.

Nermin packt ihre Kleider vom Schrank in den Koffer, mit dem sie damals von Taşlıtarla ins Haus ihrer Mutter zurückgekehrt war. Die feinen, bestickten Sachen sortiert sie für Fedai aus. »Die werde ich von nun an nicht mehr tragen, Josef. Ich werde noch tiefer eintauchen, ich werde wieder zu meinem Volk gehen.« Sie richtet sich auf. Sie schaut lächelnd in den Spiegel. Sie ist mit sich zufrieden.

»Liebst du diese Menschen etwa wirklich?«, fragt sie ihr Spiegelbild.

Dokumente zu Mustafa Suphi

24.10.1967
Ehemaliger Notar von Alttrabzon und Yalova, Salih Çağatay
»... Heute bin ich mir sicher, dass Lenin und Stalin weder mit Sultan Galiyef noch mit Mustafa Suphi zu tun haben wollten. Denn Sultan Galiyefs Marxkritik hätte Großrussland spalten können. Sultan Galiyef, der Russland in den Grundfesten unterminiert hätte, und sein Sekretär Mustafa Suphi mussten also liquidiert werden, das war die einzige Option, um Russland vor der Spaltung zu bewahren ... Es gibt noch einen Punkt, den wir rückblickend nicht berücksichtigt haben: 1921 unterzeichneten wir mit Russland einen Freundschaftsvertrag. Das genaue Datum war der 16.3.1921 ... Gemäß einem Artikel dieses Freundschaftsvertrages ›sprechen beide Vertragsparteien Konterrevolutionären das Recht auf Leben ab‹. Es war 1920, als Mustafa Suphi in die Türkei kam und durch Kahyas Hände zu Tode kam. Sultan Galiyef starb 1924 ...«
Ismet Bozdağ, Kemal Tahir'in Söyleşileri, 15. Juni 1980, Milliyet

»... Bevor Mustafa Suphi seine Organisation nach Baku brachte, wurde dort von einigen Türken – die meisten Anhänger des ›Komitees für Einheit und Fortschritt‹ – eine Organisation mit dem Namen ›Türkisch-Kommunistische Partei‹ gegründet. Erste Beziehungen wurden zu den Bolschewiken aufgenommen. Als Mustafa Suphi am 27. Mai 1920 in Baku ankam, sah er es als seine erste Aufgabe an, diese Partei zu zerschlagen und sie von den Anhängern des ›Komitees für Einheit und Fortschritt‹ zu säubern. ›Ebenso wenig wie diese Leute mit uns Kommunisten in Verbindung traten, hatten sie, wie wir wissen, Verbindungen zu Kemal Mustafas nationalistischer Bewegung.‹ ... Die Feindschaft der Anhänger des ›Komitees für Einheit und Fortschritt‹ im Umfeld Enver Paschas gegenüber Mustafa Suphi erreichte angesichts der Kundgebungen, zu der Mustafa Suphi gegen Enver Pascha aufgerufen hatte, einen neuen Höhepunkt.

... Küçük Talat (Muşkara) und einige weitere Anhänger des ›Komitees für Einheit und Fortschritt‹, die sich zu dieser Zeit in Trabzon aufhielten, sollten nach einem Regierungsbeschluss der TBMM des Landes verwiesen werden ...

Es kann also durchaus sein, dass Küçük Talat die Regierung in Ankara für den Tod Mustafa Suphis verantwortlich machte, um dadurch

in Russland Vertrauen zu gewinnen und sich die russische Unterstützung für Enver Pascha gegen Mustafa Kemal zu sichern. Als jemand, der in diese Angelegenheit verwickelt war, bezweckte Küçük Talat aber damit auch, Vorwürfen, die man gegen ihn selbst hätte erheben können, sowie einer Ausweisung nach Russland zuvorzukommen ... Man könnte also zu folgendem Schluss kommen, auch wenn es nicht eindeutig bewiesen ist: Aller Wahrscheinlichkeit nach ließen die Anhänger des ›Komitees für Einheit und Fortschritt‹ Suphi und seine Freunde töten.«
Yrd. Doç. Dr. Yavuz Aslan, Türkiye Komünist Fırkası'nın Kuruluşu ve Mustafa Suphi, Türk Tarih Kurumu Basımevi, Ankara 1997

»... Die Ermordung der türkischen Kommunisten wurde vom rechten Flügel der Anhänger des ›Komitees für Einheit und Fortschritt‹, von denen die meisten in Enver Paschas Geheimdienstorganisation Teşkilat-ı Mahsusa gearbeitet hatten, ausgeführt. Später hatte Mustafa Kemal den Wunsch Envers abgelehnt, wieder über Trabzon in die Türkei zurückzukehren. Seitdem waren diese Männer von der Bildfläche verschwunden.«
Andrew Mango, Atatürk, yazı dizisi, Yeni Bin Yıl Gazetesi, 14. März 2000, Sabah Kitapları

Nachwort

Als der Roman *Eine seltsame Frau* im Dezember 1971 erschien, erregte er in der türkischen Öffentlichkeit großes Aufsehen. Hatte doch die Autorin zwei aktuelle Themenbereiche aufgegriffen, ohne sich um Tabus zu kümmern. Zum einen die Frauenfrage in ihrer ganzen Komplexität, nämlich die problematisch-widersprüchliche Sozialisation der Mädchen im Elternhaus und im öffentlichen Raum sowie die Sexualität aus weiblicher Warte bis in die Grenzbereiche Inzest und Masturbation. Zum anderen die linke Ideologie, die damals unter den türkischen Intellektuellen sehr populär war und eine reiche, sozialkritisch engagierte Literatur hervorgebracht, aber auch zur militanten, politischen Polarisierung beigetragen hatte.

Man könnte also *Eine seltsame Frau* heute als historischen Roman lesen, denn die Heldin Nermin ist eng in ihr gesellschaftliches Umfeld eingebunden, und die Zeitspanne, die der Roman umfasst, ist exakt zu datieren. Die junge neunzehnjährige Studentin, deren Tagebuchaufzeichnungen den ersten Teil ausfüllen, betreffen die Jahre 1950/51, und Frau Nermin, von der wir uns im letzten Teil des Buches verabschieden, ist vierzig Jahre alt. Auch die Autorin, Leylâ Erbil, war 1971 eine reife junge Frau von vierzig Jahren. Man darf also zu Recht vermuten, dass autobiografische Elemente im Spiel sind. Das sollte man aber nicht überbewerten. Leylâ Erbils Werk gehört nicht zu den skandalösen, bekenntnishaften Frauenromanen, die in den 1960er- und 1970er-Jahren überall auf der Welt publiziert wurden. Man denke etwa an Erica Jongs *Angst vorm Fliegen* (1973) oder Verena Stefans *Häutungen* (1975). *Eine seltsame Frau* ist vielmehr ein wohlkalkulierter, artifiziell konstruierter Text, der erste Höhepunkt im Œuvre einer Schriftstellerin, die bereits mit zwei Erzählbänden *(Der Baumwollkrempler,* 1959, und *In der Nacht,* 1968) Furore gemacht hatte.

Leylâ Erbil wurde 1931 in Istanbul geboren. Sie gehört zur zweiten Generation der Töchter der Republik, die ein öffentliches Gymnasium und die Universität besuchen konnten. Sie studierte englische Philologie an der Istanbuler Universität. Das ermöglichte ihr die aufgeschlossene Einstellung ihres Vaters Hasan Tahsin Bilgin, den sie sehr verehrte und der als Maschinist bei der Staatlichen Schifffahrtsgesellschaft angestellt war. Er hatte seine Kindheit am Schwarzen Meer verbracht, war dann aber zu seinen älteren Brüdern nach Fatih, Istanbul, gezogen und hatte dort eine Bildung im traditionellen Sinne erworben, zu der klassische türkische Musik und Poesie, auch aus dem reichen Schatz der islamischen Mystik, gehörten. Der Vater war weit in der Welt herumgekommen, hatte sich am Nationalen Befreiungskampf beteiligt, war historisch interessiert, tolerant und weltoffen.

Leylâ Erbils Leben verlief äußerlich unspektakulär. Sie benutzte die während ihres Studiums erworbenen Englischkenntnisse beruflich als Sekretärin und Übersetzerin auch nach ihrer Heirat mit Mehmet Erbil (1955). Aus dieser Ehe stammt eine Tochter. Zeitweise lebte die Familie in Ankara und Izmir. Leylâ Erbil war 1967 am Türkischen Konsulat in Zürich tätig. Doch sie wohnt nun schon seit langem wieder in Istanbul.

Leylâ Erbil ist eine Intellektuelle. Sie sucht stets geistige Abenteuer und Auseinandersetzungen. Von Jugend an ist sie eine eifrige Leserin der türkischen und der Weltliteratur. Aus der intensiven Lektüre speist sie den Vorrat ihrer Bilder, Metaphern, Assoziationen und gewinnt formale Anregungen. Doch sie ist nie den literarischen Modetrends gefolgt, sondern hat ihren eigenen Weg gefunden. Sie bekennt sich zu den Vorbildern, die ihr anfangs wegweisend waren. Dazu gehören: Sait Faik, Fjodor M. Dostojewski, Samuel Beckett, Franz Kafka, James Joyce, Jean-Paul Sartre, aber auch Karl Marx und Sigmund Freud.

Seit der Publikation ihrer Erzählbände galt Leylâ Erbil unter den türkischen Kritikern und Literaten als Avantgardistin. Sie lehnte literarische Konventionen ab und experimentierte mit formalen Neuerungen, die bis dahin in der türkischen Literatur kaum praktiziert worden waren: der innere Monolog als Bewusstseinsstrom, Rückblenden mit historischer Tiefendimension, häufiger Perspektivwechsel, Montagetechnik unter Einbeziehung nichtliterarischer Elemente wie Bilder und Dokumente, Verwischung der Grenzen zwischen Traum und Realität, plötzliches Abgleiten ins Surreale u.a. Zu ihren Themen gehörten zunächst menschliche Befindlichkeiten, wie Entfremdung, Depressionen, Isolation, Sexualität, Angst, Ekel. Hier spürt man Einflüsse des Nihilismus, Existenzialismus und Surrealismus. Ihre Figuren sind Menschen, die gegen die erstarrten Normen, Bräuche und Gewohnheiten der Gesellschaft rebellieren; die Hass hegen gegen die bestehende Ordnung, die sie nicht ändern können, durch die sie sich in ihrer Entwicklung zum Individuum gehemmt fühlen. Sie sind nicht nur arm und werden ausgebeutet, sondern auch krank, kaputt und psychisch gestört aufgrund religiöser Zwänge und unterdrückter Sexualität.

In der Sprache verstößt Leylâ Erbil bewusst gegen festgesetzte Normen. Ihr Wortschatz enthält alte osmanische Begriffe, ungebräuchliche moderne türkische Wortschöpfungen, Fremdwörter aus europäischen Sprachen, aber vor allem auch Wörter aus der Umgangssprache und aus Dialekten. Ihre Syntax entspricht nicht den Regeln der Grammatik für die türkische Schriftsprache, sie folgt lieber dem Fluss der gesprochenen Sprache ihrer Figuren. Ähnlich subjektiv verwendet sie auch die Zeichensetzung und die Großschreibung. Das alles ist nicht etwa interessante Pose, es sind notwendige Ausdrucksmittel einer Schriftstellerin, die immer danach strebt, sie selbst zu sein, für die Leben Schreiben bedeutet, wie sie in einem Interview verrät.

Auch in ihrem ersten Roman *Eine seltsame Frau* begegnen wir den typischen Wesenszügen ihrer Erzähltechnik, die sie inzwischen souverän beherrscht. Der Text besteht aus vier ungleichartigen und ungleichförmigen Teilen. Jedes Kapitel wirkt in sich geschlossen und originell. Verschiedene Textsorten und Stilebenen stehen nebeneinander. Doch es gibt zahlreiche Verknüpfungen, überleitende Motive und Anspielungen; erst ineinander gespiegelt entsteht ein faszinierendes, facettenreiches, multiperspektivisches Ganzes. Die Titel der vier Kapitel, »Die Tochter«, »Der Vater«, »Die Mutter«, »Die Frau«, verweisen in ihrer familiären Konfiguration auf ein wichtiges Thema des Romans: die Sozialisation der Heldin.

Kapitel 1. »Die Tochter« ist das Tagebuch einer neunzehnjährigen Istanbuler Studentin: spontane Aufzeichnungen alltäglicher Erlebnisse und Begegnungen zu Hause sowie im öffentlichen Raum. Es endet mit den Vorbereitungen für die Hochzeit mit Bedri. Das Ich bleibt für den Leser anonym.

Kapitel 2. »Der Vater« liegt auf dem Sterbebett und erinnert sich in einem inneren Monolog als unendlichem Bewusstseinsstrom des Ich an verschiedene Phasen und einzelne Ereignisse seines Lebens als Seemann. Die Häfen, das Wunderwerk der Schiffe, das Gewimmel der Fische am Grund des Meeres – wie soll man diese schillernde Welt des Vaters mit ihren weiten Horizonten ins Wort bannen? Leylâ Erbil, die in der Sprache lebt, versucht es mit dem Klangreiz der Wörter, mit Wörterreigen, die der Musikalität des Vaters angemessen sind. Zwischendurch taucht er ab in noch tiefere historische Schichten oder nimmt die unmittelbare Umgebung seines Krankenzimmers wahr, die Besucher und vor allem seine Tochter Nermin und seine Frau. Die Vermischung verschiedener Textsorten und die Diskrepanz zwischen Erzählzeit und erzählter Zeit sind auf die Spitze getrieben. Dieses Kapitel ist zudem in mehrere Teile untergliedert.

Kapitel 3. »Die Mutter«; dieses kurze Kapitel trägt den Untertitel »Mevlût« (Totenfeier, Seelenmesse). Nach islamischem Brauch wird vierzig Tage nach dem Tod für den Verstorbenen das berühmte türkische Epos *Mevlût* über die Geburt des Propheten Muhammad von Süleyman Çelebi (gest. 1422) rezitiert. Zu diesem Anlass kommt die Trauergemeinde in einer Moschee zusammen. Im Anschluss daran erfolgt eine Einladung der Gäste zum Tee. Der Text des Kapitels ist, obwohl dieser Teil der Mutter gewidmet ist, als Traum der Tochter Nermin (Ich-Erzählerin) konzipiert. Die Mutter hat als fromme Muslimin diese Veranstaltung initiiert. Die Gastgeberin ist die verheiratete Tochter Nermin in ihrer Wohnung in Osmanbey, Istanbul.

Kapitel 4. »Die Frau«, die vierzigjährige Nermin, soll sich nach gescheiterter Ehe und der Desillusionierung ihres gesellschaftlichen Engagements auf Anraten des Arztes von ihrer psychischen Krise erholen. Im Hotelzimmer eines Skikurorts erinnert sie sich an die Ehejahre mit Bedri und das Leben als linke Propagandistin ihrer Partei in einem Gecekondu inmitten ihres »geliebten Volkes«. Die Rückblenden sind realistisch beschrieben und werden intensiv reflektiert. In diesem Kapitel gibt es einen personalen Erzähler. Aber es handelt sich um Nermins Alter Ego, das sie ganz dicht, fast distanzlos, an sich heranlässt, um ihm die Ironisierung ihrer Situation und den intimsten Voyeurismus zu ermöglichen.

Die formalen Kontraste zwischen den verschiedenen Teilen des Romans sind abgestimmt auf die Figuren, denen sie jeweils gewidmet sind. Das verleiht dem Werk einen ästhetischen Reiz.

Wie schon angedeutet, ist Nermins Lebensgeschichte eng mit der Zeitgeschichte verknüpft und geht damit über das Individuelle hinaus. Diese historische Dimension trägt eben auch zur Aktualität des Romans bei. Weil man aber manches zwischen den Zeilen lesen muss, mag es für deutsche Leser nützlich sein, auf diesen Aspekt kurz einzugehen.

Aus den Tagebuchaufzeichnungen der jungen Studentin erfahren wir viel über das Milieu der Künstlerkneipen in Beyoğlu und das Leben der türkischen Studenten zu Anfang der Fünzigerjahre des vergangenen Jahrhunderts an der Istanbuler Universität. Auch die Autorin studierte damals dort, wie ihre Protagonistin Nermin, und auch Leylâ Erbil suchte Zugang zur literarischen Szene. Doch *Eine seltsame Frau* ist kein Schlüsselroman. Es würde dem Leser wenig bringen, wenn er die nur mit Initialen bezeichneten Dichter und Schriftsteller identifizieren könnte. Es geht vielmehr um die Situation der jungen Türkinnen, die ihre Bildungschancen nutzen konnten und sich auch ihren Fähigkeiten und Interessen entsprechend an den politischen und literarischen Auseinandersetzungen beteiligen wollten. Die junge Nermin mit ihrem Kampf gegen die erstarrten Moralvorstellungen, für die Emanzipation der Frau und mit ihrem Engagement für eine gerechte Gesellschaft ist eigentlich der Typus des »neuen Menschen«, wie er Mustafa Kemal Atatürk in seinem Modernisierungsprojekt vorschwebte. Zu Mustafa Kemals politischen Idealen gehörte nicht nur die Gleichstellung der Frau, sondern auch eine klassenlose Gesellschaft. In einem Interview bedauert Leylâ Erbil, dass der Republikgründer wegen seines frühen Todes sein Projekt nur halb verwirklichen konnte. Diejenigen, die nach ihm an die Macht kamen, nannten sich zwar meistens Kemalisten, aber sie errichteten ein »System«, das sich vom Reformwerk Atatürks immer weiter entfernte. Die Rebellion gegen dieses »System« gehört zu den zentralen Themen des Romans.

Die Tagebuchschreiberin ist ein kommunikatives Wesen. Ihre Aufzeichnungen enthalten selten tief schürfende Reflexionen, sondern sie notiert und kommentiert ihre Begegnungen mit Literaten, mit Freunden, ihre gemeinsamen Unternehmungen, wie Kino- und Kunstausstellungsbesuche, Kneipentreffen, immer wieder bei Lambo, Gespräche über Lektüre, Tanztees, Intrigen. Zu ihren Freunden gehört nicht nur die vertraute Clique aus den bürgerlichen Kreisen, sondern Nermin begegnet jungen Männern, (kurdischen) Studenten aus Anatolien, die sich linken Gruppen angeschlossen haben, von der Geheimpolizei beobachtet werden, ja sogar ins Gefängnis kommen. Nermins geistige Neugier erstreckt sich bald auch auf linkes Schrifttum, das ihr von diesen neuen Freunden empfohlen wird. Ihre Kontakte zu Halûk und Genossen führen dazu, dass sie selbst einmal brutal von der Geheimpolizei verhört wird.

Die Beziehungen zwischen den Jugendlichen beiderlei Geschlechts an der Universität sind relativ ungezwungen. Atatürk hatte besonderen Wert darauf gelegt, die Geschlechtertrennung aufzuheben, und die neue Kleiderordnung verbot die Verhüllung der Frauen. Ja, er hatte in den ersten Jahren nach der Republikgründung öffentliche Bälle geradezu angeordnet. Daran erinnern die Tanztees an den Fakultäten, die Nermin besucht. All die Freundschaften, Flirts und Intrigen erscheinen harmlos, sie haben aber oft etwas Verklemmtes. Man hält beim Tanz körperlichen Abstand. Selbst in der Beziehung zwischen Meral und Necat, die sich täglich allein treffen, ist es nie zu einem Kuss gekommen. Doch es gibt auch unter den Studenten aufdringliche Typen, von denen sich Nermin belästigt fühlt. Die Tagebuchschreiberin beobachtet sich und die anderen genau. Nermin bemüht sich, den Geschwistern Meral und Bedri über die Scham, die sie über ihre einmalige inzestuöse Beziehung, die ihr Gewissen belastet, empfinden, durch Verständnis hinwegzuhelfen. Sie selbst geht jungfräulich in die Ehe mit Bedri, in die sie – nach einem missglückten Fluchtversuch mit Halit – einwilligt, um der Bevormundung durch ihre Mutter zu entkommen. Nermin bleibt lange verkrampft, und Sexualität ist für sie etwas Schmutziges. Sie erlebt sexuelle Befriedigung erst nach ihrer Heirat. Das wird im vierten Kapitel thematisiert.

Das Recht der Frau, sich im öffentlichen Raum frei zu bewegen, war gesetzlich verbrieft, doch die Bräuche und Gewohnheiten einer jahrhundertealten islamischen Gesellschaft waren unter den älteren Generationen noch lebendig. Für viele Männer galten Frauen, die sich ihnen ohne Scheu in der Öffentlichkeit näherten, immer noch als Huren oder leicht zu erobernde Sexualobjekte. Das erlebt Nermin besonders krass, als sie sich aus literarischem Interesse mit den etablierten Dichtern und Schriftstellern in den Künstlerkneipen trifft. Sie nehmen die junge Lyrikerin nicht ernst, sondern sehen in ihr nur die Frau, mit der man leicht ein sexuelles Abenteuer haben kann. In einem Wutanfall hält sie ihnen, den Intellektuellen, die eigentlich doch die gesellschaftlichen Reformen Atatürks unterstützen sollten, aber noch in »osmanischen« Kategorien befangen sind, den Spiegel vor die geilen, feixenden Gesichter. Doch später im Gecekondu muss sie erfahren, dass auch eine engagierte Kommunistin, die sich für die Arbeiter einsetzt, von diesen als Hure angesehen wird, vor der man ausspucken kann.

Nermins Beziehung zu ihrer Mutter ist gestört. Der Titel des Tagebuch-Kapitels »Die Tochter« zeigt, welches Gewicht der familiären Sozialisation beigemessen wird. Die Mutter fühlt sich verpflichtet, ihre Tochter im Sinne der islamischen Vorschriften zu ermahnen. Es geht in diesen Moralpredigten immer nur um die Frauen, denen Höllenstrafen drohen, wenn sie die Verhüllung vernachlässigen. Das steht im Widerspruch zu der Erziehung an den republikanischen Schulen. Die Mutter misstraut der Tochter, hält den freien Umgang der Geschlechter miteinander für gefährlich. Sie kann sich mit der Kleiderreform nicht abfinden. Sie fürchtet für die Familienehre, die an dem unverletzten Jungfernhäutchen des Mädchens hängt. Das wird Mutter und Tochter zur fixen Idee. Dazu muss man wissen, dass in der frühen Republikzeit der islamische Religionsunterricht an den öffentlichen Schulen ganz abgeschafft worden war. Bis 1949 gab es keine Ausbildungsstätten für Religionslehrer mehr. Das führte zu einem Mangel an qualifizierten Religionsgelehrten in der Türkei und öffnete den selbst ernannten Scheichen Tür und Tor. Die religiöse Unterweisung blieb den Eltern überlassen. Im Sinne des Republikgründers sollte der Islam zu einer Gesinnungsreligion werden. Das gehörte zum kemalistischen Laizismus-Verständnis. Daher ist es nicht verwunderlich, wenn unter den Jugendlichen in Nermins Bekanntenkreis niemand Interesse an religiösen Dingen zu haben scheint.

Doch Nermin ist ja auch die Tochter ihres Vaters. Im Tagebuch wird er selten erwähnt. Erst in seinem langen Monolog auf dem Sterbebett erfährt man etwas von der innigen Vater-Tochter-Beziehung. Im Gegensatz zu der Mutter, die den Islam als Gesetzesreligion begreift und den strafenden Gott fürchtet, ist der Vater Hasan von der islamischen Mystik des Mevlâna Celâleddin Rûmî geprägt. Er hat ein eigenes Gottesbild, worüber er mit seiner Tochter, der atheistischen Kommunistin, die nur Ausbeuter und Ausgebeutete kennt, heftig diskutiert. Der Gott der Mystiker ist der Gott der Liebe und der Toleranz. Er ist nicht im Himmel, sondern in allen Elementen und auch im Menschen. Der Vater sagt zu Nermin: »Du bist ein Gott.« Sie erwidert: »Ich will nur Mensch sein.« Das ist auch ein Credo der Autorin. Diese beiden Richtungen des islamischen Glaubens waren im Osmanischen Reich lebendig. Nermins Eltern gehören noch zu der Generation, die an dem Glauben, in dem sie aufgewachsen waren, festhalten. Dagegen waren viele Jugendliche aus den ersten Republikgenerationen zu Atheisten geworden. Der türkische Nationalismus sollte zwar eine Art Ersatzreligion bieten, doch unter den meisten Intellektuellen waren bald die linken Ideen populärer. Eine linke Partei hatte sich in der Türkei nie fest etablieren können. Die linken Gruppen, mit denen Nermin in Berührung kommt, sind illegal. Besonders in der Zeit des Kalten Krieges nach dem Zweiten Weltkrieg war die Furcht vor Kommunisten fast krankhaft. Da die Religion, auch unter dem Einfluss der verbündeten Amerikaner, als Bollwerk gegen den Kommunismus angesehen wurde, kam es allmählich wieder zu einer Reislamisierung der türkischen Gesellschaft. Gegen die Kommunistengefahr wurde ein engmaschiges Spitzelsystem aufgebaut, in dem auch Nermins Freunde gefangen wurden. Erst nach der Machtübernahme durch das Militär am 27. März 1960 durfte wieder eine sozialistische Partei gegründet werden. Nermin zählt zu den Gründungsmitgliedern der Türkischen Arbeiterpartei (TİP, Juli 1961) und gehört ihr zehn Jahre, bis zu ihrer Auflösung, an. Sie bleibt also während ihrer Ehe mit dem Röntgenarzt Bedri, der ihr ein wohl situiertes Leben bieten kann, ihren linken Ideen treu. Wie im dritten Kapitel angedeutet, hängen in der bürgerlichen Wohnung in Osmanbey über dem von der tatarischen Tante ererbten Flügel, dem Statussymbol der verwestlichten Oberschicht, auch Porträts der internationalen Kommunistenführer. Bedri ist lange ein verständnisvoller Ehemann, der die Initiativen seiner Frau bewundert, ohne ihre politischen Auffassungen zu teilen. Ja, er zieht sogar mit ihr ins Gecekondu, wo die Parteipropagandistin Nermin das geliebte Volk aufklären und aus der geistigen Unmündigkeit erlösen möchte. Nermins Scheitern macht die große Kluft zwischen den türkischen Intellektuellen und dem Volk sichtbar, und es wird einfühlsam, aber auch mit distanzierter Ironie und komischen Effekten geschildert. Nach dem Militärputsch im Jahre 1971 wird die Partei verboten. Nermins psychische Krise ist also politisch und privat motiviert.

Leylâ Erbil zeigt mit Nermins Schicksal auch die Misere der türkischen Linken. Die türkischen Sozialisten bzw. Kommunisten konnten sich weder in der Jungtürkenzeit (1908–1918) noch in der Republik frei entfalten. Die Unterdrückung der linken Bewegung trug zur Mythisierung ihrer Führungspersönlichkeiten bei, die entweder im Gefängnis saßen oder im Exil lebten, wie der Dichter Nâzım Hikmet (1901–1963), oder zu Märtyrern wurden, wie Mustafa Suphi, der zu den großen historischen Gestalten der linken Bewegung gehörte. Geboren 1883 in Giresun, studierte er Jura, Ökonomie und Soziologie in Istanbul und Paris. Er war Dozent und oppositioneller Journalist unter den Jungtürken, die ihn 1913 nach Sinop verbannten. Er floh übers Schwarze Meer nach Jalta. Nach der Oktoberrevolution gründete er im Mai 1920 in Baku eine neue Türkische Kommunistische Partei, die sich am »antiimperialistischen« Befreiungskampf in Anatolien beteiligen wollte. Man nahm mit Mustafa Kemal und der Türkischen Nationalversammlung in Ankara Verbindung auf und erhielt eine zustimmende Antwort. Die Gruppe um den Vorsitzenden Mustafa Suphi bestand aus vierzehn Genossen, die im Januar 1921 bei Kars die Grenze überschritten. Da die Bevölkerung ihnen feindselig begegnete, zogen sie weiter nach Trabzon, wo man sie auf ein Boot setzte, um sie außer

Landes zu bringen. Auf dem offenen Meer wurden sie ermordet. Wer für ihre Ermordung verantwortlich war, ist bis heute ungeklärt. Leylâ Erbil hat die Figur des Mustafa Suphi als Wiedergänger der Linken in ihren Roman eingebaut. Da das Schwarze Meer zu seinem geheimnisvollen Grab wurde, konnte sie eine Verbindung zu Nermins Vater Hasan herstellen, der, wie sein Bruder Kapitän Ahmet, zur Zeit der Ermordung Mustafa Suphis auf dem Schwarzen Meer unterwegs war. Die entsprechenden Passagen sind authentische historische Dokumente, dienen der Autorin aber als Elemente einer literarischen Montagetechnik, die sie auch in anderen Werken praktiziert.

Leylâ Erbil ist sich stets treu geblieben. Sie hat beim Schreiben nie an die Leser gedacht. Ihre drei Erzählbände und vier Romane sind unerschöpflich komplexe Texte, die im Laufe der Jahre immer wieder aufgelegt und unter neuen Aspekten interpretiert und untersucht werden. Sie gilt innerhalb der türkischen Literatur als Klassikerin der Moderne, und das Türkische PEN-Zentrum hat sie als Kandidatin für den Nobelpreis vorgeschlagen. Ihr Essayband *Vögel des Geistes* (1998) zeugt von kritischem Intellekt und politischem Kampfgeist. Sie lässt sich nicht einengen und in Kategorien pressen. Sie ist weder eine entschiedene Feministin noch eine dogmatische Kommunistin. Leylâ Erbil ist ganz sie selbst, eine humane, literarische Instanz.

Im Jahre 2004 in einem Interview gefragt, was sie der jungen Generation raten würde, sagt sie: »Hinzusitzen und den Kopf hängen zu lassen bringt nichts. Es gibt doch so etwas wie Rebellion und Freiheit. An sich arbeiten, sich zum Menschen entwickeln, ein Individuum werden, das ist wichtig.« Sie selbst hatte die Verpflichtung auf sich genommen, die den ersten Republikgenerationen aufgebürdet wurde, den Weg des neuen Menschen zwischen den Trümmern der Tradition und den Werten des Westens zu suchen. Da fand sie den kaputten, verrückten, beschädigten Menschen, zerstückelt, entfremdet in der Realität des Kapitalismus. Die Türkei komme ihr vor wie ein Narrenschiff, sagte sie einmal im Hinblick auf die Mächtigen, die sich selbst so ernst nehmen. Doch sie gibt die Hoffnung auf Veränderung nie auf. Zur Rettung dienen ihr oft die Ironie und der schwarze Humor mit surrealistischen Elementen. Die Ironie in ihren Werken rühre daher, dass sie sich über sich selbst lustig machen könne, sagt sie. Denn sie kam zu der Überzeugung: Der Mensch ist ein komisches Wesen. Unter diesem Motto sollte man auch ihren Roman *Eine seltsame Frau* lesen.

Erika Glassen

Worterklärungen

Abdülkâdir Geylâni Gründer des Kadiri-Derwischordens, geb. 1078 in Gîlân, 1166 gestorben in Bagdad

Akçe kleinste, osmanische Silbermünze, früher auch als Asper bezeichnet

Acemaşiran bestimmte Tonfolge in der orientalisch-türkischen Musik

Enver Enver Pascha (1881–1922) Offizier und jungtürkischer Staatsmann. Floh nach dem Ersten Weltkrieg nach Berlin, dann nach Russland. Starb in Zentralasien.

Evliya Çelebi (1611– ca. 1683) osmanischer Reisender und Schriftsteller

Fatih Bezeichnung des Stadtviertels in Alt-Istanbul, wo die Moschee Mehmed II. Fatih (des Eroberers) steht

Galatasaray erstes Gymnasium für muslimische und nichtmuslimische, osmanische Untertanen seit 1867/8, stand unter französischem Einfluss. Das Gebäude steht in Istanbul-Beyoğlu an der Istiklâl-Straße, zwischen Tünel (Untergrundbahn) und Taksim-Platz.

Gazi bei den Osmanen Titel für »Sieger im Glaubenskrieg«. Später als Titel für Mustafa Kemal (Atatürk) als »Sieger im Nationalen Befreiungskrieg«

Gecekondu (ohne behördliche Genehmigung) in einer Nacht erbautes Haus, meist von Migranten, am Rande türkischer Großstädte

Halkevi Volkshaus, kemalistische Bildungsstätte

Hamsin (nach dem türkischen Volkskalender) die 50-tägige Winterzeit (1.Februar–22.März); auch Bezeichnung für einen Wind

Haydar Rıfat (1877–1942) Übersetzer kommunistischer Literatur ins Türkische

Horon Volkstanz aus dem Schwarzmeergebiet

Hüseyni bestimmte Tonfolge in der orientalisch-türkischen Musik

Ibn Battûta (1304–1377) marokkanischer Weltreisender

König Zogo oder Zogu (1928–39) albanischer König

Lasen kaukasischer Volksstamm an der Südküste des Schwarzen Meeres

Mevlâna Celâleddin Rûmî (gest. 1273) persischer Dichter und Mystiker, der im anatolischen Konya lebte und wirkte. Sein Sohn gründete den Mevlevi-Orden der tanzenden Derwische.

Mehmet II. (1451–1481) osmanischer Sultan, Eroberer (Fatih) Konstantinopels 1453

Monsieur Anrede für Ausländer, die in der Türkei leben

Mum Han ein Gebäude, in dem früher Kerzen hergestellt wurden

Nâbi (1642–1712) osmanischer Dichter

Orhan Veli (Kanık) (1914–1959) erneuerte mit zwei Freunden die türkische Lyrik. Sie wandten sich mit einem Manifest gegen die erstarrte osmanische Poetologie und nahmen ihre Themen aus dem alltäglichen Leben.

Para Heute allgemeine Bezeichnung für Geld. Früher ein Vierzigstel eines Piasters.

Romrom-Mutter am Schwarzen Meer sagte man zu den Kindern, wenn man sie erschrecken wollte: »Wehe, die Romrom-Mutter kommt.« In Artvin dagegen gilt sie als guter Geist, der Wünsche erfüllt.

Schalwar weite Hose, die in der Taille gebunden wird, meistens auch am Knöchel

Şemsettin Sami (1850–1904) spätosmanischer Schriftsteller und Enzyklopädist

Sultanahmet eines der ältesten Stadtviertel Istanbuls; dort steht nicht nur die berühmte Blaue Moschee von Sultan Ahmet I (1603–1617), sondern auch ein altes Gefängnis.

Sure Yâ Sîn 36. Sure des Koran

Tanpınar, Ahmet Hamdi (1903–1962) Schriftsteller, versuchte die osmanische Tradition mit westlichen Einflüssen zu verschmelzen.

Tscharschaf Überwurfartiges, ärmelloses, meist schwarzes Straßenkleid muslimischer Frauen

Ud Laute mit großem Resonanzkörper, gespielt mit Plektrum (Zupfring)

Uzun Hasan (1457–1478) Herrscher der Weißen Hammel in Ostanatolien, Rivale der Osmanen

Yahya Kemal (Beyatlı) (1884–1958) einer der bekanntesten türkischen Lyriker. Er gilt als konservativ, weil er die osmanische Tradition pflegte und unter französischen Einflüssen erneuerte. Er bleibt auch thematisch der osmanischen Kultur verpflichtet.

Ziya Osman Saba (1910–1957) moderner türkischer Lyriker und Erzähler

Zur Aussprache des Türkischen

Das türkische Alphabet hat 29 Buchstaben, die Buchstaben q, w und x kommen im Türkischen nicht vor. Die Vokale werden zumeist kurz ausgesprochen.

c wird wie dsch in Dschungel ausgesprochen
ç wird wie tsch in Deutsch ausgesprochen
ğ ist ein weiches g und nicht hörbar, es längt den vorhergehenden Vokal, d.h., Ağa wird wie aa'a ausgesprochen
ı ist ein dumpfes i wie das e in Ochse
j wird wie das j in Journal ausgesprochen
s wird stimmlos ausgesprochen wie das s in Bus
ş wird wie sch ausgesprochen
v wird wie w ausgesprochen
y wird wie j ausgesprochen
z wird stimmhaft ausgesprochen wie das s in Sonne
ˆ über einem Vokal längt diesen: â = aa

Die Übersetzer

Angelika Gillitz-Acar, geboren 1958, studierte erst Sozialpädagogik, dann Geschichte und Kultur des Nahen Orients sowie Turkologie, Geografie und Pädagogik. Sie lebt in München und arbeitet dort in Projekten zur Integration junger Ausländer.

Angelika Hoch wurde 1969 in München geboren. Sie studierte an der Ludwig-Maximilians-Universität von 1990 bis 1997 zuerst Kunstgeschichte und ließ darauf ein Turkologie-Studium folgen, das sie im Jahr 2002 abschloss.

Umschlagmotiv

Selçuk Demirel wurde 1954 in Artvin, östliche Schwarzmeerregion, geboren. Schon als Gymnasiast fertigte er Skizzen an, seine erste Zeichnung erschien 1973. Während seines Architekturstudiums veröffentlichte er seine Grafiken in wichtigen türkischen Zeitungen wie beispielsweise *Cumhuriyet.* Im Jahre 1978 ging er nach Paris, wo er ein Jahr später ein Studium an der Ecole des Beaux-Arts aufnahm. Seine Karikaturen erscheinen in internationalen Zeitungen wie *Le Monde, The Washington Post* und der *New York Times.*

Nachwort

Erika Glassen, geboren 1934, studierte Islamwissenschaft in Freiburg i. Br. und Basel und gehörte nach ihrer Habilitation 1977 zum Lehrkörper der Universität Freiburg i. Br. In den Jahren 1981–1983 wirkte sie als Referentin und 1989–1994 als Direktorin am Orient-Institut der DMG mit Sitz in Beirut/Libanon und einer Zweigstelle in Istanbul/Türkei. Gemeinsam mit Jens Peter Laut gibt sie die Türkische Bibliothek heraus.

TÜRKISCHE BIBLIOTHEK

Herausgegeben von Erika Glassen und Jens Peter Laut
Eine Initiative der Robert Bosch Stiftung
www.tuerkische-bibliothek.de

Die Türkische Bibliothek präsentiert Meilensteine der türkischen Literatur von 1900 an bis in die unmittelbare Gegenwart. Ob Roman, Autobiografie, Kurzgeschichten, Gedichte, Essays – alle Texte sind repräsentativ ausgewählt. Das Schwergewicht liegt dabei auf jenen Autorinnen und Autoren, die trotz ihrer Bedeutung der deutschsprachigen Leserschaft noch nicht angemessen zugänglich gemacht wurden.

Die Spannweite reicht von bereits klassischen Romanen des 20. Jahrhunderts bis hin zu aktuellen Werken der jüngsten Generation. Alle treffen sie den Nerv ihrer Zeit und zeigen einen faszinierenden Reichtum der Lebensformen und Anschauungen. Das kreative Spannungsverhältnis zwischen anatolischen Kulturelementen und westlichen Denkrichtungen sowie literarischen Strömungen hat viele Meisterwerke hervorgebracht, die noch zu entdecken sind.

Die zwanzig Bände der Türkischen Bibliothek erscheinen ab Herbst 2005. Jeder Band enthält ein informatives Nachwort, Worterklärungen und Autorenbiografien.

Ahmet Ümit

Nacht und Nebel

Mine, die heimliche Geliebte des Geheimdienstmitarbeiters Sedat, ist verschwunden. Er selbst hat bei der Aushebung eines Terroristenunterschlupfs kaltblütig auf Fliehende geschossen. Gibt es zwischen diesen beiden Ereignissen einen Zusammenhang? Nachdem Sedat selbst nur knapp einem Attentat entkommen ist, macht er sich auf die Suche, die ihn in Istanbuls Künstlerszene, in die Schattenwelt der Kinderprostitution und Kleinstadtganoven führt. Je näher er der Lösung des Falls kommt, desto mehr zerfällt seine Selbstsicherheit. In einem furiosen Finale bricht seine Lebenslüge zusammen.
Aus dem Türkischen und mit einem Nachwort von Wolfgang Scharlipp.

Von Istanbul nach Hakkâri

Eine Rundreise in Geschichten

Ein alter Mann kehrt in seine Heimat zurück, weil er das Leben der Nomaden wieder spüren möchte. Eine Frau verdammt ihren Mann, als der mit ihren Ersparnissen durchbrennt. Auf Küsten mit mediterranem Zauber, wo aberwitzige Wellen aus Flaschen ausbrechen und eine Stadt überfluten, folgen raue Landstriche im Osten des Landes, wo Schneemassen einen Träger und einen Tierarzt unter sich begraben. In einer literarischen Rundreise führen uns Autoren von der schillernden Metropole Istanbul in die Welt der ägäischen Mittelmeerwinde, in die jüngere Vergangenheit und Gegenwart ihres Landes.
Herausgegeben von Tevfik Turan. Nachwort von Erika Glassen.